OREMOS

JENNA VORIS

TRADUÇÃO
LAURA POHL

PLATA
FORMA 21

TÍTULO ORIGINAL *Say a Little Prayer*
© 2025 by Jenna Voris
Todos os direitos reservados.
© 2025 VR Editora S.A.

Plataforma21 é o selo jovem da VR Editora

GERENTE EDITORIAL Tamires von Atzingen
EDITORA Thaíse Costa Macêdo
EDITORA-ASSISTENTE Marina Constantino
ASSISTENTE EDITORIAL Michelle Oshiro
PREPARAÇÃO Iris Figueiredo
REVISÃO Natália Chagas Máximo, Raquel Nakasone
    e João Rodrigues
DESIGN DE CAPA Kristie Radwilowicz
ILUSTRAÇÃO DE CAPA © 2025 Louisa Cannell
COORDENAÇÃO DE ARTE Pamella Destefi
ADAPTAÇÃO DE CAPA E DIAGRAMAÇÃO Pamella Destefi
PRODUÇÃO GRÁFICA Alexandre Magno

Dados Internacionais de Catalogação na Publicação (CIP)
(Câmara Brasileira do Livro, SP, Brasil)

Voris, Jenna
Oremos / Jenna Voris; tradução Laura Pohl. – São Paulo:
Plataforma21, 2025.
Título original: Say a Little Prayer
ISBN 978-65-5008-048-8
1. Ficção juvenil 2. LGBTQIAPN+ – Siglas I. Título.

25-260012   CDD-028.5

Índices para catálogo sistemático:
1. Ficção: Literatura juvenil   028.5
Cibele Maria Dias – Bibliotecária – CRB-8/9427

Todos os direitos desta edição reservados à
VR Editora S.A.
Av. Paulista, 1337 – Conj. 11 | Bela Vista
CEP 01311-200 | São Paulo | SP
plataforma21.com.br | plataforma21@vreditoras.com.br

Para qualquer um que já foi machucado
por quem finge te aceitar.
Existem muitas pessoas que vão te
amar do jeito que você é.

Querido leitor,

$\mathcal{A}$ primeira vez que ouvi alguém falar que ser gay é uma escolha – e uma escolha ruim, no caso – foi na igreja. Eu tinha 12 anos. Mesmo nessa época, eu me lembro de ter pensado que isso era meio irônico. Afinal, tínhamos acabado de passar meia hora falando sobre como Jesus aceita todo mundo, e ali estava uma exceção estranha e nada a ver acrescentada ao final.

A ideia original de *Oremos* começou como uma provocação em uma única frase: e se alguém estivesse determinado a cometer todos os sete pecados capitais em um acampamento cristão, de propósito? Que tipo de situações divertidas e subversivas esses personagens encontrariam, se tratassem abertamente os que fossem a liderança de tal encontro com o mesmo desprezo que eu costumava sentir em segredo? Assim, concebi a Riley, uma menina bissexual de 17 anos que enfim tomou a decisão de sair da sua congregação. Ela tem raiva da igreja, se ressente de todos na cidade que seguem aquele *status quo* e está lidando com os sentimentos que nutre pela melhor amiga, que também é a filha do pastor. Em resumo: Riley está brava e não tem medo de que todo mundo saiba disso. A missão dela de cometer os sete pecados capitais não nasceu de um desejo altruísta para desfazer anos e anos de ensinamentos manipuladores, mas como forma de vingança contra todas as pessoas que a rejeitaram.

No entanto, assim como na vida real, as coisas dificilmente são simples. Mesmo que a relação de Riley com a religião tenha desmoronado, há outros personagens que encontram conforto na fé e tudo que ela deveria representar. Queria explorar uma grande variedade de experiências adolescentes nas páginas deste livro, e queria que todas estivessem conectadas pela verdade maior: que todas essas experiências são válidas e reais.

Demorei muito tempo para desaprender as coisas odiosas que

me ensinaram quando era criança. Agora, eu sei que rezar o Pai Nosso não vai "curar" o pensamento gay de ninguém. Sei que algumas igrejas são seguras, acolhedoras e gentis, mas essa não foi minha experiência, e também não é a experiência de Riley. Por causa disso, *Oremos* inclui elementos como trauma religioso e homofobia, só que também inclui esperança. Desejo que todos que leiam este livro levem um pouco dessa esperança para o mundo.

Boa leitura!
Jenna

E viu a mulher que aquela árvore era boa para se comer, e agradável aos olhos, e árvore desejável para dar entendimento; tomou do seu fruto e o comeu.

– Gênesis 3:6

I

Tudo que acontece a seguir é por causa de *Shrek, o Musical*

*M*e mandaram para a sala do diretor Rider duas vezes na vida: uma no ano passado, quando ele me entregou pessoalmente um troféu por ganhar as Olimpíadas Estaduais de Geografia, e outra hoje, por dar um tapa na cara de Amanda Clarke.

Infelizmente, não acho que vou receber um prêmio por isso.

Então fico sentada diante da escrivaninha dele, de mãos vazias, com mamãe e papai rígidos atrás de mim enquanto o sr. Rider nos avalia por cima das mãos unidas. Ele está quieto, o que não é do seu feitio, mas pela primeira vez, não me importo com aquele escrutínio. Não tenho absolutamente nada a esconder.

Apesar do espaço apertado e do teto baixo, o sr. Rider conseguiu entulhar uma quantidade impressionante de itens de decoração no escritório sem janelas. Por cima do ombro, um cartaz de uma loja de artesanatos sugere que eu ESCOLHA A GENTILEZA em caligrafia vermelha intensa. Uma samambaia murcha está em cima de um arquivo coberto por pinturas a dedo feitas por crianças, e a estante do outro lado parece perigosamente perto de desmoronar. Meu olhar percorre a coleção de biografias empoeiradas da Guerra Civil e três cópias diferentes da Bíblia antes de repousar em uma foto desbotada do sr. Rider usando um uniforme de futebol da Ohio State.

Não é surpreendente, agora que penso nisso. Os jogadores de

futebol da Madison High quase nunca são mandados para a diretoria, e quando são, o sr. Rider sempre os dispensa só com uma advertência. Se ele tentar me dar detenção, talvez eu possa fingir que sou nova no time ou algo do gênero.

– Certo, vocês duas. – A voz do sr. Rider chama minha atenção para o centro da sala. Ainda está recostado na cadeira, um tornozelo descansando casualmente no joelho oposto, enquanto o olhar vai de mim para Amanda. – Alguma de vocês quer explicar o que aconteceu?

Antes que possamos responder, a sra. Clarke bufa, desdenhosa.

– O que *aconteceu*? – pergunta ela, as duas mãos firmemente encaixadas nos quadris. – Essa menina *bateu* na minha filha. Sobre o que mais falaríamos?

Preciso de todo meu autocontrole, que diminui rapidamente, para não argumentar que a filha dela fez por merecer.

A sra. Clarke foi a Miss Teen Ohio em 1998. Sei disso porque quando a conheci, no sexto ano, ela se apresentou com o título, e também porque a bolsa Chanel customizada pendurada no braço dela exibe o bordado MISS TEEN OHIO 1998 com letras douradas. Ela e Amanda têm os mesmos cabelos loiros e rostos pálidos em formato de coração, mas sempre achei que a sombra azul e o *body splash* com glitter da sra. Clarke a deixam mais parecida com uma vilã de desenho animado do que com uma antiga vencedora de concurso de beleza.

De súbito, fico muito grata pelos meus próprios pais, que embora tenham a habilidade inflexível de se meterem em todos os aspectos da minha vida, nunca mandaram bordar uma conquista de décadas atrás em uma bolsa.

Para seu crédito, o sr. Rider não comenta sobre a explosão da sra. Clarke. Ele só inclina a cabeça na direção de Amanda e pergunta, com uma gentileza surpreendente:

– Isso é verdade?

Amanda baixa o olhar para o colo. Está segurando uma bolsa de gelo comicamente grande contra a bochecha, que não esconde por completo a forma como o pescoço cora. Ótimo, penso. Ela deveria mesmo se sentir mal. Deveria sentir vergonha só de pensar em contar o que aconteceu.

— Eu só estava parada no corredor – diz Amanda, os olhos teimando em se manter fixos nas barras viradas do jeans de marca. – Estávamos indo pra aula de Economia quando Riley apareceu e me bateu.

Sra. Clarke ergue as mãos em um gesto de "está vendo?" e eu me viro na cadeira.

— Sério mesmo? – retruco. – É isso que você vai falar?

Amanda dá de ombros, um gesto irritante e minúsculo.

— Foi que aconteceu.

— Não foi, não! Você não quer contar a todo mundo o que disse? Você parecia bem orgulhosa disso antes...

— Já chega! – O sr. Rider fica em pé, as mãos espalmadas na mesa. – Não me importo com o que foi dito. A violência nunca é a resposta. Sabe muito bem disso.

As mãos de mamãe apertam meu ombro, mas eu mal as sinto com a raiva que arde na minha garganta. Por um instante, me pergunto se ela sabe exatamente o que Amanda disse para me fazer explodir. Eu me pergunto se ela teria feito a mesma coisa.

A sra. Clarke ergue o queixo.

— Ele está certo, sabe – diz ela. – Vocês têm sorte de não darmos queixa.

— Espere aí. – Papai ergue a mão. – Elas têm 17 anos, Mallory, então vamos com calma. Você tem razão, Riley não deveria ter batido nela, não importa o que aconteceu. Foi completamente inaceitável, e nós sentimos muito por você ter vindo até aqui por causa disso.

Ele dá um cutucão no pé da cadeira com o pé, e preciso de um segundo para perceber que está esperando que eu também peça desculpas. Todo mundo está esperando. Sinceramente, só me arrependo de não ter acertado Amanda com mais força, mas acho que não vou sair dessa sala até dizer algo que soe como arrependimento. Fecho os olhos, penso no ensaio que vou perder se as coisas não estiverem resolvidas até o fim do dia, e solto a respiração entre os dentes cerrados.

– Desculpa, Amanda. Não deveria ter batido em você. Foi errado e me arrependo do que fiz.

As palavras queimam ao sair, uma mais difícil que a outra, mas ao menos parecem genuínas. Acho que é nessas horas que dá para ver o quanto três anos no clube de teatro da escola e no curso de teatro do centro comunitário se pagaram – afinal, estou atuando para dar uma desculpa que não condiz com o que eu sinto.

A placa de ESCOLHA A GENTILEZA por cima do ombro do sr. Rider está começando a parecer um pouco pessoal.

Amanda escorrega mais na cadeira, o olhar ainda fixo no tapete cinza, mas a sra. Clarke balança a cabeça.

– Não – declara ela. – Não é bom o suficiente. Cadê a punição? Responsabilização pelos atos? Como é que alguém vai se sentir seguro quando ela pode sair por aí ilesa nos corredores?

– Que engraçado – murmuro. – É o que todo mundo diz da Amanda.

– Quieta, Riley. – O sr. Rider me lança um olhar severo antes de estender uma mão tranquilizadora para a sra. Clarke. – Acredite em mim, levamos as alegações de violência física a sério nessa escola, e garanto que iremos lidar com isso. Mas se estiver tudo bem, gostaria de devolver Amanda para a sala. Não é necessário que ela perca mais tempo de aula enquanto lidamos com a situação.

Ele fica em pé, gesticulando para que Amanda e a sra. Clarke o sigam para o corredor, e percebo tarde demais que a "situação" a que se refere sou eu. Minha punição. Minhas consequências. A frase "alegações de violência física" parecem piores quando ele diz em voz alta, e minhas mãos se fecham em punhos enquanto repasso a lista de possibilidades.

Não vou ser expulsa. Ele não faria isso logo antes do recesso de primavera, tão perto do fim do ano letivo. O nosso musical vai estrear em duas semanas. Preciso estudar para as provas e preciso passar no exame de habilitação e me candidatar a vagas para trabalhar no verão. Nos meus três anos na Madison High, nunca recebi sequer uma advertência, então *com certeza* não ferrei tanto as coisas.

Só que quando o sr. Rider se senta outra vez na poltrona de couro que range, com o olhar fixo em mim do outro lado da escrivaninha, percebo que não tenho a mínima ideia do que ele faria ou não. Este é um território desconhecido. Ele se ocupa com os papéis na mesa, deixando que o espaço entre nós se estreite mais a cada segundo. Eu me pergunto se isso é para ser intimidante, se ele se imagina como um detetive experiente do FBI em vez de um diretor de escola calvo de 40 e poucos anos. Por fim, ele ergue o olhar, as mãos unidas sobre a mesa.

— Estou decepcionado com você, Riley. — Ele fala meu nome como se fôssemos amigos, como se não estivesse prestes a me dar uma punição que pode impactar o restante da minha carreira escolar e provavelmente a minha vida. — Você é inteligente. É uma aluna excelente, e tem mais potencial do que metade dos jovens que atravessam essas portas. Sei que tem sido um semestre difícil pra você, mas esse tipo de comportamento é inaceitável.

— Foi um semestre ótimo, obrigada.

As palavras saem antes que possa impedi-las. As unhas de mamãe fincam na minha clavícula em um aviso silencioso, mas eu a ignoro. O sr. Rider pode me punir por bater em Amanda, claro, mas não pode fingir que me conhece.

— Certo — ele cede, pegando um formulário novo na mesa. — Vamos fazer o seguinte, então: já que essa é a sua primeira infração e já que é uma colaboradora ativa da nossa comunidade, não vou te expulsar.

O alívio é imediato, uma onda atordoante.

— Não vai?

– Não. Considerando as circunstâncias, não acho que ajudaria muito, mas também não posso só te dispensar com uma advertência. Então, vou designar você a uma semana de suspensão a ser cumprida na escola. Vai ficar sentada aqui, fazer as tarefas de casa e ajudar no escritório quando precisarem. E claro, será banida de todas as atividades e esportes da escola. Vamos entrar em recesso amanhã, então a suspensão aconteceria na semana que voltarmos. O que acha?

– Na semana que...? – Eu me jogo para a frente do assento, um novo arroubo de pânico me inundando. – Não, sr. Rider. A semana seguinte ao recesso é o ensaio técnico de *Shrek*.

O sr. Rider aperta o dorso do nariz.

– Sem ofensas, Riley, mas não acho que o musical da escola deveria ser sua maior preocupação nesse instante. Você começou uma briga no meio do horário escolar. Tem sorte de Amanda não ter se machucado de verdade, e que os Clarke não vão insistir em tomar ações legais. Entendo a situação, claro, mas estou de mãos atadas.

– Isso não é justo!

Sei como estou soando, como as minhas prioridades parecem estar trocadas, mas essa não pode ser a solução. O departamento de teatro da Madison High é minha única constante o ano todo, meu paraíso no meio de tanta incerteza. Quando estou rindo com os nossos rituais de apertos de mão antes da apresentação ou engolindo a comida do Steak 'n Shake depois da parte técnica, não escuto os cochichos. Não vejo as sobrancelhas erguidas ou os olhares significativos ao repassar as falas nos bastidores com Leena ou Kev. De forma realista, sei o que pessoas como Amanda e a sra. Clarke dizem, não importa o que aconteça, mas quando estou no palco, suando sob as luzes, sob as fantasias e os quilos de maquiagem, acho que não me importo.

Estamos trabalhando em *Shrek* há meses. Finalmente consegui um papel principal depois de dois anos sendo a Aldeã Número Quatro, e não vou deixar que a incapacidade da Amanda de lidar com as consequências dos seus atos estrague tudo agora.

– Me tirar da parte técnica prejudicaria o departamento inteiro – eu argumento, buscando como louca uma desculpa que vá convencer o sr. Rider. – O resto do elenco não fez nada de errado. Por favor, estamos trabalhando na peça desde novembro.

Sustento o olhar dele do outro lado da mesa e tento canalizar o jogador de futebol americano que há dentro de mim, qualquer coisa que me ajude a entender como sempre conseguem sair dessas situações ilesos. Tento me lembrar de como Amanda agiu mais cedo, como abaixou a cabeça e se fingiu de vítima, mas nada ajuda. Nunca recebi detenção antes. Nunca sequer recebi uma advertência de atraso, mas aqui estamos.

Porque Amanda Clarke não consegue calar a boca por cinco minutos.

O sr. Rider balança a cabeça.

– Sinto muito. Entendo seu argumento, mas já disse que não posso te deixar sair só com uma advertência.

– Você deu a Jake Pullman uma advertência por fumar maconha no banheiro – argumento.

– Aquela era uma situação diferente.

– Por quê? Por que ele tinha um jogo decisivo naquela noite?

Atrás de mim, papai pigarreia. Mal registro aquele som, concentrada demais em como o rosto do sr. Rider lentamente fica do mesmo tom de escarlate que a placa decorativa.

– Jake Pullman recebeu uma advertência – diz ele, cauteloso – porque se alistou para fazer um programa voluntário em vez disso. Foi escolha dele.

– Eu posso fazer um programa voluntário!

Odeio como pareço desesperada, mas é verdade. Se o sr. Rider me olhasse nos olhos nesse instante e dissesse que eu deveria cortar a grama dele ou repetir a aula de Geometria ou ficar correndo na pista usando o uniforme puído da nossa mascote – Emílio, o Milho – eu faria tudo isso.

Eu me preparo para outra rejeição, mas para minha surpresa, o sr. Rider parece genuinamente pensativo.

— Faria mesmo?

Assinto com vigor.

— Claro.

Eu faria qualquer coisa.

Ele hesita um segundo antes de se esticar e pegar um panfleto azul da última gaveta da escrivaninha. Eu me inclino para a frente, as mãos deliberadamente embaixo das coxas. Não importa o que seja, não importa qual programa o sr. Rider considere, vou agir como se fosse a oportunidade mais maravilhosa do mundo. Porque vai ser. Porém, quando ele vira o panfleto e revela as palavras Acampamento Primaveril da Juventude de Pleasant Hills no topo, minha determinação desaparece.

Porque se uma suspensão durante a semana de ensaio técnico é a pior coisa que poderia acontecer comigo, ir ao acampamento da juventude da Igreja Batista de Pleasant Hills chega bem perto do segundo lugar.

— Como bem sabe, Pleasant Hills é um grande alicerce da nossa comunidade — diz o sr. Rider, aparentemente ignorando a forma como me encolho na cadeira. — A congregação sempre trabalhou de perto com os nossos voluntários estudantis, e sei que já tem familiaridade com o programa. Você estava planejando comparecer ao acampamento na semana que vem?

Minha cadeira range enquanto afundo as unhas no couro macio. Sinto mamãe se remexer atrás de mim, cruzando os braços, e meu pai continua desconfortavelmente imóvel.

— Não — respondo. — Não estava planejando.

Faz mais de um ano que não vou à igreja. O sr. Rider sabe disso, é claro. Todo mundo na cidade sabe disso, pois ao que parece o fato de eu não querer me sentar em uma capela poeirenta e escutar o pastor Young falar sobre todas as formas diferentes como vou para o inferno é a coisa mais interessante que já aconteceu por aqui.

A boca do sr. Rider se retorce nos cantos.

– Que pena. Não posso te dizer como deve viver a própria vida, Riley, mas posso te oferecer orientação. Se estiver falando sério sobre um programa voluntário, vou permitir. Você pode se juntar à congregação da juventude de Pleasant Hills na semana que vem, e passar um templo refletindo sobre suas ações. Quando voltar, é só me entregar uma redação sobre o que aprendeu. Se me entregar isso na semana depois do recesso de primavera, vou considerar que sua ficha está limpa.

Dá para perceber o quanto odeio Pleasant Hills por até essa ser uma decisão remotamente difícil. Não deveria ser. Praticamente implorei ao sr. Rider por uma alternativa, e aqui está. Ele está me dando uma saída, mas nunca fui boa em deixar as coisas só acontecerem. Mamãe diz que é porque eu penso demais. Minha irmã Hanna diz que é porque sou escorpiana. De qualquer forma, não tenho muita escolha agora.

– Por que tem que ser o acampamento? – pergunto, cruzando os braços com força. – Não posso, tipo, me voluntariar no asilo, ou qualquer coisa assim?

Não deixo de notar o olhar que o sr. Rider dá para minha mãe e meu pai. Ele deve saber que os dois também não vão ao culto desde o Natal, e me pergunto se esse é algum truque esquisito para tentar salvar todas as nossas almas. Talvez o pastor Young tenha mandado ele fazer isso.

– Trabalhos como esses requerem mais preparativos e papeladas. – O sr. Rider desliza o panfleto na minha direção. – Resumindo, sou seu diretor, Riley. Quero que seja uma pessoa bem-sucedida. Quero que o tempo que passou aqui na Madison seja uma experiência de aprendizado empolgante, tanto dentro quanto fora da sala de aula, e estudos mostraram que alunos ficam mais felizes quando estão envolvidos na comunidade. Não posso te obrigar a ir a lugar nenhum, mas se realmente não quer uma suspensão, acho que seria uma ótima oportunidade pra você.

Ele me observa com um misto de pena e preocupação cautelosa, como se eu fosse pegar fogo com a mera menção ao nome do Senhor. Talvez eu faça isso. Talvez ateie fogo em mim mesma para provar um ponto.

Olho por cima do ombro para onde mamãe e papai estão em silêncio, observando a conversa. A expressão de papai continua teimosamente neutra, mas dá para ver que mamãe está brava pela forma como a sobrancelha esquerda arqueia levemente mais do que a direita. É um pequeno consolo, mas aceito. Ela pode me passar um sermão hoje à noite. Pode me deixar de castigo pelo resto do ano, mas nesse instante, dentro dessa sala do diretor, ela está do meu lado, sem hesitar.

– A escolha é sua – diz ela, e sei que é sincero.

No fim, não é muito uma escolha. Não posso perder a peça. Não posso decepcionar meu elenco. Posso me sentir uma bagunça e *errada* na maioria dos dias, mas no palco, sou intocável. E não é algo de que eu estou disposta a abrir mão.

– Tudo bem. – Estico a mão para a mesa e deslizo o panfleto meio centímetro na minha direção. – Eu vou. E vou escrever a redação.

O rosto do sr. Rider se abre em um sorriso largo.

– Excelente! Que maravilha, Riley.

Ele se vira para dizer algo para mamãe e papai, mas não presto mais atenção. Pego a mochila, e quando começo a sair, com o panfleto amassado entre os dedos, é quase uma pena eu não acreditar mais em Deus.

Acho que seria uma boa hora para começar a rezar.

II

Meu Senhor e Salvador Papito Jesus

—Não consigo acreditar que vão me mandar para *Kentucky*. – Jogo uma camiseta embolada mais ou menos na direção da minha mala lotada. – Isso não é nem um estado de verdade!

Hannah pega a camiseta no ar, sem sair de onde está sentada na beirada da cama desarrumada.

– Acho que você não pode falar mal dos estados do Meio-Oeste quando mora em Ohio – comenta, alisando os vincos no tecido antes de colocá-la junto com as outras roupas. – Mas acho que sempre pode dizer pra mamãe e pro papai que mudou de ideia.

– De jeito nenhum. A srta. Tina me mataria se precisasse encontrar um Burro novo uma semana antes do ensaio técnico.

– Tá. – O canto da boca de Hannah levanta com um sorriso exasperado. – Esqueci que o Burro é a estrela principal de *Shrek, o Musical*.

– Não sei por que você está falando como se isso não fosse verdade.

Eu me viro para o armário, tentando não pensar em como a srta. Tina tinha ficado decepcionada quando disse que não poderia comparecer ao ensaio daquele final de semana. Os horários da semana seguinte são opcionais – só uma reunião mais casual para quem passar o recesso de primavera na cidade –, mas sou vice-presidente do clube de teatro. Sou uma das poucas alunas que de fato quer estudar teatro quando acabar a escola. Deveria ser alguém com quem ela pudesse contar. Definitivamente *não* era para eu ir passar a semana antes do ensaio técnico na área rural de Kentucky sem ter uma forma de ensaiar a blocagem, mas isso não é tudo culpa minha.

Pessoalmente, culpo Amanda Clarke, e a obsessão praticamente inconstitucional da Madison High em produzir alunos que tenham "bons valores cristãos".

Do outro lado do quarto, Hannah levanta uma camiseta velha com as palavras FOCO FORÇA FODA-SE estampadas.

– É um sim ou não?

Eu suspiro.

– Um talvez. Coloque aí na pilha.

– Você está fazendo uma pilha?

Supostamente, sim. Encaro a montanha de roupas. Passei os últimos três anos observando Hannah fazer as malas para esse mesmo acampamento, enfiando bolsas de compressão rosa-claras em uma mala da mesma cor pastel, que era fechada sem protestos. Ela fazia parecer simples e fácil, mas devo ter passado pelo menos uma hora revirando o meu armário e ainda assim não tenho a menor ideia do que levar.

O panfleto do acampamento Pleasant Hills sugeriu que levasse na mala "tênis de caminhada, uma Bíblia e o espírito pronto para receber o Senhor", o que não ajudou em nada, considerando que não tenho nenhum desses itens.

– Está tudo bem – eu digo, chutando um short de academia para longe. – Provavelmente não vou precisar desse, né? É só uma semana. E o sr. Rider não disse que a redação precisava ser *boa*, então teoricamente, eu poderia só escrever que Amanda Clarke é uma filha da puta hipócrita que mereceu levar um tapa na cara. Trabalho feito.

Hannah balança a cabeça e joga a camiseta de foco e força no chão. Quando ela se endireita, com os braços cruzados, já sei o que vai falar. Ela é só um ano mais velha do que eu, mas graças ao amor que mamãe sente por macacões combinando, a maioria das pessoas achava que éramos gêmeas até irmos para a escola. Temos os mesmos olhos verdes, sobrancelhas grossas e cabelos castanhos lisos, mas o de Hannah é comprido, e eu fico irritada se o meu passa da altura dos ombros. Só que as semelhanças acabam por aí. Hannah é tipo essa princesa-fada da vida real que nasceu para flutuar por aí dentro de uma bolha cor-de-rosa. Ela é mais alta do que a maior parte da turma de veteranos, e tem braços e pernas compridos e graciosos por causa das aulas de balé, e é gentil de formas que não consigo nem começar a compreender. Cresci escutando as pessoas dizendo "Ah, você é a irmãzinha de Hannah? Que sorte!" tantas vezes que eu teria ficado ressentida se não amasse tanto minha irmã.

Por ela, eu daria tapas em mil Amanda Clarkes sem hesitar.

– Eu sei – digo, antes que ela comece a falar. – Deveria só ter ignorado.

Hannah tensiona a mandíbula.

– Sim, deveria. Sei que mamãe e papai já te deram um sermão, mas ela não vale a pena.

Aperto um cabide vazio. É claro que nossos pais passaram metade do caminho de carro de volta para casa passando um sermão sobre a importância da resolução de conflitos e como tinham ficado decepcionados, mas mesmo assim não me arrependo do que fiz.

– Ela é horrível, Hannah – digo. – Todas elas são. Amanda disse que...

– Eu *sei* o que Amanda disse. É o mesmo que todo mundo anda dizendo desde o Natal.

– Mas isso não quer dizer que está tudo bem eles falarem!

Não é difícil me lembrar do som da voz de Amanda naquela tarde, desdenhosa e sussurrando, baixo o bastante para que o sr. Johnson, que estava por perto, continuasse alegremente distraído. Eu estava passando pelo corredor dos veteranos a caminho da aula de espanhol quando a vi parada com Greer Wilson e Jorgia Rose, três cópias idênticas vestindo o mesmo top rendado e ostentando a mesma rotina de beleza patrocinada pela Rare Beauty.

– Ei, Riley – disse ela, lançando um sorriso grande demais para Greer. – Sentimos falta da Hannah na chamada hoje. Onde é que ela está?

Quatro meses atrás, não teria sido uma pergunta estranha. Eu teria respondido sem piscar e seguido andando, porque quatro meses atrás, Hannah também estaria ali com elas. Ela teria me puxado para o grupinho para rirmos juntas de algo que o sr. Kahn disse na assembleia dos veteranos, ou planejar onde iríamos pegar nosso *bubble tea* depois da aula. Eu teria me sentado ao lado de Greer no banco de trás do carro de Hannah a caminho de casa, enquanto Amanda organizava uma *playlist* perfeita no assento da carona, e nada daquilo pareceria errado.

Muita coisa pode mudar em quatro meses.

Naquela tarde, por exemplo, eu só dei de ombros.

– Ela está em casa – respondi. – Não estava se sentindo bem hoje de manhã.

Depois, continuei pelo corredor. Só que os lábios de Amanda, com *gloss* recém-passado, tinham se aberto em uma demonstração pouco convincente de falsa preocupação.

– Ah? Ela engravidou de novo, é?

Estava completamente preparada para ignorá-la e continuar a caminho da aula quando Amanda se virou para Jorgia Rose e sussurrou, alto o bastante para metade do corredor ouvir:

– Sabe que foi isso que ela foi fazer nas férias de Natal, certo? Os pais levaram ela até Cleveland para fazer um *aborto*. Foi por isso que Hannah parou de ir à igreja com a gente. O pastor Young disse que agora só podemos rezar por ela.

Eu não me lembro de ter me virado. Tudo o que sei foi que em um segundo meu corpo inteiro ferveu enquanto a raiva retesada sob a pele finalmente vinha à tona, e no instante seguinte, Amanda estava cambaleando contra os armários, a mão na bochecha, enquanto o sr. Johnson atravessava o corredor às pressas para separar a briga.

Vestígios daquela raiva ainda vibram no meu corpo quando afundo no colchão.

– Odeio essa garota – assumo. – Sei com toda a certeza que ela costumava pegar Terron Parker depois da aula de balé. E Greer transou com aquele carinha da simulação da onu no outono passado, lembra? O que tinha uma fuinha? Seria uma coisa se elas admitissem, mas vão passar essa próxima semana agindo como se fossem as mensageiras pessoais de Deus quando nem *tentam* seguir as regras que criaram. Sabe, todas elas ainda são amigas de Collin.

Hannah se encolhe, e na mesma hora quero voltar atrás no que disse. Ela não precisa me lembrar que o ex-namorado foi recebido de braços abertos na hierarquia social da Madison High, enquanto ela ainda está se arrastando para sobreviver ao último ano da escola.

– Eu sei – responde. – Todos os dias eu vejo eles juntos. Só não me importo com o que pensam.

– Como assim?

– Você ficaria chocada em descobrir quantos problemas podem ser resolvidos mudando para a Califórnia.

Ela bate o ombro contra o meu, e um pouco da frustração se dissipa. O fato de Hannah não ter me pedido para sair da escola para acompanhá-la a Stanford ano que vem é meio ofensivo, ainda mais quando fico tendo sonhos vívidos e praticamente sexuais com uma cidade que tem um restaurante de sushi de verdade e um mercado gigante. Na terra mágica dos meus sonhos, sempre existe transporte público confiável, uma praia a cada esquina e nenhuma placa dizendo o inferno é real assombrando a saída da estrada do condado de Madison. Também é um lugar livre de Amanda Clarke, uma vantagem que nem o acampamento da igreja de Pleasant Hills pode oferecer.

Dou um grunhido e enterro o rosto nas mãos enquanto todo o peso do que estou fazendo recai nos meus ombros.

– Não dá pra acreditar que vou passar o recesso de primavera com essa gente.

– Eu sei. – Hannah assente, sábia. – Alguém vai fazer uma *Operação Cupido* na sua cama, com certeza.

– Hannah!

– Estou brincando! Depois que os conselheiros separarem vocês em grupo, você quase não vai ver mais ninguém. Além do mais, Ben e Julia vão estar lá para te proteger.

Decido não mencionar a vez que Ben quebrou o pé pulando do nosso terraço porque achou que "tinha uma abelha". Ele provavelmente é a última pessoa para quem eu ligaria em uma crise, mas pensar que vou passar a próxima semana com ele e Julia é a única coisa que me impede de atirar a mala pela janela.

Ben e Julia Young compareceram a todos os retiros, acampamentos juvenis e missões de Pleasant Hills desde que aprenderam a andar, em parte porque o pai deles é o pastor, e em parte porque acho que a banda da igreja iria acabar se Julia não estivesse por lá para transpor todas as partituras. São meus dois melhores amigos no mundo inteiro, e se eu precisar passar o recesso de primavera escutando o pastor Young fazendo proselitismo de como Deus curou a depressão do tio do irmão do amigo dele, ou algo do tipo, ao menos não estarei sozinha.

Fico em pé e caminho com cuidado pelo quarto enquanto Hannah volta a dobrar minhas roupas. Quando escancaro as cortinas, posso ver a janela do quarto de Julia do outro lado do jardim estreito. Na maior parte das tardes, as cortinas dela estão fechadas, o quarto escuro e silencioso esperando-a voltar do treino de softbol, gerência estudantil ou qualquer projeto voluntário que anda fazendo, mas naquela tarde, a janela está escancarada. Julia está sentada na escrivaninha, digitando no laptop com um monte de livros didáticos empilhados de qualquer jeito no canto. Destranco a minha própria janela e coloco as mãos ao redor da boca.

– Jules!

Ela ergue o olhar, a expressão mudando de concentração para alívio quando me vê.

– Oi! Já arrumou a mala?

– Nem um pouco!

Eu mandei uma mensagem para ela e Ben contando dos meus novos planos de recesso no instante em que voltei para casa, tentando desesperadamente encontrar um lado bom na minha semana de reflexão sagrada obrigatória.

Você se voluntariou?? Julia perguntara. Sério? Pisque duas vezes se você foi sequestrada contra sua vontade.

Bom, definitivamente é contra minha vontade, mas vai rolar, mandei de volta. É só para o sr. Rider ainda me deixar fazer o musical.

A resposta de Ben chegou só alguns minutos depois, acompanhada de uma fileira de emojis de diabinho sorrindo. Não seja tão modesta, Riley. Acho que Papito Jesus está emocionado que você está pronta pra receber ele de novo em seu coração.

Pessoalmente, acho que Papito Jesus tem preocupações maiores.

– Vem aqui – peço, fazendo um gesto para Julia vir ao quarto. – Me ajude a arrumar a mala.

Julia hesita.

– Você não está de castigo?

– Você está de *castigo*? – A cabeça de Ben aparece por cima do ombro de Julia, os óculos deslizando pelo nariz. – Não achei que seus pais soubessem como fazer isso.

Sinceramente, eu também não. Antes de hoje, a maior encrenca que já tive foi quando matei aula e deixei que um dos alunos mais velhos do clube de teatro me levasse para um protesto no centro contra a violência armada. Mesmo na época, o sermão que recebi foi basicamente "se vai matar aula por uma causa em que você acredita, tudo bem, mas pelo amor de Deus, por favor nos diga para onde vai para não passarmos a tarde inteira pensando que você está morta em uma sarjeta".

– Por favorzinho? – Eu tento de novo. – Não tenho a menor ideia do que estou fazendo.

Julia finge considerar por um segundo demorado antes de fechar o laptop.

– Espera aí. Estamos indo.

Ela fecha as cortinas e menos de um minuto depois, escuto a campainha. Abro a porta do quarto e prontamente tropeço em três pares de tênis diferentes a caminho do corredor. Não consigo ver muito dali, mas se me inclinar por cima do corrimão, consigo ouvir a voz de mamãe em alto e bom som ao abrir a porta.

– Sabem que Riley está de castigo, né?

– Oi, sra. Ackerman. – A voz de Julia é doce. Imagino ela e Ben parados um do lado do outro no batente, lançando para mamãe aqueles sorrisos vencedores do Oscar. – É, uma pena, mas viemos ver a Hannah.

Mamãe hesita, corretamente cautelosa.

– Vocês *dois* estão aqui para ver a Hannah?

– Isso! – Ben exclama. – Eu nem sei quem é Riley.

O silêncio se estende por alguns segundos demorados enquanto mamãe decide se mandá-los embora vai trazer mais ou menos problemas. Ela suspira, e a porta da frente range ao se abrir por completo.

– Vocês têm quinze minutos.

Hannah sai da minha cama enquanto dois pares de passos sobem as escadas, deixando uma pilha de meias dobradas no lugar em que estava sentada.

– Vou deixar vocês três terminarem – diz ela. – Não leve coisas demais.

Hannah pisa no corredor no instante em que Ben e Julia viram ali. Ben prontamente tropeça no tapete, e então se segura no corrimão a tempo de não descer as escadas rolando.

– Oi, Hannah. – Ele apoia um cotovelo na parede no que imagino que seja uma tentativa de indiferença casual. – Você está bonita.

Hannah o olha por exatamente meio segundo antes de passar embaixo do braço esticado dele.

– Valeu, Ben.

Mordo o lábio enquanto nós três a observamos descer as escadas.

– Uau – comento. – Acho que essa foi a sua pior performance.

– Você não viu ontem – diz Julia. – Ele perguntou se ela gostava de comida. Sem mais nem menos.

Ben fecha os olhos.

– Não era isso que eu queria dizer. Estava perguntando de que *tipo* de comida ela gosta.

– Ainda é uma coisa esquisita pra perguntar para alguém que você conhece desde o terceiro ano, mas beleza. – Julia o empurra para o meu quarto, e congela quando vê o caos. – Caraca. Que bagunça é essa?

Eu gemo. Até agora, não percebi que estava tão ruim. Sem a ajuda de Hannah, não faço ideia de quais são as pilhas diferentes na minha cama, nem onde parei.

– Não é culpa minha – digo. – Nunca fiz a mala pra ir ao acampamento da igreja antes.

– Mas Hannah fez – argumenta Julia. – Diversas vezes.

– Ela não conta. A mala dela tem, tipo, cinco centímetros de largura. Nem sei como ela consegue.

– Bom, primeiro, não precisa levar todos esses sapatos. – Julia enfia a mão na mala e tira uma sandália. – Por que está levando três pares de Birkenstocks?

Hesito.

– Para ter opções?

Ben espia por cima do meu ombro.

– Por que você *tem* três pares de Birkenstocks?

– Eu sou bissexual, Ben. É tipo um pré-requisito.

Ele ri e se joga no meu pufe, que sempre está murcho, enquanto Julia vasculha minha mala. Os dois de fato são gêmeos, mas é difícil dizer só de olhar. Ben é forte e alto, feito para ser um jogador de futebol, embora não possua um pingo de habilidade atlética, e Julia é quase mais baixa do que eu. Os dois herdaram o cabelo ruivo da mãe, mas o de Julia é mais liso e ondulado enquanto o de Ben forma cachinhos que adicionam mais alguns centímetros à altura dele. No dia que nos conhecemos, eu disse que os dois não se pareciam em nada, e Julia, que tinha 7 anos, começou a dar uma explicação muito completa sobre gêmeos fraternos e usou a palavra "dizigótico" ao menos cinco vezes. Ela sempre foi assim: precoce, falante e inteligente. Acho que seria uma excelente adição ao nosso departamento de teatro se os pais a mandassem para Madison em vez da escola particular cristã do outro lado da cidade.

– Você não precisa de cinco moletons – diz Julia, jogando um monte de roupas na cama. – Nem é pra estar frio.

– Mas pode ficar! – reclamo. – Nós não controlamos o clima, Julia.

– Não vamos dormir do lado de fora. Você vai ficar bem.

Faço uma carranca enquanto ela deixa outro moletom no chão. Nunca me senti julgada por Julia – não quando saí do armário ano passado, nem quando parei de ir à igreja, nem quando Hannah contou a ela e Ben sobre o aborto. No entanto, é difícil não levar para o lado pessoal o desprezo que ela nutre pela minha coleção de camisetas com dizeres divertidos.

– Só quero estar preparada – argumento. – O panfleto diz pra "esperar qualquer coisa".

Ben bufa.

– O panfleto também diz que temos uma cozinha perfeitamente funcional, e no caso é um jeito otimista de falar.

Ah. Meu estômago embrulha. Eu nem pensei no problema da comida. Vamos ter o suficiente? Eu deveria levar lanchinhos? Posso pedir um hambúrguer vegetariano pelo aplicativo caso passe necessidade? Percorro o quarto com o olhar, avaliando as roupas saindo da cômoda e os produtos de higiene empilhados ao pé da cama. Meus batimentos pulsam na garganta como sempre acontece quando me sinto despreparada, mas não acho que estou preocupada necessariamente com a mala. Não de verdade. É mais o fato de que vou para

Pleasant Hills quando todo mundo lá já deixou bem claro que minha família não pertence a esse lugar.

É a lembrança de Hannah indo para a igreja na semana que chegou de Cleveland, e voltando em prantos porque alguém contou ao pastor Young que ela tinha feito um aborto. Ele apontou o dedo para ela diante de toda a congregação, disse para se arrepender bem ali, na frente de todo mundo, e depois passou os últimos meses deixando livretos pró-vida bem gráficos na nossa porta.

– Riley. – A mão de Julia pousa no meu braço, e percebo que me calei, olhando feio para a mala com um suéter rejeitado embolado nas mãos. – Está tudo bem. Ninguém vai, tipo, fazer você memorizar o livro dos Salmos.

– Principalmente porque nos obrigaram a memorizar os Salmos no ano passado – oferece Ben. – É bem provável que vai ser Coríntios esse ano.

Julia o fuzila com o olhar.

– Você não está ajudando.

– Que foi? É verdade! – Ele se afunda mais no pufe, os braços atrás da cabeça. – Mas ela está certa, Riley. Vamos ouvir os sermões, claro, mas a maioria das pessoas só vai para o acampamento porque gosta de ver os amigos. É tranquilo. Exceto pelo pique-bandeira – ele acrescenta. – Isso fica *bem* intenso.

Hesito.

– Intenso quanto?

– No ano passado Mary Ann Thorton tropeçou e perdeu um dente?

Eu dou risada. Quando saí de Pleasant Hills, Mary Ann Thorton disse a todo mundo que era porque eu estava "cheirando maconha" e então foi chorar no banheiro quando falei que fazer fofoca não era uma coisa muito cristã.

– Está vendo? – Julia aperta meu braço outra vez. – É divertido. Papai vai ficar lá pregando, claro, mas ninguém vai te forçar a voltar para a igreja.

Ela me lança um sorriso rápido e furtivo, e não tenho coragem de dizer que penso que não tem nada que o pai dela adoraria mais no mundo do que me grudar para sempre em um banco da igreja. Eu me lembro de estar sentada no culto na semana depois que saí do armário, escutando o pastor Young pregar sobre os perigos da homossexualidade, e perceber com uma clareza repentina e terrível que ele estava falando de mim. Eu contei aos meus pais quando voltamos para casa, e acabou aí. Eles me deixaram ficar em casa quando ocasionalmente iam à igreja para acompanhar Hannah. Quando o pastor Young se voltou contra ela também, começamos a passar os domingos juntos, tomando *brunch* e assistindo a filmes duvidosos.

O panfleto do acampamento amassado em cima da mala declara com orgulho que "todo mundo tem um lugar em Pleasant Hills". Se eu pudesse, acrescentaria um "desde que o pastor Young deixe você ficar lá".

Eu me endireito e me força a retribuir o sorriso de Julia.

– Eu sei – digo. – Posso sobreviver por uma semana.

– Isso aí!

Julia joga um braço por cima do meu pescoço, e dou risada enquanto tropeço na direção dela no chão. Nós três costumávamos passar a maior parte das tardes deitados no quarto um do outro assim, mas sem as atividades extracurriculares da igreja nos reunindo, fica cada vez mais difícil encontrar tempo. Agora, contudo, o rosto de Julia está a centímetros do meu. Estou perto o bastante para sentir o perfume de baunilha que ela sempre usou, e por um segundo breve e louco, eu a imagino espirrando contra o pescoço na luz matinal do banheiro.

– É. – Ben fica em pé, chamando minha atenção para longe do pescoço de Julia enquanto abraça nós duas. – E *eu* vou estar lá, o que provavelmente é mais importante.

– Tá bom, tá bom! – Eu me solto do abraço coletivo. – Já saquei. Talvez não seja o fim do mundo.

Jules indica a minha mala com a cabeça.

– Talvez seja, se você for levar esses Crocs.

Solto um grunhido e me viro para o armário. A ideia de aparecer no estacionamento de Pleasant Hills no domingo e entrar em um ônibus para o Kentucky ainda assim me faz querer sufocar na minha pilha de camisetas engraçadinhas, mas não acho que exista outra saída.

Escreva sobre o que aprendeu, dissera o sr. Rider quando estava saindo da sala dele hoje à tarde. *É uma ótima oportunidade pra você, Riley, e ficarei esperando a redação na minha mesa assim que voltar.*

Não sei o que ele acha que vou aprender com uma igreja batista do Meio-Oeste, mas eu vou se preciso for. Vou passar tempo com Ben e Julia, inventar alguma história melosa sobre como Deus apareceu para mim por entre as árvores, e passar o resto dos dias rezando para que Amanda Clarke caia de cara no chão durante o pique-bandeira. Vou ficar de cabeça baixa, sorrir e aguentar firme durante os sermões do pastor Young, e vou embora sabendo que tenho uma comunidade de pessoas que de fato se importam comigo esperando por mim aqui em casa, pronta para fazer minha peça de teatro.

E então, quando acabar, vou usar todo o conhecimento que recebi com a aula de Literatura avançada e escrever a melhor redação que ele já viu na vida, cheia de nuances, sobre como simplesmente nunca mais quero pisar no estado de Kentucky.

III

Não é fofoca se está incluído em um pedido de oração

O problema da Igreja Batista de Pleasant Hills é que ela tem o pior estacionamento de todo o estado de Ohio. Não acho que consiga provar isso cientificamente, mas mamãe precisa de dez minutos inteiros para encontrar uma vaga em meio aos bueiros quando ela e meu pai vêm me deixar aqui domingo de manhã.

Ainda está escuro quando desço do carro, o céu do mesmo cinza cor de giz como o asfalto debaixo dos pés, mas o estacionamento já está agitado. Ao nosso redor, os campistas tiram colchonetes de cores vibrantes do porta-malas e abraçam os pais para se despedir. Um ônibus escolar amarelo desbotado está estacionado na viela estreita ao lado da igreja, e consigo ver o perfil demarcado do pastor Young enquanto fala com o motorista na frente.

Ótimo, penso, virando-me para pegar a mochila do chão do carro. Isso significa que Ben e Julia já chegaram.

— Nossa. — Papai solta um grunhido enquanto me ajuda a arrastar a mala do porta-malas. — O que foi que você enfiou aqui?

Encaro feio a bagagem.

— Um espírito pronto pra receber o Senhor. Como era requerido.

— Bom, seu espírito está me dando dor nas costas.

Deixo que ele me puxe para um abraço apertado com um braço só enquanto minha mãe enfia outra barrinha de cereal no bolso da frente da mochila. Sei que os dois ainda estão decepcionados comigo, mas também sei como seria fácil para eles só me enfiarem no carro dos Young naquela manhã e declarar que estava tudo resolvido. Em vez disso, estão aqui, parados lado a lado no estacionamento de Pleasant Hills pela primeira vez em meses, e quando minha mãe me aperta em um último abraço de esmagar as costelas, sinto um pequeno nó na minha garganta.

– Divirta-se – diz ela, a respiração formando vapor no ar frio do começo de abril. – E não se meta em encrencas.

Abro um sorriso.

– Nunca me meto.

Então, eu me afasto, faço um último aceno aos dois e me junto à multidão reunida na frente da igreja.

Pleasant Hills não tem uma congregação particularmente grande, mas o que não tem em números compensa com uma dose saudável de indignação divina. A igreja em si é um prédio de dois andares construída com as plantações de milho de Ohio no fundo. Hoje, a marquise lá na frente está vazia – provavelmente porque alguém tirou uma foto da vez que dizia NÃO DÁ PARA ADENTRAR O CÉU SE JESUS NÃO ADENTRAR VOCÊ e agora o pastor Young morre de medo de acidentalmente deixar implícito que nós deveríamos transar com Deus, canonicamente falando. A estrada do condado de Madison fica visível acima da linha das árvores no fundo.

Permaneço às margens da multidão, tentando não chamar atenção para mim mesma enquanto vasculho o estacionamento à procura de Julia. Reconheço metade dos adolescentes ao meu redor, incluindo Amanda e Greer, mas fico surpresa em encontrar tantos estranhos. Madison High é a única escola pública de Ensino Médio no condado, mas tem algumas escolas particulares por perto, e às vezes os alunos aparecem em Pleasant Hills. Algumas famílias até vêm de cidades nos arredores especificamente para vir ao culto, ou porque não têm uma igreja para chamar de sua, ou porque acham que

35

o pastor Young é especialmente passional, então o grupo de jovens é sempre esse coletivo estranho de qualquer um que more dentro de uma viagem de até trinta minutos de carro. Nunca houve muita diferença entre o pessoal de Madison e todo o resto, mas agora, parada entre os grupos de pessoas que parecem se conhecer entre si, acho que a divisão fica clara.

Eles de um lado, eu sozinha de outro.

Quando enfim encontro Julia, ela está conversando animada com um grupo de meninas perto do ônibus. O cabelo está preso em um coque bagunçado no topo da cabeça, e quando me vê, ergue os braços no alto e diz "Bom dia!" com tanto entusiasmo que meu cérebro ainda meio adormecido por um momento entra em curto-circuito.

Julia sempre foi uma pessoa que gosta de acordar cedo. Acho que é genético. Passei exatamente um único Dia de Ação de Graças com os Young no sexto ano antes de perceber que são o tipo de gente que acorda com o nascer do sol para correr uma meia-maratona, e depois disso, nunca mais voltei. Agora preciso de todo meu treinamento de palco para retribuir o sorriso de Julia sem parecer que quero morrer.

– Bom dia – respondo. – Fico feliz de estar aqui nesse horário completamente normal.

Julia acena com a mão.

– Não é tão ruim assim. Vem. Quero te apresentar pra todo mundo.

Ela me puxa pelo gramado, passando sem esforço entre a multidão enquanto o céu vai clareando acima. Já faz um ano desde que atravessamos o estacionamento de Pleasant Hills juntas, mas eu a acompanho, pulando as rachaduras na calçada com uma facilidade familiar. Eu ainda preferia estar enroscada na cama, mas os dedos de Julia encontram os meus, e sinto meu corpo se firmar. Às vezes, eu queria saber de quantas coisas estava abrindo mão quando fui embora daqui. No ano passado, via Julia pelo menos três vezes por semana – na igreja, no grupo de jovens e no estudo bíblico. Hoje em dia, tenho sorte se conseguimos marcar uma ou duas noites de filmes entre os nossos cronogramas igualmente intensos. Ainda somos amigas, claro. Ela ainda parece ser minha outra metade, mas existe uma distância entre nós agora que não temos mais essa coisa em comum. Uma rachadura no alicerce da nossa fundação, que nunca esteve ali antes.

Talvez esse seja um dos motivos de eu ter concordado em vir ao acampamento essa semana. Porque mesmo que eu não acredite na igreja, no acampamento ou na religião organizada, ainda posso passar esse tempo com ela e Ben. Ainda posso fingir que nada mudou.

– Por aqui. – Julia solta minha mão, gesticulando para uma garota negra e alta do outro lado da calçada. – Riley, essa aqui é a Delaney.

Eu não conheci Delaney Adebayo oficialmente, mas sei que é uma das amigas de escola de Julia. Outra aluna da Academia Cristã Leste, que ainda comparece aos acampamentos de Pleasant Hills mesmo que a família frequente outra igreja do outro lado da cidade.

– Oi. – Escondo um bocejo na mão. – Desculpa, acho que ainda não acordei direito.

Delaney assente, compreensiva.

– É cedo demais pra isso, né?

Ela revira os olhos na direção do pastor Young, uma expressão que é metade piada, metade condenação, e decido que gosto dela. Apesar de ser muito cedo, Delaney está vestindo um moletom verde--escuro da Academia com uma camisa perfeitamente bem passada embaixo. O cabelo preto de tranças apertadas escorre pelas costas, e ela até passou um pouco de iluminador dourado no alto das bochechas. Parece mais uma estrela de série adolescente em que a líder de torcida também é uma vampira, por algum motivo, do que alguém que vai passar uma semana no meio da floresta.

Olho para o meu jeans largo, e então a voz do pastor Young interrompe o zumbido da multidão:

– Podem fazer um círculo, por favor?

A multidão do estacionamento diminuiu; finalmente tem espaço para nos reunirmos em um círculo relutante enquanto o pastor Young faz uma contagem de cabeças rápida. Ele veste uma camiseta cinza, velha e desbotada e um jeans descolorido, o que acho que é uma tentativa errônea de aparentar ser Maneiro e Legal com os Adolescentes. Aos domingos, ele sempre veste branco – trajes compridos e fluidos com uma estola vermelha pendurada no pescoço – e quando o vejo passeando pelo bairro durante a semana, só usa *business casual*. Então nesta manhã, ele claramente está tentando passar uma *vibe* específica.

– Pronto, isso – diz ele, abrindo as mãos para se dirigir ao círculo completo. – Obrigado a todos por virem aqui tão cedo e dedicarem o recesso de primavera a essa semana de crescimento espiritual. Quer seja sua primeira vez aqui ou se foi um campista frequente durante seus anos de Ensino Médio, fico feliz em dar as boas-vindas para o retiro de primavera desse ano. Por que não damos as mãos e fazemos uma oração rápida antes de partirmos?

Há um momento meio constrangedor em que todos tateiam hesitantes na direção uns dos outros no escuro. Delaney segura uma das minhas mãos, a coleção de anéis deixando linhas frias na minha pele, e Julia segura a outra. Mantenho o olhar fixo de propósito nos meus sapatos enquanto o pastor Young guia uma oração para pedir uma viagem segura. Na maior parte é uma falação sobre "abençoar a juventude" e "abrir os olhos para a glória da palavra sagrada de Deus", e depois que todo mundo murmurou um *amém* humilde e apropriado, ele eleva a voz para falar com o círculo outra vez.

– Algum pedido de oração antes de pegarmos a estrada? Alguém que devemos guardar em pensamento durante a semana? – O olhar do pastor Young vai de pessoa em pessoa até parar, significativamente, em mim. – Riley – diz ele, e todas as células no meu corpo se transformam em pedra. – É tão bom ter você de volta. Existe alguém na sua vida por quem gostaria que nós orássemos?

Minha mão aperta a de Julia por instinto. O olhar do pastor Young é cheio de curiosidade enquanto me observa do outro lado do círculo, quase bondoso, mas sei que não é isso. Eu sei exatamente o que ele quer deixar implícito, e a pior parte é que todo mundo também sabe. Ele se certificou disso. O calor sobe pela minha nuca, os dedos tremendo em uma fúria silenciosa, mas Julia não solta. Ela só aperta minha mão e me segura firme enquanto o asfalto parece oscilar sob meus pés.

– Não – respondo.

O pastor Young arqueia uma sobrancelha.

– Tem certeza?

Abro a boca para dizer a ele exatamente onde pode enfiar esse pedido de oração quando a mão de Ben dispara no ar.

– Eu tenho um – diz ele, os olhos seguindo de mim para o pai, um pouco nervoso. – Gostaria de orar pessoalmente para que a sorveteria no centro de Rhyville esteja aberta esse ano. Sinto falta do sabor crocante.

Não entendo a referência, mas a tensão ao redor do círculo diminui enquanto algumas pessoas exalam risadas contidas. Até o pastor Young abre um sorriso, voltando a atenção para Ben. Outra pessoa faz outro pedido, e a conversa segue, e ainda assim, eu não consigo me obrigar a me mexer.

É isso, eu penso. É por isso que não quero voltar. É por isso que Hannah nunca mais pisou em Pleasant Hills. Não é só porque o pastor Young quer que ela se arrependa por algum crime inventado, mas porque prefere receber a dose diária de fofoca como pedidos de oração em vez de oferecer apoio para as pessoas que precisam dele.

– Tudo bem com você?

A voz de Julia é suave no meu ouvido, e desvio o olhar do pedaço de grama sujo aos meus pés. Pisco e percebo que o círculo ao nosso redor foi dissolvido, e todos começam a entrar no ônibus em busca de um bom assento. Só nós duas sobramos na calçada, e preciso de outro segundo para perceber que ela ainda está segurando minha mão. Eu a solto imediatamente.

– Tudo – murmuro, sacudindo os dedos dormentes. – Vamos logo.

O estacionamento de Pleasant Hills pode ser o pior lugar na Terra, mas Rhyville, Kentucky, está dando seu melhor para roubar o troféu.

De acordo com Ben, o centro é "bem fofo quando você chega lá", mas tudo o que vejo são postos de gasolina, plantações amarelo-esverdeadas, e um monte de *outdoors* fazendo propaganda para seis lojas de filmes adultos diferentes enquanto seguimos para o sul. Quando enfim chegamos ao acampamento, meu pescoço está dolorido de ficar encostada no assento, e uma marca vermelha da janela fez um vinco na minha bochecha. Eu a esfrego enquanto sigo Julia pelo corredor. Nós nos juntamos à multidão de gente do lado de fora, e quando encontro minha mala, preciso reconhecer que trazer mais sapatos foi realmente uma péssima ideia. Preciso de quase toda minha força para puxar a bagagem pelo estacionamento, o cascalho voando embaixo das rodinhas enquanto tento acompanhar o ritmo de Ben e Julia.

Esse acampamento não pertence de fato a Pleasant Hills. Isso eu sei das informações na brochura. Em vez disso, eles alugam um espaço algumas vezes por ano de uma igreja da região, mas não daria para saber só de olhar. Tudo ali, desde o estacionamento até os caminhos tortuosos aos prédios descascando, possui o toque especial do pastor Young, como se uma parte desse acampamento estivesse presa no ano de 1995. Está mais quente do que em casa, o ar denso com um pouco de umidade, e quando os outros finalmente param diante do que parece ser uma capela, estou coberta por uma fina camada de suor.

– Celulares! Celulares, aqui!

Uma conselheira em uma camiseta azul-clara para no meio do caminho, sacudindo um cesto de vime na nossa direção. Ela parece ter 20 e poucos anos, e a pele é quase translúcida, os cabelos castanhos cortados curtos, e um sorriso com dentes demais que me deixa desconfiada. Minha mão voa para o bolso de trás da calça, onde meu celular está guardado ao lado da brochura sobre o acampamento.

– Eles confiscam nossos celulares? – sibilo.

Ben assente.

– Não se preocupe. Eles devolvem no nosso dia livre. E se tiver alguma emergência, você pode pedir ao meu pai pra usar o telefone do acampamento.

Literalmente prefiro morrer a pedir qualquer coisa ao pastor Young.

– E se minha emergência for estar nesse acampamento?

– Então vamos todos juntos. – Ben deixa o celular no cesto e abre um sorriso rápido para a conselheira. – Oi, Cindy. Que bom te ver de novo.

– Benji! – Ela estica a mão e afaga os cabelos dele. – Você está bonitão!

Eu engasgo com uma risada. Como sempre, Ben tem a aparência de alguém que cresceu assistindo só seriados da Disney. Ele nunca encontrou uma camada de roupa que não achou de bom tom acrescentar, estampas estão sempre na moda, e tem uma alta chance de ao menos metade das roupas dele saírem de brechós. Ele tentou explicar as diferenças entre marcas *vintage* para mim diversas vezes, mas existe um motivo de ele ir passar o próximo verão em um acampamento de arte chique e eu ser a pessoa que pediram educadamente que se retirasse de uma oficina de paisagens quando a srta. Tina me viu segurando um pincel. O cérebro humano não foi feito para compreender algumas coisas no mundo.

O olhar de Cindy se volta para mim e a maior parte da alegria dela some. Ela enfia o cesto bem embaixo do meu nariz.

– Celular – repete.

Hesito. Antes de ir embora, fiz Leena e Kev prometerem que me mandariam um relato completo de todas as coisas que perdi nos ensaios. Não é o mesmo que estar lá pessoalmente, mas imaginei que ao menos poderia analisar os vídeos novos. Sem o celular, não existe nada que me prenda ao mundo lá fora. Olho por cima do ombro, momentaneamente considerando fugir, mas tem algo nos olhos de Cindy e na forma como me encara que me faz pensar que ela vai correr atrás de mim. Ela dá outro sacolejo no cesto, e suspiro antes de deixar meu celular ali.

— Está vendo? — comenta Ben enquanto seguimos caminho. — Não foi tão ruim.

Encaro feio as costas dele.

— Tá, *Benji*. Como quiser.

Nós passamos pela capela e caminhamos por um trecho de árvores esparsas, seguindo o cascalho até que se abra para um campo largo de grama recém-cortada. Doze chalés se assentam em um semicírculo perfeito do lado mais distante do campo, seis de um lado, seis do outro. Eu afasto uma nuvem de mosquito enquanto nos aproximamos, já sem fôlego depois de arrastar a mala pelo estacionamento. Ben vira à esquerda, na direção do que presumo serem os chalés dos meninos, mas continuo seguindo Julia. Delaney está alguns passos adiante, conversando com uma menina da escola. O nome dela é Robin e está no penúltimo ano, acho, e joga vôlei. Todo mundo a chama de Torres porque por algum motivo existem três meninas chamadas Robin no time. Uma delas é Robyn com *y*.

— Ainda vamos pro lago depois do jantar, né? – pergunta Delaney, olhando para Julia.

— Eu topo – diz Torres. — Você acha que seu sutiã continua embaixo do píer?

— É você que devia me dizer! Foi você que deixou ele lá!

Algo no meu peito se contrai ao observar as três caírem na gargalhada. Mesmo quando frequentava a igreja regularmente, nunca me sentia mal por não comparecer ao acampamento. Sempre tinha algum ensaio, ou alguma viagem de família que já estava planejada, ou um desejo arrebatador de *não* me tornar uma só com a natureza, mas agora sinto uma dor estranha se acomodando sob as costelas. Não por conta de Pleasant Hills, mas pelo elo que todo mundo parece compartilhar. Essas meninas vão para o acampamento juntas duas vezes por ano desde o nono ano. A maior parte dos outros campistas também. Isso me faz perceber que não importa se Julia e eu somos muito próximas, sempre haverá uma parte dela que não vou entender direito.

Eu me pergunto se ela sente o mesmo sobre mim, se pensa sobre as escolhas de Hannah ou a minha sexualidade com a mesma distância cautelosa. Eu me pergunto se ela me contaria, se fosse o caso.

– Chegamos, Riley.

Ergo o olhar e vejo Julia acenando para mim de um dos chalés. Afasto a inquietação persistente ao sacudir a cabeça e arrasto a mala até a varanda. A primeira coisa que percebo é que é bem mais frio lá dentro. Cortinas de cores vibrantes cobrem as janelas, afastando a maior parte da luz, e o assoalho torto range sob meus pés enquanto me viro para avaliar o que será meu lar por uma semana. Não é grande coisa, só três beliches ladeando as paredes, um ventilador girando sem parar acima e um corredor estreito que leva ao que presumo ser um banheiro. Delaney e Torres já reivindicaram a cama perto da janela, e Julia se vira em um círculo antes de se voltar na minha direção.

– Prefere ficar em cima ou embaixo? – pergunta ela.

– Isso é uma pergunta bem pessoal.

Ela arqueia uma sobrancelha, e preciso de um minuto para lembrar que não estamos sozinhas. Provavelmente não posso fazer piadas desse tipo aqui, e ela provavelmente não pode achar que foi engraçado. Mordo o lábio, mas antes que peça desculpas, Delaney dá uma risada alta.

– Boa – diz ela. – É Riley, né?

Eu assinto, e o rosto de Torres se ilumina com reconhecimento.

– Ah, isso! – exclama. – Achei que tinha te reconhecido. Conheço a sua irmã. – Algo deve mudar na minha expressão, porque ela imediatamente acrescenta: – Ela está na minha turma de Cálculo. A maioria é veterano, e ela foi a única que se deu ao trabalho de aprender meu nome.

A tensão se solta como um elástico estalando. Eu exalo, um sorrisinho aparecendo no canto da boca.

– É, ela é assim. Prazer te conhecer. – Olho por cima do ombro para o beliche que Julia escolheu e acrescento: – Eu fico embaixo. Não sei se confio na infraestrutura desse lugar.

Deslizo a mala para baixo da cama, fazendo meu melhor para maximizar o pouco espaço que temos. Torres está abrindo as cortinas para deixar a luz entrar quando a porta telada é escancarada, e uma voz estridente e familiar exclama:

– Bom dia!

Congelo. Normalmente, quando dois alunos na Madison entram em uma briga, a administração faz de tudo para manter os dois longe um do outro. De acordo com o manual, é para se certificar de que todos se sintam "o mais confortáveis possível" e ainda "possam continuar em um ambiente de aprendizado saudável sem medo de retaliação". É claro que isso não se aplica a todo mundo. Quando Joseph Bates agrediu a namorada no ano passado no jogo de início de temporada, o sr. Rider só disse que "os garotos são assim", até que ela se transferiu para outra escola, mas ainda não consigo acreditar que ele me deixou vir para o mesmo acampamento que Amanda Clarke. Também não consigo acreditar que ela está parada na porta do nosso chalé, lado a lado com Greer Wilson.

As outras trocam olhares breves e confusos antes de Julia se virar para elas.

– Bom dia – cumprimenta, a voz surpreendentemente agradável para alguém que escutou o meu plano de vingança intitulado *Como Destronar Amanda Clarke e Possivelmente Incriminá-la por um Assassinato.* – Podemos ajudar com alguma coisa?

O sorriso de Amanda é brilhante demais para ser genuíno.

– Na verdade, podem. A prima da Brooke está aqui esse ano, e Nicole quer ficar no mesmo chalé que a irmã.

– Isso significa que estamos com gente demais no chalé dois

– acrescenta Greer, como se não fôssemos capazes de fazer matemática básica. – Precisamos ficar com o beliche.

Elas já entraram na cabine antes de eu processar direito esse acontecimento. Da última vez que vi Amanda, ela estava encolhida no escritório do sr. Rider, um contraste tímido com minha própria raiva. Agora direciona a força bruta daquela expressão geniosa que me dá nos nervos na minha direção.

– Oi, Riley – diz ela. – Não sabia que você vinha.

Mal consigo resistir ao impulso de revirar os olhos. Quanta audácia fingir que está tudo bem quando ela é o único motivo de eu estar aqui, para começo de conversa.

– Não sabia que precisava pedir sua permissão.

– É claro que não precisa. Só fiquei surpresa. Acho que todo mundo tinha a impressão que você não queria ter mais nada a ver com esse lugar.

– Bom, sabe como é. Deus trabalha de maneiras misteriosas.

O silêncio que se segue perdura por tempo demais. Conheço Amanda há anos. Ela e Hannah dançam juntas desde que consigo me lembrar, e nesse tempo todo, nunca a vi com raiva. Greer que é a esquentadinha, sempre pronta com alguma réplica irônica ou olhar feio, mas Amanda se considera acima de tudo isso. A rainha de gelo da Madison High. Mesmo na semana passada, quando dei aquele tapa nela no meio do corredor, tudo que ela fez foi corar em um tom delicado de rosa e sentar-se recatada na sala do sr. Rider. Não chorou. Não me bateu de volta. Só que olhando para Amanda agora, com os olhos verde-claros levemente semicerrados, acho que ela gostaria de fazer isso.

Então ela pisca, a expressão se suavizando em uma indiferença fria.

– Sim – diz, a voz alta o suficiente para nós duas ouvirmos. – Ele trabalha mesmo.

Ela passa por mim sem dizer mais uma palavra. Quando ergo o olhar, Delaney e Torres me observam, de olhos arregalados e boquiabertas. É claro que sim. Amanda provavelmente é superlegal com elas. As duas provavelmente *gostam* de Amanda, e aqui estou eu, olhando feio para o outro lado do nosso chalé pequeno e íntimo com desdém estampado no rosto. Solto o ar pelos dentes e volto a dar atenção para a mala.

Nós seis terminamos de desfazer as malas em um silêncio constrangedor e difícil, Amanda e Greer ocasionalmente parando para cochichar uma com a outra no canto. Não consigo ouvir o que estão dizendo, mas cada frase é pontuada por um olhar significativo na minha direção, o que significa que ou são as piores fofoqueiras do mundo ou querem que todo mundo saiba que estão falando de mim. No momento em que começo a perceber que estou encurralada aqui, a duas horas de casa sem poder pedir ajuda, um sino alto ressoa do lado de fora.

– Orientação – diz Julia, antes que eu possa perguntar. Ela joga o restante das coisas na cama feita. – É para nos encontrarmos na capela para o culto de abertura e recebermos o cronograma.

Culto. Certo. No caos matinal, quase tinha me esquecido da parte "cristã" do acampamento dessa semana. Amanda e Greer saem pela porta antes do último toque do sino terminar de ecoar pelo campo, enquanto Torres e Delaney seguem logo atrás. Portas de chalé abrem e fecham ao nosso redor, a conversa empolgada preenchendo o ar, e mais uma vez, sinto meu estômago embrulhar, sombrio.

O pastor Young vai pregar sobre como Satanás inventou o sexo gay, ou algo do tipo, e é para todo mundo ir lá ouvir. Devo aprender alguma coisa impactante para escrever em uma redação, quando tudo que quero fazer é jogar um fósforo aceso em toda a congregação.

– Você vem?

Julia está com uma mão apoiada no batente, a cabeça casualmente virada de lado. A luz do sol banha os pés dela, deixando o cabelo iluminado como se fosse feito de fios de ouro, e por um segundo, uma palavra ecoa no fundo da minha mente. Hesitante e delicada, quase empoeirada de tanto desuso.

Sagrada.

Eu balanço a cabeça para afastar o pensamento e abro um sorriso.

– Claro. Não vou deixar Papito Jesus esperando.

IV

Por meio de Cristo, todos os pecados são possíveis

A capela do acampamento tem exatamente uma porta, zero janelas, e nada menos do que duas dúzias de cruzes feitas à mão penduradas nas paredes.

Está na cara que foi uma quadra de basquete em outra vida, e a evidência ainda perdura no teto alto abobadado e nas vigas expostas. As cestas se foram, e alguém cobriu o assoalho com um tapete bege esquisito que parece demais com pele humana para o meu gosto, mas as arquibancadas continuam lá, empurradas de forma desajeitada contra a parede mais distante, como se fosse um terreno de construção inacabado. Fileiras espaçadas de pessoas estão viradas para o centro da sala onde algumas crianças já estão sentadas, afinando alguns instrumentos enquanto o resto de nós entra. Acima de tudo, um projetor enorme está pendurado do teto, passando uma série de slides de informações com um design feio. Um deles está escrito JESUS NO COMANDO: PROIBIDO CELULARES. O seguinte é só uma foto do rosto do pastor Young.

– Você sabe qual é o tema desse ano, Jules? – pergunta Delaney enquanto nós quatro subimos nas arquibancadas.

Julia nega com a cabeça.

– Meu pai geralmente não conta pra gente. O único motivo de sabermos no ano passado foi porque ele largou o laptop aberto na cozinha.

– Tem um tema? – eu pergunto.

– Ah, *sempre* tem um tema – responde Delaney. – No ano passado foi "Crer sem temer", que foi só um monte de monólogos sobre como você deveria poder dizer o que tiver vontade se for em nome do Senhor.

Torres assente, subindo as arquibancadas dois degraus de cada vez.

– Isso. E no ano anterior foi "Enraizado na Graça". Eu devo ter plantado, tipo, uns cinquenta tomates de oração.

Hesito.

– E um tomate de oração é...?

– Ah, é igual a um tomate normal, mas você precisa orar por uma pessoa cada vez que planta um. Foi todo um evento.

Certo. Por que não pensei nisso antes?

As arquibancadas se enchem, uma fileira por vez, a banda fazendo a trilha sonora do processo todo com uma coleção de acordes de violão vagamente desafinados. Não consegui ter uma noção no ônibus, mas acho que somos cerca de cinquenta pessoas no total, desde punhados de campistas calouros e hesitantes até o barulhento grupo de garotos do último ano da escola, que se sentam na primeira fileira. *Eu costumava ser um deles*, penso enquanto as vozes aumentam ao nosso redor. Também costumava ser feliz em Pleasant Hills.

– Bem-vindos, bem-vindos!

Ergo o olhar e encontro Cindy, a conselheira que sequestrara meu celular mais cedo, parada no final da nossa fileira. Enquanto observo, ela começa a passar pilhas de cadernos idênticos de um campista a outro.

– Aqui estão os cronogramas, planos de aula e cadernos de oração – diz ela. – Certifiquem-se de estarem com isso o tempo todo, e escrevam seu nome na capa para não se esquecerem.

O rosto dela ainda está congelado no mesmo sorriso grande demais, mas ela consegue me lançar um olhar significativo, como se já adivinhasse que eu estava planejando "esquecer" o meu caderno no bosque mais tarde. Aceito os dois cadernos antes de deixar a pilha no colo de Julia. São mais pesados do que eu esperava, o primeiro sendo praticamente do mesmo tamanho do livro de exercícios de vestibular que sequer abri e que foi largado na minha escrivaninha lá em casa. O outro é um pequeno caderno azul do tamanho da palma da minha mão. A frase HOJE ESTOU ORANDO POR... foi impressa no topo de cada uma das páginas em branco, e quando vejo pombinhas desenhadas em cada canto, não consigo evitar um grunhido.

Julia ergue o olhar do próprio caderno, franzindo as sobrancelhas em uma preocupação gentil.

– Tudo bem aí?

Eu me endireito, percebendo na hora o quanto já deslizei no assento, e abro o que espero ser um sorriso casual.

– Claro. Só estou cansada.

Consigo ouvir a mentira elevando o fim de cada palavra em uma pergunta, mas não estou nem aí. Parece errado reclamar sobre as lições de Cristo quando estamos sendo observados por uma dúzia de versões diferentes de Jesus crucificado. Especialmente quando eu não deveria sequer estar *pensando* em reclamar, para começo de conversa. Eu não deveria querer reclamar. A única coisa que deveria fazer é ficar de cabeça baixa e boca fechada, me concentrar em escrever minha redação e chegar viva ao fim dessa semana para fazer o ensaio técnico do musical.

Julia ainda está me observando, os lábios entreabertos como se quisesse fazer outra pergunta, mas eu propositalmente abro o livro de exercícios. As palavras VIVENDO NA VIRTUDE me encaram do topo da primeira página, e eu o ergo para tampar o meu rosto para que ninguém o veja. A parte interna é idêntica ao livro de álgebra que o sr. Johnson nos deu no primeiro dia de aula, só que em vez de equações matemáticas e tarefas de casa, esse parece ter um único objetivo: curar o mundo – e aparentemente, nossos corações adolescentes suscetíveis – do pecado através das sete virtudes.

50

Diligência, caridade, temperança, paciência, castidade, gratidão e humildade.

Cada virtude recebeu um capítulo próprio, completo com devocionais, atividades em grupo sugeridas e orações, todas projetadas para combater os sete pecados capitais – preguiça, ganância, gula, ira, luxúria, inveja e orgulho. A frase DERROTE A DOENÇA DO PECADO, VIVA VIRTUOSAMENTE À IMAGEM DO SENHOR está impressa no final de cada página, ao lado de um desenho estranhamente gráfico de alguém sendo queimado em uma fogueira.

Fecho os olhos e deslizo mais no assento. Vai ser uma semana longa.

Estou me perguntando se posso pedir licença para ir ao banheiro e nunca mais voltar quando as luzes acima diminuem. As arquibancadas rangem, todo mundo fica em pé e eu acompanho por instinto, jogando os cadernos atrás de mim enquanto a banda começa a tocar algumas canções de louvor mal ensaiadas. Estou mexendo a cabeça durante o segundo verso, tentando com muito afinco fingir que ainda não me lembro de todas as palavras quando Julia agarra meu braço.

– Olha ali – sussurra ela. – É a Amanda?

Acompanho o olhar dela até os fundos da capela, e dito e feito: lá está, o anjinho perfeito de Deus se esgueirando pela porta. Ninguém parece notá-la no escuro, mas eu observo enquanto ela cuidadosamente se esgueira no banco ao lado de Greer. *Interessante*. Não acho que Amanda já se atrasou para qualquer coisa na vida. Ela e Greer foram as primeiras pessoas a saírem do nosso chalé, mas ali está ela, entrando sozinha na capela. Talvez ela não seja assim tão perfeita quanto quer que todo mundo acredite.

Faço uma anotação mental para escrever isso mais tarde.

Coisas que Riley aprendeu no acampamento da igreja:
1. Amanda Clarke ainda pode fazer o que bem entender.
2. Todo mundo ainda deixa ela fazer o que quiser.
3. As pessoas que se emocionam com música de louvor claramente não dirigiram por quatro horas para ver a Taylor Swift na The Eras Tour ano passado. Aquilo, sim, é experiência espiritual.

A certa altura, a música chega ao fim, e a banda volta a se sentar nas arquibancadas. Faz-se um minuto de silêncio constrangido enquanto nos sentamos outra vez e o pastor Young dá uma corridinha até o pátio. Ainda está usando a roupa casual, um microfone sem fio nas mãos, e acena para a multidão enquanto um único holofote ilumina seu caminho.

— Boa tarde, campistas! — fala ao microfone. — Como estão hoje?

Alguns aplaudem, mas ele acena a mão como se essa reação totalmente normal não fosse boa o suficiente.

— Ah, fala sério. Vocês conseguem fazer melhor. Eu perguntei: *como estão hoje?*

Dessa vez, a resposta animada ecoa pelas vigas.

— Agora sim — diz ele. — É uma alegria imensa ver todos vocês reunidos aqui hoje, prontos pra embarcar em mais uma incrível jornada no Acampamento Pleasant Hills. Preparamos muitas surpresas divertidas pra vocês essa semana, mas como sempre, estou mais empolgado para que usem essa oportunidade para aceitar Jesus em seus corações.

Eu estremeço. Quando você frequenta a igreja por todo o tempo que frequentei, se torna intimamente familiarizado com o processo de ser salvo. Durante a primeira semana do sétimo ano, eu fiquei sentada em um porão escuro e sem janelas de Pleasant Hills com meia dúzia de outras meninas e chorei quando o pastor Young disse que nós todas iríamos para o inferno a não ser que acreditássemos, com uma certeza inabalável, que Jesus tinha morrido por nossos pecados. Naquele dia, fiz um monte de preces, cada vez mais ansiosas, para qualquer um que pudesse escutar que *sim*, eu *acreditava* que Jesus era nosso único e verdadeiro salvador, e *sim*, é *claro* que mostraria minha devoção fazendo ofertas semanais assim que pudesse. Sussurrei a mesma prece para mim mesma naquela noite e todas as outras durante algumas semanas, só para garantir. O pastor Young fizera tudo soar tão definitivo, como se a condenação eterna fosse o padrão, e ele era a única coisa que nos mantinha conectados à luz. Eu acreditei nele. Todos nós acreditamos, e mesmo que já faça mais de um ano desde que orei por qualquer coisa, ainda sinto uma pontada dolorida de culpa enquanto todos ao meu redor abaixam as cabeças.

O pastor Young aponta para a tela do projetor enquanto passa para outro slide, que traz as palavras VIVENDO VIRTUOSAMENTE.

– Não sei vocês – diz ele –, mas passei os últimos anos pensando sobre pragas e pandemias e todas as doenças terríveis e mortais que existem no nosso mundo. É estranho, certo? – Ele encontra o olhar das primeiras fileiras de arquibancadas quando o grupo de garotos mais velhos enfim se cala. – Que nossa sociedade inteira possa ter parado por conta de algo tão pequeno? Que possa mudar vidas e alterar a história? Mais estranho ainda é que a verdadeira doença que nos devora hoje, o vírus mortal escondido sobre o qual a Bíblia nos avisa, não parece ser uma preocupação para os nossos governantes.

– Deixa eu adivinhar – digo para ninguém em particular. – O vírus do pecado.

– Eu estou, é claro, falando sobre o vírus do pecado – continua o pastor Young, a voz solene.

Julia esconde a risada com a mão. Eu cometo o erro de olhar para ela de soslaio, e nós duas começamos a dar risadinhas silenciosas enquanto a imagem do projetor muda para um desenho de uma Eva extremamente deprimida segurando uma maçã no meio de um jardim. O fato de que ela está vestindo um suéter de gola rolê feito de folhas enquanto Adão está com o peito nu ao lado dela só nos faz rir ainda mais.

– O pecado, assim como um vírus, infecta nossos corações e mentes – prossegue o pastor Young, alheio à nossa incapacidade de ficarmos sérias. – Também começa com algo pequeno, tão insignificante que talvez possa parecer não importar, mas se deixar sem tratamento, ele se espalha para o nosso sistema imunológico espiritual, nos deixando mais fracos e nos afastando do amor de Deus.

Ele começa a fazer um resumo teatral dos sete pecados capitais, os mesmos que estão estampados nos nossos livretos do acampamento. O tema da semana não poderia ser mais claro, mesmo que a analogia do pastor Young seja problemática de tantas formas que não consigo enumerá-las. Abro o livro e passo um dedo pela lista de pecados impressa no índice: *preguiça, ganância, gula, ira, luxúria, inveja* e *orgulho*. Quando o pastor Young começa a andar para o outro lado do palco, o microfone em mãos como se fosse um DJ de rádio, eu me inclino na direção de Julia.

– Vai ser assim a semana toda? – sussurro. – Uma lista de todos os motivos pelos quais vamos pro inferno?

Ela mantém os olhos fixos adiante mesmo enquanto o canto da boca dela se curva.

– Claro. Por que mais viríamos até aqui?

– Cacete. – Suspiro. – Imaginei. – Depois, me endireito. – Ah, merda. Posso falar isso?

– Não. Você vai pro inferno, lembra?

Algo na postura perfeita e no seu rosto completamente impassível me faz perder a compostura. Solto uma risada abafada, e então congelo, cobrindo a boca, mas é tarde demais. O pastor Young para no meio de uma frase. Ele ergue uma mão para proteger os olhos da luz do holofote, e apesar do mar de rostos entre nós, ainda assim, o olhar dele fixa no meu.

– Riley. – A voz dele ecoa pelo ginásio, de alguma forma mais alta

˙do que antes. – Tem alguma coisa que você sente que deveria dividir com o grupo?

Todas as cabeças se viram na minha direção, os rostos iluminados com o brilho ofuscante do holofote. *Lá se vai a ideia de ficar de cabeça baixa.* Forço um sorriso, as bochechas ardendo com toda aquela atenção.

– Não.

– Tem certeza? Parece que você tem muito a dizer.

O olhar dele pousa em Julia em seguida, e sinto os ombros dela enrijecerem ao se abaixar mais no assento.

– Só parece meio extremo, certo? – eu deixo escapar, de súbito desesperada pra voltar o foco dele na minha direção. – Alguns desses pecados parecem meio inevitáveis. Como o orgulho. Está listado como um pecado, mas não é uma coisa boa? Não é para termos orgulho de quem somos?

Aquilo de fato faz a atenção se voltar para mim. Por toda a capela, as pessoas se remexem desconfortáveis nos assentos, cochichando umas com as outras por trás das mãos. Tenho um vislumbre rápido de Amanda na primeira fileira, arqueando as sobrancelhas enquanto troca um olhar significativo com Greer, mas o rosto do pastor Young é o retrato de uma preocupação sombria. Uma decepção tão profunda que momentaneamente me gruda nas arquibancadas.

– Ceder ao pecado nunca é inevitável – diz ele. – A estrada da fé sempre tem desafios, é claro, mas a força de resistir à tentação terrena é um resultado direto da graça e proteção do nosso Pai Celestial. Não importa se for algo acidental. Se alguém fosse cometer um desses sete pecados capitais, por exemplo, sem aceitar as virtudes do Senhor, estaria condenado a uma vida de miséria na Terra e sofrimento eterno na vida após a morte. Não existe pecado *bom*.

E simples assim, os sussurros ao meu redor desaparecem, como se tivessem sido sugados da sala junto com o ar. Não gosto da forma como os outros campistas olham uns para os outros. Não gosto como Torres agarra a beirada do assento, como se fôssemos todos entrar em combustão espontânea, mas, quanto mais fico sentada ali sustentando o peso do olhar do pastor Young, mais penso que talvez, de fato, isso aconteça. Talvez seja a sala sem janelas. Talvez seja a luz fraca, as cruzes ou a convicção dele em geral, mas quase acredito nele de novo. Eu quase sinto medo.

Por um segundo, eu me pergunto se é assim que Hannah se sentiu antes de ser expulsa da igreja por ele. Uma sensação de inquietação estranha e desconectada, enquanto uma sala inteira de pessoas desvia o olhar e finge que ela não existe.

Forço um sorriso, apesar da mandíbula doer.

– Legal – digo. – Bom saber.

O pastor Young muda o microfone para a outra mão, mas não consigo relaxar até ele se virar, caminhando para o outro lado do palco para continuar o monólogo. Só nesse instante Julia e eu soltamos o fôlego.

– Eu falei – murmura ela, apoiando os cotovelos nos joelhos. – É sempre o inferno.

Só que não consigo responder. Em vez disso, encaro o livreto, e a lista de virtudes parece me encarar de volta com o letreiro preto e branco.

Diligência, caridade, temperança, paciência, castidade, gratidão e humildade.

Isso é o que o pastor Young quer que eu aprenda. É sobre isso que devo escrever, mas a única coisa que aprendi até agora é que fui inteligente por sair de Pleasant Hills quando saí. Hannah não foi a primeira pessoa que o pastor Young afastou. Não acho que vai ser a última, e olhando em volta da capela agora, penso que é assim que começa. É assim que ele cria congregações dispostas a só sentar e ficar assistindo enquanto uma menina é atirada para a rua sem pestanejar. Porque todos têm medo de, por acidente, cometer um pecado hipotético e irredimível para notar de verdade o que está acontecendo na cara deles.

Não existe pecado bom.

Mas como é que ele sabe disso? Deus desceu dos céus e disse a ele que a única forma de ser verdadeiramente santo é humilhar meninas adolescentes para que se arrependam de pecados imaginários? Por que é o pastor Young que decide quem é digno? E por que, durante todos esses anos que frequentei a igreja, ninguém pensou em questionar a autoridade dele?

Meus dedos se fecham na beirada da página, amassando o papel e a lista de pecados impressa no topo. *Preguiça, ganância, gula, ira, luxúria, inveja e orgulho.*

Sete virtudes. Sete pecados. Sete dias no acampamento.

Ah.

Na semana passada, toquei por acidente em um fio desencapado na aula de Ciências, acabei pegando o fio com a mão quando era para ter pegado a bateria. O choque perdurou na minha pele muito tempo depois de eu afastar a mão, e é assim que me sinto quando uma ideia parece tomar conta de mim.

O sr. Rider espera uma redação na mesa dele na segunda-feira seguinte, um relato claro e conciso de tudo que aprendi no acampamento. Ele quer alguma coisa humilde. Algo que peça desculpas e reflita sobre minhas ações passadas, e até aquele momento, era o que eu planejava fazer. Só que e se eu tiver aprendido outra coisa? E se houver um jeito de provar que o pastor Young não é tão poderoso quanto todo mundo acredita que ele seja?

Se eu conseguisse encontrar uma forma de cometer todos esses pecados supostamente "mortais" e transformá-los em algo positivo e útil, anularia por completo essa pregação. O tema dessa semana deixaria de existir, e todo mundo nessa capela perceberia o que sei há anos: nada do que o pastor Young diz é verdade. Ele não é nossa salvação, não é a luz que impede a escuridão, e ele com certeza não é a voz definitiva da pureza moral. Na verdade, ele costuma estar errado.

E se ele está errado sobre isso, penso, observando-o ir de um lado do palco ao outro, *posso provar que também está errado sobre todo o resto.*

Como a forma que ele conduz a congregação. Como a forma que tratou Hannah.

Eu nem precisaria parar no sr. Rider. Poderia enviar minhas descobertas para toda a congregação, e só esconder meu nome e deixar que todo mundo tire as próprias conclusões. Poderia publicar no jornal da cidade, postar em todas as redes sociais, ou encher a rua principal de papéis até que se tornasse impossível de ignorar. As pessoas notariam. As pessoas reclamariam, e a mensagem no centro da minha denúncia continuaria a mesma: nós ficaríamos melhor sem ele.

No palco, o pastor Young vira o rosto para o teto.

– Vamos orar.

As arquibancadas rangem enquanto todos abaixam a cabeça, mas mantenho o olhar fixo no livro aberto no meu colo.

– Pai nosso que está no céu, obrigado por nos reunir aqui hoje, nesse lugar lindo, rodeados por sua criação. Enquanto embarcamos na nossa jornada essa semana, pedimos por sua orientação, sua sabedoria e sua presença aqui conosco. Que voltemos desse retiro com um senso renovado de fé e propósito. É o que oramos em seu nome. Amém.

Abro um sorriso para a lista de pecados no colo, e reprimo uma risada feroz.

– Amém – digo.

Naquela noite, eu me acomodo no colchão cheio de caroços e pego uma caneta no fundo da minha mochila. Não pensei em trazer um caderno para o acampamento, então em vez disso abro o diário de orações, rapidamente escrevo meu nome na capa e depois a data no topo da primeira página. Deixo o lembrete de "Hoje estou orando por..." em branco por enquanto, já que a única coisa que estou ativamente manifestando é a ruína do pastor Young, e começo a escrever tudo que lembro – a mensagem de abertura, a condenação ao pecado do pastor Young, a hesitação nervosa de todos ao meu redor.

Não é muita coisa, mas quando Cindy aparece para o toque de recolher e apagar as luzes, eu me sinto mais centrada. Mais no controle. Guardo o caderno embaixo do colchão e tento socar o travesseiro para deixá-lo mais confortável.

– Nem se dê ao trabalho – murmura Julia acima de mim. – Isso só deixa o travesseiro pior.

Infelizmente, ela está certa. O travesseiro parece endurecer sob meus punhos até eu desistir e me jogar de costas. Do outro lado da sala, observo Torres se inclinar para a frente e afastar a beirada da cortina.

– Ela foi embora! – sussurra.

Delaney suspira.

– Até que enfim.

O assoalho geme quando ela se levanta da cama, e eu me sento, observando-a verificar a janela outra vez antes de pegar algo embaixo do colchão.

– O que está rolando? – pergunto.

– Só uma tradição da primeira noite. É sempre na sorte se uma das outras igrejas vai acabar achando ou não, mas... aqui!

Quando Delaney se endireita, está segurando uma caixa amassada de DVD de *Footloose – Ritmo Louco* na mão. É só quando ela tira uma TV antiquíssima do armário e a coloca no meio do quarto que percebo o que vai acontecer.

– O pastor Young comprou por acidente para a sala de recreação uns anos atrás – ela explica, esticando a mão para colocar a TV na única tomada disponível. – E aí tentou jogar fora na mesma hora quando descobriu qual era o enredo.

Torres abafa a risada no travesseiro.

– É por isso que a gente não tem mais noites de cinema no acampamento.

– Trágico. – Delaney suspira. – Enfim, Julia recuperou o filme do lixo, e agora ele mora embaixo do colchão. É bem velho, então a qualidade não é lá essas coisas, mas sempre assistimos na primeira noite.

Eu me inclino para a frente enquanto ela insere o DVD, o brilho da estática iluminando as linhas empoeiradas do chalé. Quando a imagem de abertura granulada aparece, Delaney faz um sinal de joinha e volta a subir na cama.

– Espera. – Greer se endireita na cama. – Vocês fazem isso *todo* ano? Depois do toque de recolher?

Delaney estreita os olhos.

– Isso.

– Como é que ninguém nunca falou disso?

– Porque é segredo, Greer. Tudo que acontece depois do toque de recolher é segredo do chalé. Se você tem um problema com isso, pode ir dormir na floresta.

– Meu Deus, relaxa. – Greer franze o nariz em repugnância. – Eu só estava perguntando.

Ela se acomoda nos travesseiros, ainda de braços cruzados, mas consigo vê-la observando a tela do outro lado do quarto. Eu quase espero que Amanda também opine, para dizer como isso é contra as regras, mas ela não se mexe. Em vez disso, fica encarando a parede oposta, então não dá nem para saber se está acordada. Eu me viro para me apoiar do lado direito no instante em que o colchão de Julia range acima.

– Oi – sussurra ela, abaixando-se para me encarar no escuro.

O cabelo de Julia cai ao redor do rosto, ainda cheio de *frizz* por causa da umidade. Eu reprimo um sorriso.

– Oi.

– Eu tô muito feliz que você veio. Já falei isso?

– Sim, muitas vezes.

– *Shiu!*

Delaney joga um travesseiro na nossa direção. A mira dela é horrível, e o travesseiro cai inofensivo no chão, mas a cama ainda estremece quando Julia se joga de novo no colchão. Deixo escapar uma risada abafada, imediatamente tampando a boca com a mão quando Delaney se vira para mim com um novo travesseiro em mãos.

A música aumenta de leve na TV. Enquanto as primeiras linhas do diálogo são ditas pelo alto-falante, Julia abaixa a mão outra vez pela lateral do beliche.

– Boa noite – sussurra.

Ergo a minha mão sem pensar, entrelaçando nossos dedos.

– Boa noite.

E quando ela aperta a minha mão, um toque rápido e proposital, não quero soltar mais.

V

Deus dá as batalhas mais difíceis (sobreviver ao acampamento da igreja) aos seus soldados mais gays (euzinha)

*A*cordo com o gemido estridente das sirenes de polícia sacudindo as molas do meu colchão.

Meu coração bate contra as costelas enquanto me endireito na cama, os pés embolados nos lençóis, e por um segundo aterrorizante, não consigo lembrar onde estou ou o que estou fazendo aqui. Quase acho que as sirenes são reais, que alguém sabe que acabei de ser despertada de um sonho muito vívido em que atropelava o pastor Young com o ônibus do acampamento, e estão vindo me prender.

– De novo não!

A cama de Torres range quando ela rola para o lado, escondendo o rosto com o braço. Abaixo dela, Delaney solta um grunhido e esconde a cabeça embaixo do travesseiro.

– Desligue isso! – ela ralha. – Julia, eu vou *matar* seu irmão.

É só nesse instante que percebo que o som é emitido por um despertador no canto, um crescendo estridente das piores músicas eletrônicas que já ouvi na vida. Estou prestes a me levantar e jogar aquela coisa inteira na parede quando a escadinha no pé da cama solta um gemido. Julia atravessa o quarto com dois passos rápidos e bate o punho fechado em cima do alarme. A música é interrompida no meio do refrão, um silêncio abençoado e doce recaindo no chalé, e ela suspira aliviada.

– Não se preocupe, Delaney. Vou matar ele também.

Balanço a cabeça, ainda tentando afastar o eco das sirenes fantasmas.

– Que porcaria foi essa?

– Foi o Ben. – Julia passa a mão pelo rosto. – Ele emperrou esse CD aleatório nesse despertador uns anos atrás, e agora não sai de jeito nenhum. Nós acordamos escutando... – Ela pega a caixinha de CD abandonada e lê a contracapa. – "Flexin' on That Gram", de Mike Fratt, sensação do YouTube nesses últimos dois anos, e aparentemente vamos continuar acordando com ele todos os dias pelo resto de nossas vidas.

– Meu Deus do céu. – Puxo o edredom por cima da cabeça, bloqueando o sol que entra alegremente pelo chalé. – Esse homem já não aterrorizou a internet o suficiente?

Mesmo dentro do meu casulo de cobertores, ouço pássaros cantarolando do lado de fora da janela aberta, e as portas de tela ocasionalmente batendo enquanto os outros chalés começam a despertar. Todo mundo se mexe, saindo da cama e se preparando para nosso primeiro dia de verdade no acampamento. Eu deveria me juntar a elas, mas ter sido acordada brutalmente por um remix de festa malfeito está me fazendo contemplar todas as minhas escolhas de vida.

– Vamos, Riley. – Julia põe a mão no meu ombro. – Você vai perder o café da manhã.

As bochechas dela ainda estão marcadas pelas linhas do travesseiro, mas os olhos estão iluminados, apesar do despertar abrupto. Faço uma carranca e me afundo mais no colchão.

– Tá cedo demais.

– São sete e meia.

– Por isso mesmo.

O divertimento aparece no rosto de Julia.

– Você que sabe. Mas se quiser tomar banho antes do café, eu iria agora. A água quente só dura, tipo, dois segundos.

Como se fosse uma deixa, Torres pega a nécessaire de banho do chão e sai correndo pela varanda, Delaney e Greer indo logo atrás.

– Você deveria ir – eu digo, acenando para Julia na direção da porta. – Encontro você no café.

– Promete?

Tiro o dedo mindinho dos cobertores e o levanto.

– Prometo.

O dedo de Julia é frio ao redor do meu, firme e reconfortante como sempre. Ela faz um aceno decidido antes de soltar a minha mão e seguir as outras. Eu a observo se afastar, ignorando a forma como a ausência dela faz meu peito doer. Esse ano, aprendi a me adaptar sem tê-la constantemente ao meu lado, mas agora que Julia está comigo outra vez, não quero me afastar. É como aquela vez no oitavo ano quando perdi o dente da frente durante o feriado de Ação de Graças. Levamos dois dias para ir a um dentista de emergência, e passei o tempo todo cutucando o espaço vazio com a língua, ainda esperando encontrar um dente. Era como se meu cérebro fosse incapaz de processar aquela perda, e é assim que me sinto com Julia agora. Como se ela fosse parte de mim. Como se independentemente do que aconteça entre nós, não existisse um mundo onde eu talvez conseguisse compreender sua ausência.

Quando enfim afasto os cobertores, o chalé está vazio, em completo silêncio exceto pelo zumbido leve e estático emanando do despertador. Embora tenha feito e refeito a mala mais vezes do que sou capaz de lembrar, a pilha de roupas diante de mim parece impossível de encarar. Ontem todos estávamos usando as roupas para a viagem de ônibus – jeans e tênis casuais –, mas e hoje? Existe algum código de vestimenta não oficial no acampamento? Vou receber um sermão por usar uma camiseta do musical de *Legalmente Loira* no café da manhã porque Elle Woods diz o nome do Senhor em vão?

Eu me sento sobre os calcanhares, os joelhos doendo pressionados contra o assoalho empoeirado. Costumava pensar muito sobre roupas: o que eu vestia, como vestia e como outras pessoas poderiam me ver dependendo disso. Sempre havia uma vozinha no fundo da minha mente me julgando quando eu vestia um short ou pegava um cropped no shopping, e foi só depois que saí de Pleasant Hills que percebi que a voz se parecia muito com a do pastor Young. As coisas melhoraram. Na maioria dos dias, consigo afastar essas inseguranças por completo, mas estar aqui no acampamento faz com que eu me sinta com quinze anos outra vez. Como se estivesse recebendo um cardigã do Achados e Perdidos de alguma idosa sorridente da igreja na frente da congregação inteira porque ousei mostrar as clavículas no domingo de Páscoa.

É estranho que eu não tenha percebido nada de errado nisso naquela época. É estranho como supus que era tudo minha culpa.

— Em algum momento você vai contar pra gente por que está aqui?

Congelo, a camiseta desbotada ainda em mãos, e quando olho por cima do ombro, percebo que o chalé não está vazio, afinal. Amanda está sentada na cama, as pernas penduradas para fora do beliche. Mesmo agora, quando só nós duas estamos aqui, a expressão dela permanece casual de um jeito frustrante. Como se essa fosse uma conversa normal. Como se ainda fôssemos amigas.

Dou de ombros.

— Não sei. Você vai contar pra gente por que chegou atrasada no culto de ontem?

Um músculo ondula na mandíbula de Amanda tão rapidamente que quase não vejo. *Porque tem algo aqui*, percebo. Alguma fraqueza escondida por trás das camadas de compaixão elaboradas, e, quanto mais tempo eu a observo, mais quero descobrir a origem.

Paro ali com as roupas penduradas em um braço e começo a atravessar o chalé. A garganta de Amanda oscila enquanto me aproximo, uma rápida subida e descida que trai a curva indiferente dos lábios dela. Escuto Amanda prender o fôlego, observo os olhos arregalarem de leve, como se de repente se lembrasse da nossa última interação violenta, e então, assim que ela começa a recuar no colchão, eu me viro e saio do chalé, deixando a porta de tela balançando loucamente atrás de mim.

Uma coisa sobre Ben Young é que quando o garoto não está tentando falar com a minha irmã, costuma ser bem legal. Ele tem essa *vibe* charmosa e fácil e sem nenhuma ironia que é impossível de ignorar. Talvez tenha a ver com a coleção de tênis *vintage* dele, ou com a habilidade de fazer o melhor *latte* do mundo, apesar de nunca ter tomado um único gole de café. Talvez seja por causa da vez que sua pintura ganhou o primeiro lugar na feira estadual e o prefeito o convidou para um *brunch* especial para os "futuros líderes da cidade". Talvez porque seja a única pessoa que eu conheço que vai passar duas semanas do verão em uma escola de artes chique em Manhattan, e estou convencida de que vai voltar com a habilidade de enfim comer em algum lugar com comida mais apimentada do que o Taco Bell. Ben é do jeito que sempre foi: é legal, é meu amigo, e nunca pensei muito nesse assunto.

Só que quando o encontro no refeitório durante o café da manhã, falando animadamente com um grupo de amigos, fica claro no mesmo instante que ele já está sentado na Mesa dos Populares do acampamento. E que nenhum dos outros ocupantes parece querer me ver ali.

A maioria deles é aluno da Madison: Patrick Davies, com o cabelo curto de jogador de futebol e nariz torto; Levi Huxley, com o mesmo colar de crucifixo prateado que tem desde o quinto ano; e Adam Yarrow, a única pessoa que eu conheço cujos pais deixaram que fizesse uma tatuagem. Todos erguem o olhar quando paro na mesa deles, como se não soubessem se uma coisa dessas é permitida. Ben, no entanto, quase derruba a própria bandeja ao estender o braço para mim.

– Riley! – ele exclama. – Feliz primeiro dia de acampamento! Como foi...?

Afasto a mão dele, ignorando a forma como a boca de Patrick se abre, chocada, e vocifero:

– "Flexin' on That Gram", Ben? Sério mesmo?

– Quê...? – Ben arregala os olhos enquanto lentamente percebe o que aconteceu. – Meu Deus do céu. Aquele CD ainda está preso lá?

– Está sim, e é horroroso.

– Para ser justo, não acho que ele deveria ser ouvido logo cedo de manhã.

– Acho que não deveria ser ouvido nunca.

Ben ri, e então tapa a boca quando os murmúrios da conversa do refeitório cessam. Ergo o olhar e vejo que o pastor Young está atravessando o corredor principal do salão, uma mão erguida enquanto a outra puxa o microfone do bolso de trás.

– Bom dia. Pessoal, podem se sentar, por favor? Riley?

Os olhos dele encontram os meus e percebo tarde demais que sou a única pessoa em pé. Eu me apresso para sentar no banco entre Ben e Patrick.

– Obrigado. – O pastor Young lança um sorriso grande demais para mim antes de se virar para encarar a sala. – Espero que estejam se sentindo mais presentes depois da noite de ontem. Temos uma jornada e tanto pela frente: sete virtudes em sete dias. Mas tenho a sensação de que serão dignos do desafio. Porém, antes de começarmos com a lição de hoje, queria repassar algumas instruções com vocês. Se abrirem seu livreto, vão encontrar um número de grupo, local de encontro e o nome do seu conselheiro impresso no topo da primeira página.

Faz-se um movimento geral na sala enquanto todos abrem os livretos. Dito e feito: encontro um número três imenso impresso no topo da página, dizendo que eu deveria me encontrar com o conselheiro Gabe na área de piquenique depois do café da manhã. Estico o pescoço, tentando encontrar os olhos de Julia do outro lado do refeitório, mas ela está ocupada demais com o próprio livreto para me notar. Cutuco Ben com o cotovelo.

— Em que grupo você está?

— No dois – sussurra ele. – E você?

Meu coração afunda.

— No três.

— Durante a próxima semana, seu grupo será como a sua família – prossegue o pastor Young. – Vocês vão trabalhar juntos, orar juntos e, acima de tudo, evoluir juntos. Afinal, é pra isso que viemos, certo? Pleasant Hills é uma comunidade, e todos aqui nessa sala, desde os conselheiros até os campistas ao redor de vocês, estão aqui para dar apoio em suas jornadas espirituais.

Eu me afundo mais no assento para que o pastor Young não me veja revirando os olhos. Não falo com algumas dessas pessoas há mais de um ano. Nossas amizades convenientemente pararam de existir na mesma época que parei de frequentar a igreja, e não estou tentando reavivar esses relacionamentos agora. Não, estou aqui para completar meu plano: sete pecados em sete dias. Uma semana para provar que o pastor Young está errado.

Eu me inclino na mesa e pego o caderno de orações da bolsa. As anotações de ontem me encaram da primeira página, mas viro a folha e começo um novo parágrafo. *Quem, exatamente, Pleasant Hills escolhe apoiar? Quem é que pode tomar essas decisões?*

— O que você está fazendo?

Patrick se inclina por cima do meu ombro, chegando tão perto que consigo sentir o cheiro da calda de panqueca no hálito dele. Fecho o caderno com força e o escondo embaixo da coxa.

— Orando.

— Mas já?

— Nunca é cedo demais pra falar com o Senhor.

Ele pisca, como se não conseguisse descobrir se estou falando sério, e o pastor Young escolhe esse momento para conduzir o refeitório em uma prece em grupo muito comprida e autoindulgente. Exibo um sorriso inocente para Patrick antes de abaixar a cabeça.

Quanto menos pessoas souberem o que estou fazendo, melhor.

No entanto, minha confiança inicial desaparece quando somos dispensados e todos começam a se separar em grupos. Estava torcendo para poder ficar com Julia a semana toda, mas a observo se afastando para a capela, de braços dados com uma menina mais nova que não conheço, e aquela bolha de esperança estoura. Então eu me viro e caminho sozinha até a área de piquenique, fazendo meu melhor para resistir à tentação de olhar para trás.

Até essa semana, consegui enfiar todos os meus sentimentos estranhos e complicados por ter saído de Pleasant Hills em caixinhas convenientes. Eu sentia saudades de uma forma silenciosa, ignorando a dor de observar meus antigos amigos postarem fotos da sorveteria perto da igreja, e se tentasse com bastante afinco, descobri que conseguia fazer todo mundo acreditar que eu estava bem, que estava ótima. Quase consegui me fazer acreditar também. Agora, acho que é mais fácil fingir que esses sentimentos não existem.

Se eu os reconhecer, significa admitir os motivos reais de eu odiar ver Julia andando sem mim. Significa me perguntar sobre o quanto da nossa própria relação foi construída com base nos nossos interesses compartilhados e na conveniência, e se haveria um dia em que ela decidiria que ser minha amiga dá muito mais trabalho do que retorno. Sei que é um cenário possível. Amanda e Greer escolheram o pastor Young em vez da amizade com Hannah, e ele sequer é pai das duas.

Afasto aquele pensamento com um balançar da cabeça, trancafiando-o de propósito. Passei um ano ignorando esse lembrete particularmente doloroso, e não vou deixar isso transparecer agora. Em vez disso, me concentro no caminho adiante, o cascalho esmagado sob meus pés, enquanto vou até a área de piquenique.

Três mesas compridas ficam na beirada da floresta, cada uma com uma pilha aleatória de suprimentos – pregos, fitas adesivas e potes de cola. Um conselheiro, que presumo ser Gabe, está sentado em cima da mesa mais próxima, os pés descansando no banco embaixo enquanto rola a tela do celular. Ele tem o mesmo brilho padrão de Cindy, como se os dois tivessem sido amassados na mesma prensa religiosa a caminho daqui. Três garotos do primeiro ano estão parados ao lado, e estou me preparando para passar uma semana fingindo que me conecto a eles quando um rosto familiar aparece em cima do morro.

– Ah, graças a Deus. – Delaney para de andar para recuperar o fôlego, as duas mãos apoiadas nos joelhos da calça cargo cor-de-rosa. As tranças foram amarradas com uma bandana igualmente brilhante, e quando ela encontra meu olhar, parece tão aliviada quanto eu de não estar ali sozinha. – Achei que precisaria lidar com *isso* sozinha.

Delaney indica por cima do ombro com o dedão, e o alívio que senti com a chegada dela desaparece abruptamente assim que vejo Greer percorrendo o caminho atrás dela. Ela me lança um olhar depreciativo de cima a baixo, medindo com os olhos meu cabelo ainda úmido e os tênis manchados de tinta antes de passar por nós sem dizer nada.

Preciso de todo meu autocontrole para não grunhir em voz alta.

– Fala sério.

– Infelizmente é sério. – Delaney joga um braço por cima do meu ombro. – Vamos. Acho que estamos juntas nessa.

As palavras dela ecoam em minha mente enquanto seguimos o caminho. *Estamos juntas nessa*. Presumi que a maior parte dos campistas essa semana seria como Amanda ou Greer – presunçosos, arrogantes e ávidos por jogar uns aos outros na fogueira se o pastor Young assim pedisse, mas Delaney parece alguém com quem eu poderia fazer amizade.

Paramos na frente da mesa de piquenique, enfim nos juntando ao resto do grupo. Somos em seis no total: eu, Delaney, Greer e os três meninos que avistei. É só depois que Greer pigarreia de propósito que Gabe finalmente tira o olho do celular.

– Ah! – Ele dá um pulo, o celular jogado na mesa como se só

agora se lembrasse de que tem um trabalho a fazer. – Oi, galerinha. Eu sou o Gabe, e vou ser o líder de grupo de vocês essa semana. Antes de começarmos, eu só quero que saibam que esse é um lugar seguro, então se tiverem dúvidas ou perguntas durante o tempo que passarem aqui, sempre podem vir falar comigo.

Acho que o fato de o celular de Gabe estar aberto em uma página que anuncia "gatas solteiras na região" meio que anula a mensagem, mas beleza.

– Por que a gente não forma um círculo e se apresenta? – continua Gabe. – Me contem seu nome, ano da escola e seu versículo favorito da Bíblia.

Fecho os olhos.

– Você só pode estar *zoando*.

Delaney bufa.

– É só falar que você gosta de João 3:16, ou algo do tipo. Todo mundo adora João 3:16.

– Silêncio, por favor. – Gabe acena a mão na nossa direção antes de indicar para Greer começar.

Os olhos dela se estreitam para nós do outro lado do círculo, como se o fato de estarmos falando enquanto ela se apresenta fosse uma afronta pessoal.

– Oi. Meu nome é Greer, eu estou no último ano da Madison, e meu versículo favorito da Bíblia é João 3:16.

É claro que é. Gabe se vira para mim e rapidamente vasculho meu cérebro à procura de outro versículo. Eu devo ter um, com certeza. Certamente não passei dezesseis anos indo à escola bíblica dominical à toa. No fim das contas, desisto e murmuro:

– Eu sou a Riley, estou no penúltimo ano na Madison e meu versículo favorito... também é esse aí.

O silêncio que se segue dura um pouco demais. Gabe abre um sorriso hesitante.

– Que coincidência.

Encaro os meus sapatos enquanto ele prossegue pelo círculo. Sei que isso não é um teste, mas ainda assim parece que a escola inteira acabou de me ver esquecer uma fala no palco na noite de estreia. Como se minha incapacidade para lembrar versículos básicos da Bíblia fosse outro exemplo do quanto mudei.

Depois da última apresentação, Gabe pega o livro de tarefas e abre na primeira página.

– Ótimo – diz ele. – Agora, vamos dar uma olhada no primeiro capítulo? Não temos muito tempo hoje de manhã, e quero começar logo. – Ele pigarreia, então começa a ler com uma voz monótona e travada: – Diligência, um Comprometimento com Deus. Na jornada para cultivar uma vida virtuosa, a diligência é o farol radiante da juventude. Ela nos guia pelo labirinto de distrações mundanas e nos encoraja a rejeitar a sedução insidiosa da preguiça, um pecado mortal que só procura entorpecer nossos espíritos.

Folheio o resto enquanto Gabe continua, deixando que a voz dele suma como pano de fundo. Não poderia ligar menos para o *farol radiante da juventude*, mas estou interessada de verdade no pecado mortal que entorpece nossos espíritos. Tem uma definição impressa na metade do primeiro capítulo, um aviso emoldurado em preto e branco em destaque. Eu o encaro.

Preguiça. Substantivo. Uma relutância habitual a fazer esforços. Vadio, descuidado.

Consigo ver onde isso vai dar antes de Gabe terminar de ler. Ele provavelmente vai nos mandar para a floresta e nos obrigar a fazer alguma tarefa absurda e fisicamente exaustiva, e se algum de nós sequer *pensar* em fazer uma pausa, vai nos acertar na cabeça com a Bíblia, ou algo do tipo, porque a preguiça é *ruim*. É um pecado, e de acordo com o pastor Young, isso é tudo o que você precisa para receber uma passagem só de ida para o inferno.

Só que eu não sou o pastor Young. E não acho que existe alguma coisa errada em ser preguiçoso de vez em quando.

Gabe fecha o livro com força, o som me despertando para a realidade.

– Tudo bem – diz ele. – Sei que não é muito divertido ler sobre essa aqui. Pessoalmente, acho que a única forma de entender a virtude da diligência é aplicar essa virtude nas nossas vidas com ações. E é por isso que a atividade de hoje vai acontecer longe das páginas desse livro.

Aqui vamos nós.

Greer estica a mão de unhas feitas no ar.

– Então o que vamos fazer, exatamente?

– Excelente pergunta. A partir da virtude da diligência e autocontrole, nós vamos construir... – Gabe tamborila os dedos no joelho. – Um abrigo ao ar livre!

Ninguém se mexe. Até os galhos nas árvores sacudindo acima se calam por um instante.

– Um abrigo? – pergunto. – Tipo... uma tenda?

– Hum, não. Não precisa ser uma tenda.

– Mas você quer que a gente construa um abrigo? Para humanos?

– Isso mesmo!

Faz-se um silêncio confuso por um instante antes de todos se virarem ao mesmo tempo na direção dos itens esparramados em cima das mesas de piquenique. Suponho que exista um mundo onde alguém possa acabar no meio da floresta com apenas um rolo de durex, uma cola instantânea e um punhado de tachinhas, mas não tenho nenhuma ilusão de que isso vá nos ajudar agora. Hesitante, estico a mão para pegar as tesouras.

– Calma aí! – Gabe pega a tesoura e a coloca mais longe. – É bastante tentador ceder à gratificação instantânea, certo? Deixar a sua tarefa mais fácil usando ferramentas ou trabalho alheio? Essas ferramentas podem parecer úteis agora, mas a diligência é a única coisa que vai levar vocês até o final da tarefa. Assim como diz Provérbios 13:4, "a alma dos diligentes prospera". Então, Riley, você ainda quer a tesoura?

– Quero – respondo sem hesitar.

– Não, você... – Gabe fecha os olhos. – Não é sobre isso. É pra você trabalhar duro pra receber uma recompensa com significado.

– Tá, mas quais são as regras? – pergunta Delaney. – Precisamos construir alguma coisa que possa abrigar o grupo inteiro? *Quais* suprimentos a gente tem permissão de usar? Ninguém aqui sabe como construir um abrigo.

– Claro que sabem. – Gabe estende o braço para a floresta atrás dele. – Tudo de que precisam está bem aqui, providenciado por Deus para essa tarefa. Vocês têm até a hora do almoço pra construir um abrigo adequado para uma pessoa, e depois serão julgados por um grupo de conselheiros. – Quando ninguém se mexe, ele solta um suspiro exasperado e acrescenta: – O grupo que ganhar recebe uma hora extra de tempo livre hoje à noite, tá? Só... façam a tarefa.

Passo o dedo pela lombada do meu caderno de oração enquanto nos viramos para as árvores. Hora de... ser preguiçosa, acho. De todos os pecados que me aguardam essa semana, esse parece um bom lugar para começar. A preguiça não precisa ser ruim. Pode ser autocuidado ou relaxamento. Poderia ser *não* construir um abrigo no meio da floresta porque, sinceramente, quem foi que teve essa ideia, para começo de conversa? Respiro fundo, olho de soslaio para Delaney, e então dou um passo hesitante na direção das árvores.

Está dada a largada da primeira parte do meu plano de sete etapas.

VI

Jesus pode ter sido carpinteiro, mas com certeza eu não sou

—Tá, isso *tem* que ser ilegal. – Eu me abaixo para passar por outro galho, afastando-o de lado antes que me acerte de novo na cara. – Eles não podem só, tipo, nos obrigar a fazer trabalho braçal.

Passamos a última meia hora perambulando pela área do bosque espaçado entre as mesas de piquenique, e a única coisa que nosso grupo conseguiu construir foi uma pilha de galhos tortos. Não que eu me importe. Não tenho nenhuma ilusão de sucesso quando se trata dessa competição, mas também não descobri como encorpar a preguiça sem literalmente me jogar no chão e me tornar uma só com a terra. Eu gosto das minhas roupas. Não quero sacrificar nenhuma delas no barro seco de Kentucky.

Atrás de mim, Delaney balança os braços para afastar uma nuvem de mosquitos.

– É isso que eu ganho por ter saído do grupo de escoteiras. Talvez dê pra usar aquelas folhas ali pra fazer um telhado? Ou algo do tipo?

– Definitivamente não.

Dou um pulo quando Greer aparece do outro lado de uma árvore próxima com uma mão erguida para poder examinar as unhas perfeitamente lixadas.

– Não dá pra usar folhas – ela opina, como se não tivesse acabado de se materializar do nada. – Precisa ser algo mais resistente. E de preferência à prova d'água.

Reviro os olhos e continuo andando.

– Tipo o quê?

– Não sei. Tipo uma lona. Ou um monte de cipós trançados bem firmes.

– Beleza. Deixa eu pegar um monte de cipós trançados que eu guardei na minha bunda, Greer.

Delaney dá uma gargalhada, e para minha surpresa, os cantos da boca cheia de *gloss* de Greer também estremecem. Então ela pisca e a expressão desaparece.

– Não é pra ser algo fácil. É para sermos diligentes.

– Nessa economia? – Balanço a cabeça. – Você vai pro inferno se usar uma tesoura.

– A preguiça é um *pecado*, Riley. É literalmente toda a questão!

O fato de alguém tão rica e linda quanto Greer também ser assim tão irritante parece uma prova de que orar não funciona. Ela me encara como se eu tivesse chutado o cachorro dela, ou algo do tipo, e pela primeira vez, me pergunto se esse plano pode ser mais difícil do que pensei. Greer "recebi nota máxima em todos os vestibulares e também conduzo a Associação do Corpo Estudantil de Madison High como se fosse a Marinha" Wilson nunca relaxou em um único dia da vida. E não vai ser agora que vai começar, quando está na cara que ela acha que também vai receber de Gabe a nota máxima na virtude da diligência.

Olho por cima do ombro para uma ponta da mesa de piquenique ainda visível entre as árvores. Os suprimentos que Gabe trouxe para nos tentar ainda estão largados lá sem supervisão, cozinhando lentamente sob o sol matinal, e penso que eu provavelmente *poderia* pegar um par de tesouras se quisesse. Talvez não provasse bem o meu ponto, mas com certeza faria Greer surtar, e isso parecia ser um bom começo.

Dito e feito: os ombros dela enrijecem no instante em que me viro para a clareira.

– Onde você está indo?

– Não é da sua conta.

Se tem uma coisa que sei sobre Greer é que ela acredita que tudo, até certo ponto, é da conta dela. Mantenho o olhar firme no caminho adiante, mas só levo um segundo para ouvir o som de passos apressados atrás de mim.

– Você não pode – sibila ela. – Está roubando, Riley. É pra descobrirmos como fazer isso sozinhos.

– Achei que era pra gente se divertir.

– Sabe, *sim*, mas...

– Então qual é o problema, Greer? Não é essa a questão?

– E como é que você sabe qual é a questão? Você nem frequenta direito...

Greer se interrompe, quase me atropelando quando paro abruptamente na beirada da clareira. Os suprimentos ainda estão ali, claro, reluzindo em cima das mesas de piquenique, mas agora não estou olhando para eles. Em vez disso, vejo algo além das mesas, descendo pelo morro, por cima dos prédios.

Eu sabia que a área de piquenique ficava na beirada leste do acampamento, do outro lado da capela e bem atrás do estacionamento, mas não percebi que tínhamos andado tanto naquela manhã, nem como a subida era alta. Os subúrbios de Dayton são horizontais de uma forma que me deixa entorpecida, mas o norte de Kentucky é cheio desses morrinhos suaves que se estendem na direção do céu. Do lugar em que estou parada na beirada da clareira, consigo ver o acampamento inteiro – os caminhos retorcidos, os telhados remendados dos chalés e os outros grupos perambulando o campo central. Um punhado de nuvens brancas e fofas pontilham um céu limpo, e tudo tem um leve cheiro de pinheiro.

Não sou uma pessoa que gosta muito de andar na natureza. Eu fiz uma única trilha em toda minha vida e quase todos os meus maiores medos podem ser categorizados como "encontrar criaturas selvagens onde elas não deveriam estar", mas aquela paisagem ali em cima faz com que tudo pareça estável e distante. Solto um fôlego trêmulo, e pela primeira vez desde que entrei naquele ônibus, sinto a tensão nos ombros se soltar.

— A vista é linda, né?

Olho por cima do ombro e encontro Delaney acompanhando o meu olhar pelo morro. Ela virou o rosto na direção do sol, os braços levemente esticados como se quisesse fisicamente absorver a luz, mas antes que eu possa responder, Greer bufa de leve.

— É boa — diz ela. — É ótima. Agora, *por favor,* podemos voltar ao trabalho antes que Gabe nos veja? Acho que não temos muito tempo.

Infelizmente, acho que ela tem razão. O sol está se arrastando para o meio do céu, e a manhã quase acabou, mas não tenho vontade alguma de voltar ao bosque ou terminar nosso projeto. Em vez disso, quando a brisa bagunça o cabelo que amarrei às pressas na nuca, a primeira noção de uma ideia começa a se formar na minha mente.

— Vem. — Entro na clareira e faço um gesto para as outras me seguirem. — Tenho uma ideia melhor.

Delaney para ao meu lado, mas Greer fica para trás, lançando um olhar nervoso por cima do ombro enquanto dou a volta até o canto mais distante da área de piquenique. É só depois que me agacho e engatinho por baixo de umas mesas que ela dá um passo em frente, hesitando.

— O que você está fazendo?

— Encontrando um abrigo. — Eu me viro para me sentar de pernas cruzadas na grama, e então dou um tapinha no banco à esquerda. — Parece firme pra mim.

Delaney se abaixa, com uma mão apoiada na mesa.

— Meu Deus — ela exclama, um sorriso lentamente se espalhando pelo seu rosto. — Você é uma gênia, Riley.

Ela engatinha para ficar ao meu lado, abaixando-se para não bater a cabeça no tampo da mesa, e eu evito de propósito fazer contato visual com a teia de aranha no canto. Greer hesita, prendendo o lábio inferior entre os lábios.

– Isso não... – ela começa. – As regras...

– Não acho que *Gabe* saiba quais são as regras – digo. – Se quiser ficar aí coletando galhos, fique à vontade, mas vou fazer uma pausa.

– Eu também. – Delaney indica o chão ao lado dela. – Relaxa, Greer. Tem espaço aqui.

Parte de mim quer que Greer desista, volte para a floresta e nos deixe aqui sozinhas, mas outra, tão nostálgica e saudosa que me deixa enojada, ainda se lembra de como é existir na órbita dela. Eu costumava voltar para casa depois dos ensaios e encontrá-la com Hannah no sofá da sala, completamente envolvidas em algum *reality* medíocre, a lição de casa esquecida no meio das duas. Elas me chamavam e faziam um resumo rápido que eu não tinha pedido de jeito nenhum, e então Greer me entregava distraída um café que tinha pegado no caminho – um café médio gelado com leite de aveia, um *shot* de *espresso*, duas doses de mocha e sem açúcar.

Nunca pedi a ela que pegasse café para mim. Acho que nunca nem contei o que eu gostava de tomar, ela só me ouviu pedir um café um dia e guardou aquela bebida na sua memória organizada feito banco de dados. Ela sempre se lembrava dos meus aniversários, conhecia a agenda de dança de Hannah e Amanda de cor, e mesmo que não estivéssemos mais nos falando desde janeiro, tenho bastante certeza de que ainda se lembra da senha do meu armário.

De qualquer forma, espero que ela se lembre. Espero que exista um arquivo em formato de Riley sacudindo no crânio dela o tempo todo, e espero que se recorde de todas as coisas da qual não faz mais parte.

Mantenho o olhar fixo na grama ao redor dos meus tornozelos e ignoro de propósito o olhar hesitante que Greer me lança. Então, ela se abaixa e rasteja embaixo da mesa para se juntar a nós.

– Pronto – diz Delaney, abrindo espaço enquanto Greer dobra as pernas embaixo de si, ainda hesitando. – Foi tão ruim assim?

Antes que ela possa responder, um galho quebra do outro lado da clareira, e todas nos viramos, encarando Gabe surgindo por entre as árvores. Os olhos dele se fixam no nosso esconderijo na mesma hora.

— Ei! – grita ele. – O que vocês estão fazendo?

Sinto Greer travar ao meu lado, como se todos os átomos da personalidade regrada e obsessiva dela tivessem ido parar na coluna vertebral. Eu me inclino para encarar Gabe por cima do banco.

— Encontrando abrigo. Legal, né?

— Não foi o que pedimos. É pra vocês construírem alguma coisa.

Greer me lança um olhar que diz claramente *eu avisei*, mas me forço a dar de ombros.

— Achei que poderíamos usar os materiais que Deus nos deu.

— Podem, sim.

— E Deus não nos deu essas mesas?

— Eu... – Gabe abre a boca, fecha, e então abre de novo e balança a cabeça. – Não, isso não é... Vocês precisam terminar a tarefa.

Delaney se apoia nos cotovelos.

— Por quê? – ela pergunta. – O seu salário é baseado na nossa habilidade de construir um abrigo, ou coisa do tipo?

Pela expressão inquieta no rosto de Gabe, acho que isso pode genuinamente ser verdade. Abro um sorriso e estico minhas pernas.

— Bom, você está fazendo um trabalho excelente, Gabriel. Sério mesmo. Eu me sinto muito abrigada.

Por um instante, Gabe parece que vai fisicamente me arrastar até a clareira. Ele dá meia-volta, frustrado, e depois retorna para a floresta, provavelmente para se certificar de que ao menos o resto do nosso grupo ainda esteja trabalhando.

Delaney bufa, os dentes afundando no lábio inferior enquanto ela tenta esconder um sorriso.

— Acho que você quebrou ele.

Para minha surpresa, Greer também mostra um sorriso. Ela

observa Gabe até ele desaparecer entre as árvores, e então lentamente se inclina contra o pé da mesa.

— Isso meio que é bom, acho. Esse projeto estava me estressando.

— Ah, é? — Delaney arqueia as sobrancelhas, fingindo surpresa. — Mas você escondeu isso tão bem.

Dou uma risada e pego o livrinho de orações do cós da calça. Parte de mim ainda espera que aquele momento azede, que aquela vitória temporária se encolha como um pedaço de papel queimado e me deixe sem nada para escrever sobre o assunto. Porque a preguiça deveria ser um pecado. Porque estou evitando nossa tarefa, sendo preguiçosa de propósito, mas tudo o que sinto é um imenso alívio.

Greer revira os olhos para Delaney.

— Tanto faz. Você queria mesmo passar nossa última semana de acampamento fazendo trabalho braçal?

— Última semana? — Faço uma pausa, erguendo o olhar para as duas. — Você está no último ano?

Tento lembrar se Julia mencionou isso antes. Deve ter mencionado. Delaney deve ter falado durante a apresentação mais cedo, mas não me lembro de nada além da minha própria frustração pessoal com a escolha do versículo bíblico de Greer.

— Isso — diz Delaney. — Até que enfim, né? Venha me visitar em Columbus ano que vem.

— Você vai pra Ohio?

Ela assente e os olhos de Greer se iluminam.

— Espera, sério? — ela pergunta. — Não sabia que tinha se decidido! Com quem você vai morar?

— Não faço ideia. Minha mãe me obrigou a escolher uma colega de quarto aleatória para "ter essa experiência", então avisei que ela vai precisar pagar minha terapia se tentarem me matar enquanto durmo, ou qualquer coisa assim. Você ainda está pensando em dividir o quarto com a Amanda?

Greer nega com a cabeça.

– Não, ela vai fazer o curso de Dança em Indiana, mas eu conheci umas outras meninas no dia da orientação que parecem legais.

– Vai fazer assistência social, né? – pergunta Delaney. – Minha irmã provavelmente tiraria suas dúvidas, caso tenha alguma pergunta sobre o curso. Ela amou.

Não consigo evitar. Eu me engasgo com uma risada. Greer sempre foi a pessoa mais inteligente em qualquer sala de aula. Não tenho dúvidas de que ela vai se destacar em qualquer curso que escolher, mas saber que ela está escolhendo de propósito um curso que é para ajudar as pessoas é risível. Ela não fez nada além de deixar a vida de Hannah mais miserável desde o Ano-Novo, e eu não consigo pensar que esse tipo de crueldade é algo que treinam você para desaprender na cidade de Columbus, Ohio.

Tento abafar o som quando Greer vira a cabeça na minha direção, mas é tarde demais.

– Que foi? – vocifera ela. – Você acha isso engraçado?

Dou de ombros.

– É. Um pouquinho.

– Por quê? É um curso bom. Eu me esforcei.

– Nunca disse que você não se esforçou.

– Então qual é o seu problema?

O sorriso tranquilo e a postura casual desapareceram. Os ombros de Greer formam uma linha rígida contra a luz solar que entra pelos espaços da mesa de piquenique. A mandíbula está travada, uma resposta venenosa claramente aguardando na ponta da língua, então antes que eu possa pensar melhor, jogo as mãos para o ar.

– Não sei, Greer – digo. – É que você é meio escrota.

Delaney prende a respiração, surpresa, sibilando entre dentes. Observo as bochechas de Greer enrubescerem em um tom delicado de rosa antes que a expressão dela se torne algo que se parece muito com nojo.

– Tá bom, Riley – murmura ela. – É o sujo falando do mal lavado.

82

Eu me viro para ela da melhor forma que consigo no espaço apertado.

– Eu não sou...

– Você sabe o nome de mais alguém no nosso grupo?

Greer ergue uma das sobrancelhas em um ângulo que me deixa furiosa. Abro a boca para responder *sim, claro que sei*, mas algo me impede. Eu tinha escutado os meninos se apresentando mais cedo. Passamos a manhã juntos no bosque, mas agora que ela toca no assunto, percebo que não tenho ideia de quais são os nomes deles.

– Jack – decido, falando com mais confiança do que sinto.

– É Jace.

– Tá, Jace é um nome idiota. Não é minha culpa.

A risada de Greer não contém humor nenhum.

– Aí está – diz ela. – Você acha que é melhor do que todo mundo aqui porque foi embora. Eu sei que você não acredita mais em Deus, mas isso não te dá o direito de odiar todo mundo que ficou.

– Eu não te odeio porque você ainda vai na igreja, Greer – retruco. – E eu nunca disse que não acredito em Deus.

– Ah, é? – O olhar dela percorre meu rosto, e por um segundo assustador, acho que ela consegue enxergar até minha alma. – Bom, você quase me enganou.

O ar debaixo da mesa de piquenique fica pesado. Delaney ficou quieta, torcendo um pedaço de grama entre os dedos enquanto espera a minha resposta, mas é como se as palavras estivessem fisicamente presas no meu peito. Mordo a parte de dentro da bochecha, as unhas afundando na terra enquanto o sorriso de Greer aumenta só um pouco.

Te peguei, diz o sorriso. *Boa tentativa.*

Ouvimos um farfalhar de tecido à esquerda. Desvio o olhar de Greer no instante em que Gabe se ajoelha ao nosso lado, parecendo completamente derrotado enquanto passa as mãos pelos cabelos que agora estão bagunçados.

– Tá – ele diz, ofegante e alheio à tensão embaixo da mesa. – É isso que vocês vão fazer? Porque preciso tirar os meninos do rio, então realmente não vou ter tempo de ajudar vocês a fazerem algo novo.

Greer cruza os braços.

– Você deveria perguntar pra Riley – responde. – Ela sabe de tudo.

Gabe se vira para mim, a expressão meio suplicante, meio na expectativa enquanto minhas bochechas esquentam. Suspiro e encosto a cabeça na madeira fria dos pés da mesa de piquenique.

– Isso, Gabe. É o que vamos fazer.

Nós perdemos a competição tão feio que me surpreende Gabe não pedir demissão na hora. Sendo justa, os outros grupos não se saem tão melhores. Quando enfim os juízes declaram, hesitantes, um vencedor e finalmente vamos almoçar, a melhor coisa que alguém conseguiu criar foi uma pilha de folhas meio torta e um ódio renovado pela palavra *diligência*.

O sol estava estacionado lá em cima quando saímos de baixo da mesa, queimando a terra da clareira até virar pó. Greer sai do nosso abrigo improvisado sem uma única mancha na camiseta branca, mas eu me demoro espanando tudo das calças. As palavras dela ainda ecoam no fundo da minha mente, pendurando-se nos meus ombros como uma sombra de garras afiadas.

Você acha que é melhor do que todo mundo aqui porque foi embora.

Eu queria poder negar isso. Queria poder dizer que ela está errada.

– Você vem almoçar?

Delaney me observa do topo do morro, uma mão erguida para bloquear o sol. Olho por cima do ombro e percebo que o restante do grupo já saiu, seguindo para o refeitório com os outros campistas. Não comi nada desde o café, mas não acho que a sensação de vazio que estou sentindo seja só porque estou com fome.

– Pode ir na frente – digo. – Quero trocar de roupa primeiro.

Gesticulo para o short sujo e Delaney abre um sorriso.

– Vou guardar um lugar.

Observo a parte de trás da cabeça dela até desaparecer no morro, a bandana cor-de-rosa flutuando na brisa. Então, eu me viro na direção oposta e vou para os chalés. Quero mesmo trocar de roupa. Não estou mentindo sobre isso, mas também preciso de um minuto sozinha, em algum lugar onde não preciso forçar um sorriso e fingir que Greer não rachou a armadura que eu passei o último ano inteiro reforçando.

Folheio o caderno de orações enquanto ando. O único motivo de ter me enfiado embaixo da mesa para começo de conversa era para provar meu ponto, e eu *consegui*. Por um breve segundo, Delaney, Greer e eu ficamos sentadas na sombra respirando fundo, juntas. Eu não pensei na minha redação, ou nos dias que se seguiriam ou como o meu peito apertou ao pensar na mão de Julia na minha. Era o oposto da diligência. De acordo com o pastor Young, fazer uma pausa como aquela deveria ser um ato imperdoável, mas nós ficamos bem. A sensação foi boa, na verdade, até Greer começar a me atacar.

Ou talvez eu que tenha atacado Greer. Não lembro quem começou.

Fico tão concentrada nisso que não noto a outra pessoa vindo na minha direção até que seja tarde demais. Eu me choco no ombro dele e meu caderno de orações vai ao chão.

– Desculpe! – Eu me ajoelho, fechando o caderno com pressa antes que alguém veja os garranchos de anotações. – Desculpa, eu não estava...

Ergo o olhar, e o resto do meu pedido de desculpas morre na minha garganta. O pastor Young está em pé a alguns centímetros de distância, esfregando o ombro, distraído, enquanto abre um sorriso para mim.

– Aonde vai com tanta pressa?

Ele trocou de roupa e agora veste uma das camisetas azuis idênticas às dos conselheiros, a mesma que às vezes veste quando vai

85

cortar a grama do jardim. Essa é a parte mais esquisita em toda essa situação, acho. O fato que conheço os Young desde que me conheço por gente. Conheço o *pastor Young*. Sei que ele é um excelente cozinheiro, que costumava correr maratonas até deslocar o joelho alguns anos atrás, e que ele faz uma festa de Quatro de Julho incrível. Sei que passa os sábados jogando golfe em Dayton, que tem alergia a cachorro, e sei, sem sombra de dúvida, que ele me atiraria pessoalmente no fogo do inferno se soubesse quanto tempo passo pensando em beijar meninas.

Eu me apresso para ficar em pé e escondo o caderno no cós do short nas minhas costas casualmente.

– Desculpa – repito. – Eu só ia trocar de roupa antes do almoço.

O sorriso do pastor Young ainda é carinhoso de uma forma que me irrita.

– Claro. Está bem quente hoje, não é?

– Com certeza.

Tento contorná-lo, mas ele se coloca ao meu lado, bloqueando meu caminho de forma sutil.

– Fico feliz que nos encontramos – diz ele. – Na verdade, eu queria mesmo falar com você.

Uma dúzia de alarmes soa na minha cabeça ao mesmo tempo.

– Sobre o quê?

– Não me olhe assim. – O pastor Young acena a mão, mas aquele gesto tranquilizante não ajuda em nada a acalmar o meu batimento cardíaco que se acelera de repente. – Você não está encrencada. Só queria conferir como estava. Já faz um tempo que se afastou de nós, e sei que as circunstâncias dessa viagem... não são as ideais. Mas realmente acredito que você vai aprender muito aqui.

O sorriso dele não oscila. É o retrato perfeito da preocupação, mas meus dedos se apertam por instinto no meu caderno de orações. É claro que o sr. Rider contou a ele sobre o nosso acordo. É claro que o pastor Young sabe que não estou aqui por vontade própria.

Ele recebe jovens do Ensino Médio fazendo serviço comunitário o tempo todo – provavelmente precisa relatar o meu progresso para alguém, ou algo do tipo.

Eu me forço a abrir um sorriso apesar do maxilar tenso.

– É legal estar de volta – minto. – Obrigada por me deixar vir de última hora.

– Bem, sempre ficamos felizes em te acolher. E realmente sentimos saudades suas em Pleasant Hills. Falo em nome da congregação inteira quando digo que adoraríamos te ver na igreja outra vez.

Preciso morder a parte interna da bochecha para não deixar que a expressão agradável no meu rosto desapareça.

– Você acha que eles ficariam felizes de ver Hannah também?

O sorriso do pastor Young é tão firme quanto o meu, mas o afeto não chega aos olhos. São da mesma cor dos olhos de Julia, um marrom intenso que nela parece suave e convidativo, mas nele parece perigoso. Infindável.

– Bem – diz ele. – Precisaremos avaliar.

– Claro. – Preciso de toda minha força de vontade para não revirar os olhos. – Foi um bom papo.

Começo a andar outra vez, sem me dar ao trabalho de esconder minha frustração. Dessa vez, consigo chegar até a bifurcação no caminho antes do pastor Young chamar meu nome.

– Riley?

Agora a voz dele contém uma aspereza, um aviso que atravessa rapidamente os meus nervos atiçados. Todos os músculos no meu corpo se retesam.

– Pois não?

As mãos do pastor Young deslizam casualmente até o bolso da calça.

– Eu fico feliz por você estar aqui – diz ele. – Quero que saiba disso. Essa semana é uma oportunidade maravilhosa pra você, e não quero ter que contar ao seu diretor que está desperdiçando sua chance ao se sentar embaixo de mesas e encorajar o mau comportamento dos seus colegas de acampamento. Entendeu?

Então agora tenho um carcereiro, um acompanhante pessoal que vai avaliar tudo que eu fizer. O calor pulsa embaixo da minha pele, mas mantenho o sorriso.

– Beleza.

– Bom. – O olhar do pastor Young não desvia do meu rosto. – Sei que você só quer fazer o bem, Riley. Estou aqui para guiá-la na sua jornada, mas também preciso cuidar da minha família. Preciso proteger os meus filhos dos perigos do mundo, e odiaria que você se tornasse uma má influência.

Apesar do céu quente e quase sem nuvens, um calafrio percorre minha espinha. Não sei muito bem quando a mudança ocorreu – quando foi que parei de ver o pastor Young como o pai dos meus melhores amigos e comecei a vê-lo como uma ameaça. Talvez tenha sido quando ele disse para toda a congregação que Satanás criou a homossexualidade para impedir as pessoas de irem ao Céu. Talvez tenha começado com o suéter na igreja, muito tempo antes de eu começar a questionar por que tantas pessoas permitiam que algo do tipo acontecesse.

Passei meses dizendo a mim mesma que se ele tentasse me perseguir da mesma forma que fez com Hannah, eu não o deixaria sair ileso. Criei cenários e mais cenários em que enfim o enfrentava, em que atirava as acusações de volta na cara dele, em que as pessoas que observavam iriam acreditar em mim, mas ninguém está nos observando agora. Estou sozinha, presa sob a força do olhar do pastor Young, e a única coisa que consigo fazer é assentir.

– Excelente. – Ele sorri, um sorriso breve que não melhora nada entre nós. – Te vejo no almoço, Riley.

E então ele vai embora, indo na direção do refeitório com os braços balançando tranquilamente ao lado do corpo.

Odiaria que você se tornasse uma má influência.

O aviso é claro: sente e feche o bico. Não cause problemas, não faça perguntas e talvez, só talvez, você vai poder manter seus melhores amigos. Observando-o caminhar todo alto e confiante em um lugar que é dele para mandar e desmandar, acho que entendo o motivo de tantas pessoas deixarem que ele faça o que quer por tanto tempo.

Quase acredito que esse tipo de poder é predestinado.

Não me mexo até o pastor Young virar em uma bifurcação e desaparecer em meio às árvores. É só depois disso que vou aos tropeços até a segurança do meu próprio chalé, a mente em um turbilhão. Sempre pensei que o interesse do pastor Young em mim fosse uma coisa administrativa – ele não sabia por que eu deixara a congregação, e o pensamento devia assombrar seu histórico pessoal, que, fora isso, era impecável. Eu sei que ele odeia a Hannah. Sei que tem ressentimentos da minha família inteira por ir embora, mas acho que talvez me odeie mais do que todos os outros. A menina que foi embora antes que ele pudesse expulsá-la. A menina que esteve o ano inteiro dispensando e ignorando seus convites para os estudos bíblicos.

A menina que, apesar de todos os seus esforços, ainda é a melhor amiga dos seus filhos perfeitos e tementes a Deus.

VII

Abençoado seja o brechó

—É aí ele disse "odiaria que você se tornasse uma má influência". Tipo, o que é que eu deveria fazer com essa informação?

Pressiono o celular contra a orelha e me recosto no tronco áspero de um pinheiro enquanto observo a fileira de campistas entrarem no ônibus a alguns metros de distância. É Dia de Excursão – ou seja, a manhã em que o pastor Young nos manda para o centro de Rhyville para que os conselheiros mais velhos possam ter o próprio dia de treinamento e culto. Também significa que recebemos nossos celulares de volta, uma concessão que supostamente funciona como exemplo para a virtude de hoje, a generosidade.

Pessoalmente, acho que devolver nossas próprias posses não é tão generoso, e sim um ato de terrorismo psicológico, mas vou fazer o quê? Ao menos consegui repassar a lista de anotações que Kev me mandou sobre o ensaio de ontem e falei um pouco com Hannah.

— É uma coisa meio esquisita de se dizer, certo? – Eu insisto quando ela não responde. – É, tipo, uma ameaça?

Hannah emite um ruído que não diz nada.

— Não sei, Riley. Tudo que esse homem fala parece uma ameaça. Você falou com a Julia sobre isso?

— Você sabe que a gente não conversa sobre ele.

— Eu sei que *você* não fala sobre ele. Só que ela é sua melhor amiga e provavelmente quer saber como você se sente.

Hesito, afundando a ponta do tênis no chão. Ela tem razão, é claro. Julia me conhece melhor que ninguém, mas nunca conversamos explicitamente sobre o papel que o pai dela teve em arruinar a vida de Hannah. Na época, não pareceu necessário. Nós duas sabíamos o que tinha acontecido mesmo que ninguém tivesse dito em voz alta, e agora, meses depois de ficar contornando o assunto, não havia uma forma de trazer aquilo à tona.

Não é como se eu fosse obrigada a contar tudo para Julia. Não vou contar para ela sobre minha nova redação melhorada, por exemplo. Não vou falar sobre a conversa que eu tive com o pai dela e como tudo isso agora parece pessoal, como se caso eu não consiga provar o quanto os sermões do pastor Young são errados, talvez eu perca a minha melhor amiga. E de jeito nenhum vou contar como fui dormir ontem à noite querendo desesperadamente que ela estendesse a mão e apertasse a minha outra vez.

É melhor que algumas coisas não sejam ditas. Não há uma forma de recuperar as palavras depois que elas são faladas.

– É. – Inclino a cabeça na direção do céu sem nuvens. – Vamos ver. Como você está? – Acrescento antes que Hannah me pressione mais. – Ainda tem ensaio essa semana?

Se Hannah nota a mudança rápida de assunto, não comenta. O tecido farfalha do outro lado da linha, como se ela estivesse se jogando sobre o travesseiro.

– Claro. Eu tenho, tipo, três aulas particulares amanhã por causa do adágio. A sequência de piruetas no final ainda está meio fraca.

Abro um sorriso, esquecendo por um instante dos meus próprios problemas. Apostaria qualquer coisa que o adágio de Hannah é perfeito. O solo dela como Rainha da Neve no balé do *Quebra-nozes* ano passado foi tão bom que eu mesma cheguei a considerar me inscrever para aulas de dança.

– Tenho certeza de que está ótimo – digo. – O Bruno não falou que você estava "angelical" na semana passada?

– Falou, mas aí ele também disse que não me colocou como Aurora para fazer um adágio medíocre.

– Disse mesmo?

– Não – admite Hannah. – Mas poderia ter dito.

Imagino Hannah no quarto dela, em casa, esparramada na cama com o sol banhando o edredom lilás. Ela sempre fica assim antes de uma apresentação importante – silenciosa, reservada, intensa –, mas hoje parece diferente. Mais pesada. Por fim, ela suspira.

– Sei lá. Provavelmente está bom, mas é minha última apresentação. A maioria das meninas na minha turma vai dançar em algum outro lugar depois de se formarem, mas eu, não. Passei por muita coisa para garantir que ainda teria isso, e quero que seja perfeito.

Minha garganta se aperta por instinto.

– Eu sei – digo. – Também quero que seja perfeito. Tenho muito orgulho de você, Hannah.

– Valeu. – Ouço o sorriso dela no celular enquanto a tensão se esvai um pouco da voz. – Mas já chega de falar de mim. Você está se divertindo aí? Criando novas memórias? Fazendo novas amizades?

– De jeito nenhum.

– Fala sério. Não é *tão* ruim assim. Eu costumava amar o acampamento.

– Você também costumava amar o pão da Santa Ceia. Ninguém disse que você tem bom gosto.

Hannah ri.

– Bem, pelo menos tente se divertir hoje. Sei que ainda está com raiva, mas será que você consegue deixar pra lá um pouco? Só essa semana?

Arrasto a ponta do tênis de um lado para o outro até criar uma pequena trincheira na terra na minha frente. Ela sabe tão bem quanto eu que nunca fui capaz de deixar nada para lá. Liam Robertson roubou o dinheiro do meu lanche no terceiro ano e ainda penso nisso todas as vezes que passo por ele no corredor.

– Não sei – digo. – Meio irrealista.

Outra risada ecoa na linha e relaxo um pouco.

– Tudo bem – cede Hannah. – Mas não deixe isso te afetar demais. Não deixe eles ganharem.

Olho para onde deixei a sacola na base do pinheiro, o canto amassado do meu caderno de orações aparecendo.

– Não se preocupe – digo. – Não vou deixar.

Falo isso com sinceridade. O pastor Young pode me ameaçar o quanto quiser. Ele pode me encurralar sozinha e sorrir até o rosto começar a doer, mas não vou parar. Uma coisa era planejar a ruína dele enquanto minha reputação estava em jogo, mas se é assim que posso continuar com Julia, vou fazer o que for necessário. Afinal, por que ela acreditaria que sou má influência se eu lhe mostrar a prova das dezenas de coisas sobre as quais o pai dela mentiu? Por que ela não confiaria em mim em vez disso? Talvez precise tomar mais cuidado e ser mais sutil no meu plano agora que o pastor Young percebeu o que eu fiz com a mesa de piquenique, mas dá para seguir mesmo assim. Ainda posso vencer.

– Riley!

Ergo o olhar e encontro Torres acenando para mim do estacionamento. Nesse tempo que passei na ligação, todo mundo já entrou no ônibus e fiquei sozinha na calçada. Pego a bolsa do chão e me afasto da árvore.

– Foi mal, Hannah, preciso desligar. Nos vemos no final de semana.

– Claro – diz ela. – Boa sorte!

Eu desligo e dou uma corridinha até o ônibus. Amanda está sentada na primeira fileira, usando fones de ouvido, o rosto voltado com determinação para a janela. Os dedos tamborilam em um ritmo *staccato* nas coxas, e por um minuto, eu me pergunto se está repassando a mesma coreografia que Hannah. Amanda não ergue a cabeça quando passo por ela, mas o olhar de Greer se demora em mim um segundo a mais que o normal. Nós duas não conversamos desde a atividade sobre diligência de ontem, nem mesmo quando o chalé inteiro tentou arrancar o CD criminoso de Mike Fratt de dentro do despertador ontem à noite. Nós não somos mais amigas. Nem quero ser, mas sinto o impulso estranho de me justificar para ela agora. De provar que não sou a pessoa horrível que ela acredita que eu seja por algum motivo.

Em vez disso, eu me sento ao lado de Julia e deixo a cabeça encostar no couro velho do assento.

– Oi.

Ela ergue uma sobrancelha.

– Foi meio em cima, não?

– Se o seu pai quisesse que todo mundo saísse no horário, não deveria ter me deixado vir essa semana.

Ben dá uma risada abafada no assento à nossa frente.

– Ah, ele sempre te deixaria vir – diz ele. – A elusiva Riley Ackerman, voltando a Pleasant Hills depois de um ano vivendo em pecado? Ninguém seria capaz de resistir. Tenho certeza de que ele acha que Jules e eu podemos *salvar você,* ou coisa do tipo.

Ele diz em tom de piada, as palavras seguidas de um revirar de olhos e um gesto casual, mas um sentimento inquieto percorre minha espinha. Em casa, eu poderia ter dado risada, mas ali, rodeada de pessoas que provavelmente me enxergam da mesma forma, preciso me perguntar se aquela declaração não contém uma boa dose de verdade. Se talvez o pastor Young tenha dito a Ben e Julia para tomarem conta do que eu faço naquele mesmo tom de voz caridoso e vagamente ameaçador que usou quando me disse para tomar cuidado.

Se talvez uma parte de Julia ainda quer ser minha amiga porque acredita que tem algum dever cósmico a um poder maior.

Balanço a cabeça para afastar o pensamento e fuzilo o teto com o olhar, contando as rachaduras até Ben esticar a mão e me dar um cutucão no ombro.

– Não fique tão emburrada – diz ele. – É pra ser um dia divertido.

Olho para ele de soslaio.

– Você acha que ser despachado para o Walmart em Rhyville, Kentucky, é divertido?

Ele assente, ávido.

– É sempre bom sair um pouco do acampamento. Além do mais, eu preciso mesmo de roupas novas pra ir pra Nova York.

– E você vai comprar essas roupas no Walmart.

– Não seja elitista, Riley. Não tem nada errado com lojas de departamento.

Julia ri e o ônibus dá partida para sair do estacionamento.

– Só conte logo a ela, Ben. Ela vai descobrir uma hora.

Eu me endireito, o olhar indo de um gêmeo ao outro.

– Me contar o quê?

Ben olha por cima dos nossos ombros, mas todo mundo parece absorto demais na própria conversa para se importar com a nossa.

– Tá – diz ele. – A verdade é que a gente não vai de fato para o Walmart. É um estratagema.

– Um estratagema. – Arqueio a sobrancelha. – Quem é "a gente" nessa frase?

– Nós – esclarece ele. – Eu e Jules.

– Então para onde vocês vão?

Ben olha para o outro lado do ônibus e abaixa a voz, sussurrando:

– A gente encontrou esse brechó ótimo uns anos atrás. Fica do outro lado da rua de onde os ônibus estacionam. É lá que a gente costuma passar nossa manhã livre.

Isso combina muito mais com o Ben. Porém, não combina nada com a Julia. Eu me viro para ela da melhor forma que consigo no assento apertado.

– *Você* sai escondido?

Julia ergue as mãos, o rosto corando de leve.

– Eles têm uns ótimos achados, tá? Onde você acha que Hannah arrumou o vestido da festa de boas-vindas da escola?

– Ela me disse que encontrou no brechó perto de casa!

Ben revira os olhos.

– Bom, é. A gente não ia deixar qualquer um conhecer esse lugar.

– Não que você seja qualquer uma – interrompe Julia. – Mas é meio uma coisa do acampamento. Acho que você vai curtir!

Sei que não é nada sério, mas as palavras ainda assim se afundam no meu peito como pequenas lascas de vidro. *É meio uma coisa do acampamento.*

Mais uma coisa da qual eu não faço parte, outra rachadura no espaço entre nós.

– Beleza – eu digo, tentando disfarçar a amargura na voz. – Saquei. Ainda estou brava que a Hannah nem mencionou isso na ligação agora há pouco, mas vou sobreviver.

– Agora há pouco? – Ben se vira no assento, a voz voltando ao volume normal. – Era com ela que você estava falando? Como sua irmã está?

Faz-se um guincho de estática quando um dos conselheiros bate no microfone na frente do ônibus.

– Sente direito, Benjamin.

Diversas pessoas dão risada enquanto Ben se afunda no assento. Ele espera até o conselheiro virar as costas antes de pressionar o rosto na abertura ao lado da nossa janela.

– Como ela está? – ele pergunta de novo.

Escondo um sorriso.

– Bem. Ocupada. Tem um monte de aulas particulares essa semana.

– Ah, é. – Ben assente. – Ela estava falando disso antes de virmos. Eu não sei por que está tão preocupada com o adágio.

– Nem eu. Acho que ela só quer que a última apresentação seja perfeita pra poder ir pra Califórnia com a vida zerada.

O rosto de Ben desmorona, e percebo tarde demais o quanto isso soa definitivo, como estamos perto do final do ano letivo. Nós quatro sempre soubemos o que aconteceria. Ben vai passar o verão no acampamento de arte em Nova York, o time de softbol de Julia começa a treinar no final de maio, e eu quero encontrar um trabalho antes do último ano da escola. A era de verões preguiçosos e casuais esparramados nos quintais um do outro acabou, mas pensar que Hannah vai se mudar para o outro lado do país ainda não parece real.

É Julia que rompe o silêncio, a voz leve de forma intencional enquanto olha entre nós dois.

— Bom, ela ainda não vai embora – diz. – Vamos ter a formatura.

Ben se anima na mesma hora.

— Ah, é! Você pegou o vestido da sua mãe, Riley?

Hesito, esfregando as mãos no short. A Academia Cristã do Leste tecnicamente não tem uma festa de formatura, só um banquete de primavera megassupervisionado no qual os alunos do último ano têm permissão de dançar exatamente duas músicas com um par do sexo oposto que escolherem. Hannah e eu decidimos um tempo atrás que, em vez disso, Ben e Julia iriam para a nossa festa de formatura, mas os planos originais também incluíam Collin e o grupo de amigos de Hannah. Greer ia contratar um fotógrafo profissional. A mãe de Amanda já tinha reservado uma limusine. Acho que agora não somos mais bem-vindas em nenhuma das duas atividades.

Afasto esses pensamentos.

— Consegui o vestido. Ainda vou precisar fazer uns ajustes quando a gente voltar pra casa, mas sendo sincera, não acho que Hannah vai querer ir.

— Quê? – Julia ergue o olhar. – Por que não?

— Você já viu *Carrie, o Musical?*

— Eu vi *Carrie*, o filme, como uma pessoa normal.

— E eu vi o episódio de *Riverdale* inspirado em *Carrie* – diz Ben. – Que é basicamente a mesma coisa.

— Só pra você saber, não é – digo. – Mas não acho que ela queira ficar olhando os amigos se divertirem sem ela.

Ben balança a cabeça.

– Nada a ver. *Nós* somos os amigos dela. *Nós* queremos Hannah lá. Ela não deveria deixar de ir à própria festa de formatura.

– Eu sei. Ela não deveria precisar fazer muitas coisas.

As palavras saem mais afiadas do que pretendia. Eu sinto Julia enrijecer ao meu lado e percebo que estamos perigosamente perto de conversar sobre a coisa que não conversamos. Engulo a raiva que sobe pela minha garganta e tento encontrar outro assunto. Algo seguro. Normal. Algo que esconda minha vontade cada vez maior de enfiar minha cabeça pela janela e gritar sem parar.

Sou salva pela microfonia no alto-falante do ônibus quando alguém bate no microfone outra vez. Todos damos um pulo, e quando espio por cima das fileiras de cabeça na minha frente, vejo Cindy parada no meio, lá na frente.

– Bom dia, campistas! – exclama ela, se segurando firme na poltrona ao lado enquanto passamos por cima de outro buraco na estrada. – Quem está pronto pro dia de excursão?

A voz dela é tão doce que faz meus dentes doerem, mas a maior parte das pessoas aplaude, como se essa fachada meio maníaca de olhos arregalados fosse completamente crível.

– Nós vamos nos divertir *taaaaaanto* – continua Cindy, arrastando o fim das palavras até elas começarem a se atropelar. – Mas antes de começarmos, vamos aproveitar um minutinho para adiantarmos a lição de hoje. Como diz o cronograma, o foco de hoje é a virtude da generosidade. Vocês vão ter tempo livre na cidade, não se preocupem – acrescenta, quando alguns de nós trocamos olhares nervosos. – Mas vou encorajar vocês a usarem esse tempo pra refletir como podem espalhar a palavra de Deus para a comunidade. Alguém pode me dizer por que a generosidade é tão importante?

As primeiras fileiras de campistas olham para baixo, evitando contato visual de propósito enquanto Cindy nos encara por cima do microfone. Julia inclina a cabeça na minha direção, os lábios se curvando em um sorriso discreto e delicado.

– Você nunca vai adivinhar o que ela vai falar – sussurra ela.

A respiração de Julia sopra o cabelo atrás da minha orelha, e por um minuto, meu cérebro fica completa e abençoadamente vazio de qualquer outro pensamento.

– Tem alguma coisa a ver com ir pro inferno? – pergunto.

Lá na frente, Cindy parece desistir de esperar por uma resposta. Ela segura o microfone com mais firmeza.

– A generosidade é importante porque Deus não quer que vocês acabem no inferno – explica. – Ele quer que tenham a salvação eterna, e Provérbios 14:21 diz: "bem-aventurado aquele que é generoso com os pobres".

– Aham. – Assinto. – Aí está.

Julia morde o lábio para não rir, e de súbito, fico muito grata que o pastor Young não esteja ali para passar sermão outra vez. Gosto de ver Julia rir. Já vi essa cena milhares de vezes, mas quando reparo nas covinhas se aprofundando nas laterais da boca, um único pensamento ressoa no fundo da minha mente.

Não posso perder isso.

Não importa quantos pecados eu tenha que cometer essa semana. Não me importo se o pastor Young acha que sou uma má influência. Não posso perder Julia, e se a única forma de mantê-la comigo é provando que o pai dela está errado, vou destruir a congregação inteira de dentro para fora.

Cindy pigarreia, chamando a atenção de todos para a frente do ônibus.

– Agora quero falar com vocês sobre algo sério – diz ela. – A generosidade pode ser uma luz pra nos guiar, mas isso significa que ela também tem uma sombra... a ganância. Tenho certeza que não preciso contar a vocês que a ganância está por toda a parte. Ela existe pra criar um abismo entre nós e Deus, para nos atrair com falsas promessas de ganhos materiais. Sei que todos estamos animados pra fazer compras agora de manhã, mas antes de irem ao caixa, esperem um minuto e pensem no que estão comprando. É alguma coisa de que precisam? Estão tentando se mostrar para os amigos? Poderiam estar usando esse tempo e recurso para ajudar outras pessoas em vez disso?

Com um gesto dramático, Cindy leva uma mão ao peito, o olhar avaliando todos no ônibus.

– A melhor forma de demonstrar a generosidade de Deus é através das ações. Lembrem-se disso. E não se esqueçam de preencher os exercícios do livro antes de voltarmos para o acampamento. Vão precisar dele hoje à noite quando se encontrarem com seus grupos.

Ela devolve o microfone para o motorista, mas demora um tempo até que as conversas voltem no ônibus. Não é nada subentendido: embora essa excursão inteira aconteça por causa da nossa pouca habilidade de comprar bens materiais, nós não devemos, sob nenhuma circunstância, fazer algo do tipo. Cindy provavelmente vai fazer uma lista de todo mundo que voltar para o ônibus carregando uma sacola de compras. É capaz de fazer todos os presentes orarem pela pessoa no caminho de volta.

Ótimo, penso, observando a plantação de milho do lado de fora da janela, que lentamente se transforma no estacionamento de uma galeria. *Dessa vez, não vou ser pega.*

Cometer o pecado da ganância parece bem direto, especialmente se comparado à lição de ontem. Só preciso comprar uma coisa. Só preciso querer comprar algo sem considerar as consequências, e o passeio escondido no brechó de Ben e Julia me dá a oportunidade perfeita para isso.

O ônibus vira no estacionamento, dando uma volta até encontrar uma vaga no fundo, e eu salto do assento antes que o motorista tenha desligado o motor.

– Voltem ao meio-dia! – Cindy diz lá da frente. – E não se esqueçam do livro de exercícios!

Julia se espreme no corredor atrás de mim. Um vinco se forma entre as sobrancelhas enquanto seguimos pelo corredor, e eu me pergunto se ela também está pensando sobre o aviso de Cindy, como as coisas ficariam se a filha do pastor voltasse para o ônibus com uma sacola de achados do brechó. Eu costumava brincar que Hannah tinha herdado o perfeccionismo de mamãe, mas às vezes acho que Julia ganharia das duas disparado.

Ben lança olhares furtivos e significativos por cima do ombro quando desembarcamos, completamente alheio à mudança do humor acontecendo atrás dele.

– Uau – digo depois que ele quase tropeça nas escadas. – Ele é muito ruim com essa coisa de guardar segredo.

Para meu alívio, a expressão de Julia se suaviza.

– Horrível – confirma ela. – Fico chocada que o acampamento inteiro já não tenha descoberto a essa altura.

– Talvez só tenham decidido deixar vocês dois vencerem essa.

Ela dá uma risadinha baixa e delicada, e quando pula para o asfalto para ficar ao meu lado, quase parece voltar ao normal.

– Talvez – diz ela, jogando um braço por cima do meu ombro. – Vamos lá descobrir.

VIII

Quando Deus fecha uma porta, Ele abre uma janela (de brechó)

Quando Ben e Julia disseram que o brechó secreto deles era "ali do outro lado da rua", imaginei que haveria uma calçada, ou, no mínimo, um caminho de cascalho que saía do fundo do Walmart até a galeria. Sabe, o tipo de coisas que meninas usando Birkenstocks poderiam em teoria atravessar sem temer pela própria vida. No entanto, não estava esperando meio hectare de mato na altura do joelho se estendendo entre nós e nosso destino, com um monte de lixo no chão e insetos zunindo, invisíveis.

— É melhor isso valer a pena — digo, espanando a sujeira das pernas quando saímos no estacionamento do outro lado. — Ou juro por Deus, Ben, você vai ter que me carregar na volta.

Ele ri e pula na calçada.

— Eu avisei pra você não trazer sandália.

A galeria está relativamente vazia, só alguns carros estacionados entre a loja de *smoothies* e uma clínica veterinária, mas o prédio maior ao final parece deserto. Uma poeira fina cobre a porta, e o único indício de que não está abandonado é a placa escrita à mão pendurada na janela da frente, que diz FIAÇÃO ROUPAS DE SEGUNDA MÃO.

Ben passa por mim e abre a porta.

— Está sentindo isso?

Respiro fundo, e praticamente engasgo com o cheiro intenso de eucalipto. Ou ao menos acho que deveria ser eucalipto. Também detecto indícios de aromatizador e mofo e algo que pode ou não estar morto.

– O que é *isso*?

Ben dá um tapinha no meu ombro e a porta se fecha atrás de nós.

– O cheiro da possibilidade.

Preciso de um minuto para meus olhos se ajustarem à penumbra, e quando finalmente assentam, meu cérebro precisa de mais tempo para processar direito o que estou vendo. A loja é maior do que eu esperava, com fileiras de roupas abarrotadas umas nas outras se estendendo de uma parede a outra. Quase não há espaço para andar, muito menos olhar a mercadoria, e estantes diferentes e bagunçadas preenchem espaços para onde quer que eu olhe. Cabides de vestidos de festa de lantejoulas, pilhas de jeans desfiados, estantes empoeiradas cheias de camisas estampadas. Depois de anos tendo que vasculhar coisas em brechós genéricos padronizados do Meio-Oeste, esse lugar parece uma benção.

– Puta merda – sussurro. – É incrível.

Os lábios de Julia estremecem com um sorriso tímido.

– Eu falei.

Só que quando eu me viro para seguir Ben pelo primeiro corredor, ela não se mexe. Em vez disso, para perto da porta, observando as costas do irmão com uma mistura de anseio e preocupação. Eu viro a cabeça.

– Você vem? – pergunto.

– Eu não... não deveria.

– Por quê? Por que Cindy vai achar que você é uma pessoa ruim? Os ombros de Julia enrijecem.

– Você não precisa ser sempre assim, sabe.

– Assim como?

– *Assim.* – Ela gesticula na minha direção. – Desdenhando de tudo. Você não sabe de tudo, Riley.

Contenho uma resposta afiada instintiva. Julia está enrolando

103

a ponta da trança, os nós dos dedos ficando mais brancos a cada puxão ansioso. Talvez eu não saiba de tudo, mas ao menos sei tudo sobre ela. Sei quando atingi um ponto fraco.

– Desculpa – digo, voltando para o corredor. – Não foi isso que eu quis dizer.

– Eu sei. – Julia solta o fôlego. As mãos voltam para a lateral do corpo, mas os dedos ainda arranham o jeans, meio agitados. – E não é por causa da Cindy. É só... eu sou um exemplo, Riley. Não posso só fazer o que quero. As pessoas esperam algo de mim aqui.

– Esperam o quê?

– Não sei. – Ela dá de ombros. – Orientação?

Uma lembrança se remexe no fundo da minha mente, turva e levemente desbotada. Julia com 10 anos, sentada no púlpito durante o culto da véspera de Natal, lendo uma passagem da Bíblia com voz clara e firme. Ela mal precisava olhar para o livro diante dela. Nem precisava. Outra pessoa a substituiu depois, outra menina do grupo de jovens de quem não me lembro direito, mas todo mundo só falou de Julia depois. *Ela foi uma graça, não é? Ela fala tão bem, assim como o pai.*

Julia *era* maravilhosa, claro, mas eu também lembro como ela ficou dando voltas pelo meu quarto na semana antes, recitando as falas de novo e de novo. Ela grudara a passagem nos livros didáticos para poder recitar entre as aulas, murmurando para si enquanto voltávamos da escola, e tentou usar tantas inflexões diferentes que as palavras começaram a invadir minha mente também, um refrão constante e ansioso.

E o anjo do Senhor lhes disse: "Não temais, porque eis aqui vos trago novas de grande alegria, que será para todo o povo."

E o anjo do Senhor lhes disse, Não temais.

Não temais, não temais, não temais...

Eu não tinha pensado muito sobre isso quando aconteceu. Mesmo nessa época, eu já sabia como Julia podia ser peculiar, especialmente quando se tratava das atividades da igreja. Tinha pensado que era apenas mais uma das suas tendências perfeccionistas, mas quando ela enfim encontra meu olhar em meio às partículas de pó rodopiando entre nós duas, começo a questionar se sempre foi algo além disso.

Talvez seja por isso que estou aqui. Talvez seja por isso que o pastor Young acha que sou má influência.

– Você confia em mim?

Estendo a mão, e vejo Julia piscar, surpresa.

– Eu... quê?

– Você confia em mim? – repito.

– Claro, mas...

– Mas nada. – Eu indico que ela chegue mais perto, entrando mais na loja. – Vem me mostrar como isso aqui funciona.

A expressão de Julia ainda é tensa, mas dessa vez, quando sigo para o corredor, ela vem atrás.

– Você não precisa de mim pra te mostrar nada – diz ela. – Você já fez compras em um brechó.

– Tá, mas de acordo com você e Ben, essa loja é especial. Qual é o segredo?

– Não tem segredo algum!

Nós duas damos um pulo quando a cabeça de Ben aparece por trás de um cabide cheio de camisetas com frases.

– Jesus Cristo, Ben! – Levo a mão ao peito. – Não faz isso! Achei que você era um fantasma.

Ele me ignora, passando uma mão por cima dos cabides.

– Não tem segredo – repete ele, e então abaixa a voz e sussurra: – *A loja proverá*.

Depois, ele se afunda de volta entre as roupas. Quando olho por cima do cabideiro, ele desapareceu.

– Legal – digo. – Isso foi supernormal. *A loja proverá?*

Julia assente.

– Ele tem razão. Feche os olhos.

– Oi?

– Você confia em mim?

A mesma pergunta que eu fiz para ela. E que sempre respondo com um *sim* vigoroso e enfático. Julia finalmente está sorrindo, a mão estendida para mim, e acho que mesmo se não confiasse, mesmo que ela não fosse uma das pessoas mais importantes na minha vida, eu com certeza mentiria para mantê-la ali. Fecho os olhos, e tomo um segundo para processar os dedos quentes dela se firmando no meu pulso antes de ela me puxar para o corredor seguinte.

– Ótimo – diz ela. – Agora coloque a mão na prateleira.

Eu engulo em seco, de súbito muito consciente da forma como meu batimento cardíaco estremece no lugar exato que Julia me toca.

– Eu sei como comprar em brechó.

– Você quer que eu te mostre ou não? – Ela coloca minha mão deliberadamente no cabideiro mais próximo. – Não pode espiar. Só pare quando tiver a sensação certa porque a loja...

– "A loja proverá", eu entendi. Fica mais estranho cada vez que você fala. – Balanço a cabeça, os olhos ainda fechados e teimosos. – Como assim, "sensação certa"?

– Para mim, é como se sentisse uma faísca.

Dou uma risada rouca. A ponta dos meus dedos já vibra com uma energia muito diferente, e flexiono as duas mãos enquanto Julia me guia pelo corredor. No começo, a única coisa que sinto é meu próprio coração palpitar errático e a pressão tranquilizadora da mão de Julia entre minhas escápulas. Então, quando estou prestes a me perguntar quanto tempo tenho que fingir, algo macio se prende nos meus dedos.

– Espera!

Nós duas paramos, e eu tiro uma saia amarelo-mostarda do cabide. Julia arregala os olhos.

– Ah – suspira ela. – É linda.

O tecido drapeado é sedoso entre meus dedos e, embora não seja uma peça que eu vestiria normalmente, não consigo devolvê-la.

Parece algo que pertenceria a uma professora de Artes ou a uma artista talentosa, alguém excêntrica e glamorosa que sabe exatamente o que quer. Também é do meu tamanho, e quando ergo o olhar, meio boquiaberta e incrédula, Julia está sorrindo.

— Eu falei – diz ela. – *A loja proverá.*

Talvez seja isso mesmo. Penduro a saia no meu braço e continuamos passeando. Não é à toa que Hannah gosta desse lugar. Ele tem a mesma energia estranha e vagamente charmosa que a coleção de cristais que ela tem em casa. Como se a qualquer momento eu pudesse ler minha sorte na fileira de chapéus pendurados na parede, ou encontrar o amor verdadeiro entre os pratos de joias antigas.

Ben já está escavando os cabides no fundo quando enfim o alcançamos, ocasionalmente jogando outra roupa na pilha malfeita ao lado dele.

— Encontrou alguma coisa? – pergunta ele, sem desviar o olhar.

Dou de ombros.

— Talvez. Não costumo usar saia.

— A loja não te dá o que você quer. Mostra o que você precisa.

— Ah, sério? – Pego uma camisa de botão cinza do topo da pilha dele. – E você precisa disso aqui pra quê, exatamente?

Ben arranca a camisa das minhas mãos, a ponta das orelhas corando.

— É pra Nova York.

Nunca estive em Nova York, então é possível que todo mundo lá se vista com a mesma paleta neutra e monótona que Ben está tirando dos cabides, mas algo na falta de cor me faz hesitar. Olho para os flamingos azuis estampados na camiseta *tie-dye* dele e tento imaginá-lo fechando os botões de uma roupa mais arrumada por duas semanas inteiras durante o verão. A hesitação no meu rosto deve ficar evidente, porque ele para de vasculhar, os braços enfim pendendo na lateral do corpo.

— Ah – diz ele. – Você odiou.

– Não! – Nego com a cabeça. – Claro que não! É só... meio chato, você não concorda?

– Isso é o que as pessoas vestem em Nova York.

– Segundo quem?

– Segundo a pesquisa do Google "Manhattan street fashion".

– Isso não deve estar certo. Você vai para uma Escola de Artes, Ben. Ninguém é tão alérgico assim a cores.

Julia estica a mão e pega calças cáqui da pilha imensa.

– Você já não arrumou toda a lista do que vai levar? Por que precisa de um guarda-roupa novo?

Ben deixa os ombros murcharem.

– Sei lá. É só que a maioria dos outros alunos fazem esse programa desde que tinham, tipo, 10 anos. Todos moram na cidade. Provavelmente fazem aulas desse tipo o tempo todo, e eu não quero que saibam que não estou acostumado.

– E daí? – Julia pergunta. – Você também entrou no programa. Se seus colegas de classe não gostarem de quem você é, problema deles.

– Um conselho meio estranho vindo de alguém que tentou ser loira ano passado.

– Olha só, aquilo foi ideia *sua*!

Ela olha para mim buscando apoio, mas qualquer palavra tranquilizadora acaba presa no fundo da minha garganta. Porque eu entendo. Entendo o que Ben está tentando dizer, mesmo que Julia não compreenda. Uma coisa é medir sucesso em provas e admissões de faculdade. Números são tangíveis. Reais. No fim do dia, pessoas como Julia podem ter a certeza de que o trabalho delas é melhor do que o de todos os outros, mas Ben e eu vivemos com a subjetividade das empreitadas criativas. Não existe uma forma real de saber se algum dia seremos bons o bastante, porque a definição de "bom" de cada pessoa é diferente. A srta. Tina acha que sou boa o suficiente para ser parte do elenco da peça. Ela confia em mim com o material, mas posso subir ao palco daqui a algumas semanas e descobrir que a escola inteira odeia minha atuação. É um tipo de vulnerabilidade diferente que nunca deixa de ser assustadora.

Eu me pergunto há quanto tempo Ben sente aquela pressão devorá-lo por dentro. Eu me pergunto há quanto tempo deixei de perceber, absorta demais nos meus próprios problemas para pensar nas pessoas ao meu redor.

— Ei. — Dou um passo à frente e arranco as calças cáqui tenebrosas da mão dele. — Sabe que eu te acho incrível, né? Você é talentoso, inteligente e legal pra cacete, e se seus colegas não enxergarem isso, sinceramente acho que deveriam ir a um oftalmo.

Ben dá uma risada.

— Não estou pensando só nos alunos, sabe. Até a lista dos professores é fantástica. Eu contei que conseguiram Markell Fansworth pra dar aula na segunda semana? Literalmente fiz meu trabalho final ano passado sobre as implicações históricas da Fashion Week de 1982, mas até aí beleza. Ele só vai *ser meu professor*. E se ele...?

— Ben. — Eu o agarro pelos ombros. — Vou ser muito sincera com você. Ninguém sabe quem é esse fulano.

Julia ergue a mão.

— Eu sei.

— Você não conta, Julia. Você sabe tudo. A questão aqui — digo, forçando Ben a me encarar nos olhos — é que a opinião de uma pessoa não vai arruinar ou salvar sua carreira. Você entrou no programa por um motivo, e merece ser ensinado tanto quanto qualquer um por sei lá qual celebridade artística nichada e desconhecida eles contrataram por uma semana.

— Ele não é... — Ben fecha os olhos. — Às vezes, me dói fisicamente o quanto você não sabe nada sobre coisas que não são teatro musical.

— Preciso ser seletiva, tá? O espaço aqui em cima é limitado.

— É, e a maioria é dedicado às letras do Sondheim.

Dou um empurrão brincalhão no ombro dele, mas o canto da boca de Ben finalmente se ergue no sorriso de sempre.

– Vai – digo. – Encontre alguma outra coisa. – Deixo as calças cáqui no chão enquanto ele desaparece entre os cabides, e me viro para Julia. – Graças a Deus que estamos aqui. Dá pra acreditar que ele ia querer passar o verão igual a um caixa do banco de meia-idade?

Julia dá risada, distraidamente puxando um vestido de um cabide próximo.

– Trágico.

Não sei se ela está de fato olhando as coisas ou se só quer algo para fazer com as mãos, mas no instante em que levanta o vestido, perco o fôlego. É exatamente do estilo dela: na altura dos joelhos, *vintage* de um jeito sutil, com um tecido verde-escuro apertado na cintura. Imediatamente a imagino usando o vestido no centro da cidade, os óculos escuros empoleirados no nariz enquanto o tecido farfalha ao redor das pernas. As pessoas provavelmente parariam para perguntar onde ela o comprou. Seria bem capaz que a elogiassem também, falando como a cor faz com que os olhos dela pareçam âmbar derretido.

– Meu Deus – ofego. – Me diz que você vai comprar, *por favor*.

Julia ergue a cabeça, como se de repente se lembrasse de onde estamos.

– Ah, não – diz ela, a culpa estampada no rosto. – Eu não... não posso comprar nada, lembra?

– Ben vai comprar alguma coisa – eu digo.

– Isso é diferente. É o Ben.

– Mas você quer?

O olhar de Julia vai ao chão. Eu sei que ela quer o vestido. Sei que quer sair daqui com *alguma coisa*. É o motivo pelo qual ela e Ben me trouxeram até aqui em primeiro lugar, mas a indecisão está clara no rosto dela, marcada nos ombros tensos. Talvez uma pessoa boa e generosa deixasse o assunto morrer. Talvez o fato de eu não deixar significa que sou tão horrível e gananciosa quanto Cindy quer que eu acredite, mas olhando para Julia agora, o rosto sombreado pela luz fraca da loja, não consigo ver como isso seria ruim.

– Eu não deveria – diz Julia, a voz pouco mais do que um sussurro. – Vai contra toda a lição, não é? Além do mais, Ben pode precisar de ajuda, e ainda nem comecei nossa tarefa da tarde e...

– Julia!

Ela para de falar, os dedos puxando a ponta da trança outra vez. Eu tiro o vestido da mão dela e estico a outra mão.

– Está tudo bem – tranquilizo. – Só estamos dando uma olhada. Você tem permissão de só olhar.

A garganta de Julia sobe e desce. Ela olha por cima do ombro, como se esperasse que Cindy aparecesse no corredor e batesse na cara dela com uma Bíblia, antes de olhar para a minha mão estendida.

– Tudo bem – ela cede, completamente alheia ao calor que se acumula no centro da palma da minha mão. – Só estou dando uma olhada.

Abro um sorriso e a puxo para o abraço escuro do corredor. O cheiro de mofo fica pior ali, ainda misturado a algo que eu acho que deve ser esquilo morto, mas afasto o pensamento enquanto nos mexemos. Não consigo ver Ben entre as fileiras. Não tenho ideia do quão longe estamos da porta, mas não me importo. Continuamos andando, tirando peças e mais peças das prateleiras enquanto seguimos. Um par de calças envelope *vintage*. Um macacão jeans com estrelas costuradas na barra. Vestidos que vão até o chão com luvas de seda combinando. Coisas lindas. Coisas nada práticas. Coisas que quero pendurar no meu guarda-roupa só para poder chamá-las de minhas.

No ano passado, fiquei meio obcecada com Oliver Henderson, o veterano que fez o papel de Javert na nossa produção de *Os Miseráveis*. Era um daqueles meninos que parecia bonito demais para ser real, que te olhava nos olhos quando falava com você, e sempre fazia a alteração no começo de "Estrelas". Eu costumava dizer à mamãe que o ensaio começava meia hora mais cedo do que o horário real só para ela me deixar ficar na escola e vê-lo através da janela da sala de ensaio. Eu me sentia desesperada, como se fosse capaz de fazer qualquer coisa no mundo só para passar mais tempo com ele, e mesmo quando tinha esse tempo, a satisfação nunca durava muito.

Acho que isso é ganância. Querer mais, querer coisas demais. Já vi a forma como isso distorce as pessoas – como o pastor Young gosta de jogar a culpa sobre a congregação para fazer todo mundo doar mais dinheiro no gazofilácio, e como a maior parte do pessoal que trabalha na igreja dirige carros novos e mora em casas boas enquanto ficam pregando contra os bens materiais. Hoje de manhã, me pareceu um pecado fácil de cometer. Ia comprar algo legal, algo que fazia eu me sentir bem, e então ficar contente sabendo que a ganância não precisava ser essa coisa obscura e distorcida se eu não permitisse que fosse. Existe poder em tomar para si as coisas que se quer, mas nesse instante, não estou pensando nas roupas. Só estou pensando em Julia. Em como ela é a coisa que mais quero de verdade. Quero vê-la nos vestidos que tiramos dos cabides. Quero aproveitar cada segundo com ela ao meu lado, e mais do que tudo, quero fingir que estamos *bem*. Que não existe chance do universo nos separar no instante em que sairmos dessa loja.

Eu sei, vagamente, que o tempo está passando. Sei que do lado de fora dos limites empoeirados desse lugar, o mundo continua girando. Sei que alguém também pode tirar isso de mim um dia, então quando Julia fica presa ao vestir um suéter antigo do Buffalo Bills e dá uma gargalhada como se não tivesse uma única preocupação no mundo, afundo minhas garras mais um pouco. *Mais*. Quero vestidos de baile *vintage* e blazers de risca de giz e camisetas feias com dizeres absurdos. Quero mais tempo nesse provador apertado e sem janelas, onde nenhuma de nós se importa com as consequências que espreitam lá fora.

– Eu gosto desse – diz Julia, esforçando-se para fechar as costas do meu vestido de veludo apertado e que me dá coceira. – Você parece uma estrela de cinema.

Prendo a respiração quando o tecido comprime as costelas.

– Parece que eu estou em uma produção de baixo orçamento de *Crepúsculo dos Deuses*.

– Não tem uma estrela de cinema nessa peça?

– Isso. Ela mata um cara no final do segundo ato.

– Diva. – Julia enfim desiste do zíper e joga um suéter na minha direção. – Experimente esse aqui.

Ela ainda está usando o vestido que tirei de um manequim empoeirado – um vestido tomara que caia de tule coberto de lantejoulas. Pessoalmente, acho que ela ficou linda, então o fato de estar me entregando a roupa mais feia que já vi na vida é um pouco ofensivo. É como se alguém tivesse decidido na metade da produção que o tecido xadrez que tinham escolhido não ia ser o suficiente. Tem manchas laranja e vermelha, e as palavras FICA FRIO estão bordadas com um fio verde neon. A combinação desagradável de cores só deixa minha pele ainda mais pálida do que já é, mas se eu espremer o olho, posso dizer que é *camp*.

– Não sei – digo. – Acho que não é pra mim.

Uma das sobrancelhas de Julia arqueia quase até o cabelo.

– Sério? Eu gosto.

Uma única lâmpada está pendurada no teto acima. O brilho alaranjado faz o cabelo de Julia cintilar, iluminando o reflexo dela no espelho atrás de mim. O olhar dela vai até o meu pescoço, onde os dois primeiros botões do suéter estão abertos e revelam minha pele. É só um olhar, não dura mais que um segundo, mas uma pressão estranha se fecha nas minhas costelas.

Mais, penso. *Mais, mais.*

– Certeza? – pergunto. – Não ficou exagerado?

Não dá para saber se o calor que sinto na pele é porque estou vestindo diversas camadas de lã em um calor de 23°C ou se é pela forma que Julia me olha agora. Não sei o que eu preferiria. As duas opções parecem seguras aqui, com uma cortina de veludo pesada se estendendo entre nós e o resto do mundo. Julia pisca, abrindo os lábios para respirar de repente, e antes que ela possa falar, a cortina que cerca o provador é afastada.

– Meu Deus! – exclamo, surpresa com a luz repentina. – O que foi isso, Ben?

– Relaxa. – Ben voltou os olhos de propósito para o teto, um ombro apoiado na parede. – Não estou olhando nada. Só quero saber se vocês duas estão cientes de que está bem tarde.

Ele ergue o celular, e depois que paro de olhar o plano de fundo com o rosto dele *photoshopado* por cima das quatro crianças de *Stranger Things* é que eu vejo a hora: 11h52. Oito minutos antes de supostamente termos que voltar ao ônibus.

– Merda! – Fecho a cortina com força, de repente grata por todos os meus anos de trocas rápidas de roupa nas coxias. Preciso de menos de trinta segundos para chutar o vestido, vestir as roupas da rua e pegar minhas coisas. – Julia, precisamos ir!

– Tô indo!

A voz dela está abafada, a cabeça presa na manga da camiseta. Eu a ajudo a vestir o resto antes de correr até o balcão, pegando minha carteira enquanto vamos. Com hora marcada ou não, tenho um pecado para cometer. Quando a mulher de cabelos grisalhos atrás do caixa dobra as minhas roupas em uma sacola de plástico, Ben está perto da porta, os olhos fixos no estacionamento do outro lado da rua.

– Estão subindo já – diz ele, uma mão pressionada no vidro empoeirado.

Lanço um olhar feio para ele quando pego a sacola do balcão.

– Teria matado você ficar de olho no relógio antes?

– Primeiro é "como você ousa me interromper", e agora é "porra, Ben, por que não me interrompeu antes"? Não tem como ganhar com você.

Julia corre e desliza até parar entre nós dois. Ainda está com o vestido verde pendurado no braço, mas eu a sinto hesitar quando chega no caixa. Cada linha do corpo dela está tensa, claramente dividida entre o desejo pelo vestido e sua obrigação com Deus, e pela primeira vez na manhã toda, eu também hesito. A sacola plástica pendurada no meu braço parece absurdamente suspeita agora. O pastor Young iria notá-la na mesma hora. Notaria a de Julia também, e isso seria toda a confirmação de que ele precisa.

Má influência. Pecadora. Errada.

– Aqui. – Eu enfio a sacola de compras no fundo da minha eco-bag, garantindo que meus livros de exercício escondam o plástico. – Enfia o vestido na minha bolsa.

Julia arregala os olhos.

– Quê? Não, Riley, eu não...

– Ninguém precisa saber, Julia. Prometo.

Os dentes dela mordiscam o lábio inferior, e mais do que qualquer outra coisa, quero abraçá-la e dizer que está tudo bem. Que está tudo bem querer as coisas e pegá-las quando pode. Está tudo bem ser gananciosa, não importa o que o pai diga, e isso não a torna uma pessoa ruim.

Lentamente, Julia tira a carteira do bolso de trás. Ela passa o dedão diversas vezes no couro apagado até travar a mandíbula e abrir a carteira.

Ben ergue o punho no ar, e eu reprimo um sorriso enquanto a mulher no caixa faz a cobrança. Quando termina, enfio o vestido na minha bolsa. Que Julia pense que minha oferta é generosa. Que pense que estou sendo uma boa amiga. Ela não precisa saber que ainda estou pensando na forma como o olhar do pastor Young se estreitou em mim ontem, ou na forma particular como os lábios dele se curvaram ao falar as palavras *má influência.*

Ele está procurando motivos para me descartar. Não vou dar esse aqui para ele, não antes de terminar o que vim fazer.

– Vamos.

Arrasto Julia até a porta, ignorando como a minha ecobag bate pesada nas costas. Ben enfia o celular de volta no bolso. Ele só tem tempo de gritar um "obrigado!" por cima do ombro para a mulher do caixa antes de nós três sairmos para a tarde ensolarada, correndo.

IX

Eu considero seriamente praticar canibalismo

Deixo as nossas compras escondidas no fundo da minha eco-bag durante toda a viagem de volta, mas no instante em que entramos no refeitório, fica claro que Ben, Julia e eu não somos os únicos que pecamos naquela manhã. Quando Torres se junta à fila da comida, ela olha por cima dos ombros antes de disfarçadamente colocar um tubinho de *gloss* na palma de Delaney.

– Aqui – sussurra ela. – Só consegui pegar um.

Delaney assente e o esconde no bolso traseiro.

– Obrigada. Me lembre de te mostrar a paleta de sombra hoje à noite.

Eu odeio a culpa no rosto de Torres quando ela se vira de frente outra vez, como se achasse que Jesus fosse se levantar da cruz de madeira na parede e invocar a peste contra a casa dela, ou algo do tipo. Até mesmo Cindy – a conselheira favorita de Deus e o arauto escolhido dos Céus – está exibindo uma nova pulseirinha prateada que sei que não estava usando naquela manhã. Ela fica colocando o cabelo atrás da orelha, exibindo a pulseira na direção de Gabe como se tudo que mais quer no mundo é que ele diga para ela que ficou bonitinho.

Parece que a falsa promessa de ganhos materiais era boa demais para resistir.

O pastor Young está em pé no fim da fila da cozinha, usando um avental grande demais com as palavras: CHURRASQUEAR, REZAR, AMAR bordadas na frente. É o uniforme dele de Domingo de Jogo, o mesmo que vestiu em todos os finais de semana desde que consigo me lembrar, e ver aquilo me faz sentir um aperto inesperado no peito. Hannah e eu não fomos convidadas para a festa do Super Bowl desse ano. Costumava ser uma tradição. Costumávamos nos aglomerar no pátio da família Young, fingindo que não estávamos sentindo o frio de fevereiro enquanto o pastor Young grelhava hambúrgueres vestindo esse mesmo avental. Naquela época, ele era como um segundo pai, alguém em quem poderíamos confiar, e foi só no ano passado que percebi o quanto fui impossivelmente ingênua.

Quando saí do armário, meu pai comprou uma camiseta com os dizeres PAI GAY em letras nas cores do arco-íris, e só a doou no brechó quando eu disse que aquilo podia mandar a mensagem errada. Quando mamãe trouxe Hannah depois da viagem de Cleveland, ele ficou sentado no quarto dela durante horas, apontando para pássaros diferentes do lado de fora da janela e lendo matérias do jornal em voz alta para que ela não precisasse ficar sozinha. Pode ter sido minha mãe que me ensinou a dar um soco direito em alguém, mas foi meu pai que me ensinou que estava tudo bem chorar um pouco. Não consigo imaginar o pastor Young chorando por qualquer coisa exceto pela majestade do Senhor, e tenho bastante certeza de que ele nunca vestiu nada com estampa de arco-íris na vida. Não é uma pessoa de quem eu quero sentir saudades, e odeio que mesmo agora, quando estou planejando destruir a vida dele, parte de mim ainda se sinta um pouco culpada por isso.

O pastor Young ergue o olhar quando Julia e eu nos adiantamos.

– Bem-vindas de volta – diz ele, o olhar indo do meu rosto às sandálias cheias de lama. – Fico feliz de ver que levou a lição de hoje a sério.

Sei que é para o elogio ser sincero. Sei que ele não consegue ver as roupas escondidas no fundo da minha bolsa, mas ainda sinto um alerta por trás de cada palavra.

– Claro. – Eu indico a caçarola quente atrás do balcão com a cabeça, ávida por mudar de assunto. – Foi você que fez?

O pastor Young nega com a cabeça.

– Dessa vez, não.

– Que pena. A sua é sempre a melhor.

Lanço meu sorriso mais charmoso ao pastor Young enquanto ele me entrega um prato, ignorando como os cantos da boca dele se franzem. Julia também me observa, a expressão dividida entre preocupação e alarme, e é só depois que estamos longe de alcance que ela se inclina na minha direção.

– O que você está fazendo? – sussurra ela.

Sendo uma boa influência. Afasto aquele pensamento à força.

– Só estou sendo educada.

– Então pare com isso. Está me assustando.

Esse é o problema, penso enquanto nos sentamos nas cadeiras vazias no fundo do refeitório. Eu *não* posso parar. O pastor Young pode me querer de volta. Ele pode acreditar de verdade que está salvando minha alma errática, mas ainda está esperando que eu pise na bola. Não posso dar a ele ou ao sr. Rider nenhum motivo para me difamar, não antes de distribuir minha redação para qualquer um que queira lê-la.

A maioria das pessoas ao nosso redor ainda está esperando para pegar comida, mas aqueles que já encontraram cadeiras estão examinando os cadernos de atividades. Greer está sentada na outra ponta da nossa mesa, um pé apoiado na cadeira enquanto desenha um círculo frenético no rodapé da página. Algo naquela imagem parece errado, e é só depois que olho de novo que percebo que a cadeira ao lado dela está vazia. Amanda não está presente. Desvio o olhar e pego meu próprio livreto. Eu me lembro vagamente de que Cindy nos disse para terminar a tarefa antes de voltarmos, mas não abro meu livro desde ontem. Não acredito que a generosidade seja algo que precisamos estudar para entender, mas até mesmo Ben para do lado da nossa mesa a caminho da cozinha.

— Alguma de vocês terminou a tarefa? — pergunta ele, olhando de mim para Julia.

Balanço a cabeça.

— Eu pareço alguém que termina tarefas?

— Na verdade, parece. Dá sempre para depender de você.

Sou poupada de responder porque Delaney e Torres se sentam nos bancos à nossa frente.

— Estão falando dos exercícios dessa manhã? — pergunta Delaney. — Eu terminei no ônibus.

Ben se anima.

— Sério? Como foi que você... — Ele folheia o caderno de atividades até encontrar a página certa. — ... *demonstrou a luz da generosidade de Deus na comunidade hoje?*

Delaney abre um sorriso, dando uma garfada na caçarola.

— Deixei uma mulher aleatória entrar na minha frente na fila do caixa do Walmart.

— Está falando sério? — Torres parece vagamente escandalizada. — Passei meia hora catando carrinhos de compras no estacionamento.

— Problema seu, Torres. Eu não recebo salário deles para isso.

Contenho um sorriso e Ben assente.

— Ótimo — diz ele. — Fiz exatamente esse rolê aí do caixa. Vocês me viram.

— Com certeza — responde Delaney, sem hesitar. — Foi comovente.

Ben faz uma arminha na direção dela, rouba uma batata frita do prato de Julia e segue para a cozinha. Balanço a cabeça para as costas dele. Não existe nada mais frustrante que o histórico acadêmico de Ben Young. Que eu saiba, ele nunca fez a lição de casa a tempo durante a vida. Sempre está terminando as redações no ônibus, ou memorizando um discurso no intervalo das aulas ou pedindo para eu questioná-lo sobre a matéria quinze minutos antes de sairmos para a escola. Até hoje, não faço nem ideia de como ele tirou aquela nota alta no vestibular sem nem tentar fingir que estava estudando, e não fico surpresa ao ver esse nível de displicência se estendendo ao acampamento.

Afinal, existe um motivo de ninguém passar sermão nele por voltar ao acampamento com os braços cheios de sacolas de compras. Porque ele é o *Ben*, e ainda não inventaram uma situação desagradável que ele não fosse capaz de evitar usando o charme dele.

— Você acha que a tarefa é obrigatória? — pergunto, abaixando a voz enquanto a falação aumenta ao nosso redor. — Ou dá pra eu, tipo, inventar qualquer coisa se perguntarem?

Olho por cima do ombro para Julia, esperando vê-la revisando as tarefas que esquecemos pela manhã, mas em vez disso, o caderno de orações está aberto no colo dela. A página está virada para cima, então a única coisa que vejo é o pequeno adesivo de borboleta que ela colocou na contracapa — o vislumbre de asas rosa-choque e antenas fininhas sendo a única coisa que diferencia o caderno dela dos nossos. Ela o fecha com força quando me vê olhando.

— Desculpa, quê?

As bochechas dela estão levemente coradas, como se eu a tivesse flagrado no meio de um ato estranhamente íntimo. Eu me remexo na cadeira, voltando a olhar para o almoço.

— Nada. Só estava perguntando se você fez a tarefa.

— Ah. — Imediatamente, ela volta ao normal, a expressão suavizando para um interesse casual tão rapidamente que quase consigo acreditar que estava imaginando coisas. — Certo. Talvez eu devesse começar com isso.

Julia deixa o caderno de orações na mochila, mas não se mexe para tirar outra coisa ou começar a tarefa. Ela só fica revirando o canudo no copo de refrigerante aguado, toma um gole demorado, e então apoia os dois cotovelos na mesa enquanto Ben se senta no banco à nossa frente. É assim que ficamos durante o resto do almoço: Julia rindo com os amigos, normal, e eu desesperadamente tentando não olhar para o canto do livrinho azul que está visível na bolsa dela.

Porque sei qual é a sensação de escrever coisas que você não quer que mais ninguém veja. Eu reconheço o jeito cuidadoso que Julia protegia a página, escondendo o papel com o antebraço. É a mesma forma que fiquei, anotando coisas sobre o pastor Young a semana inteira, mas nem pelo que é mais sagrado consigo pensar no que é que ela estaria escrevendo. Ou porque existe uma parte pequena e teimosa do meu cérebro que acha que tem a ver comigo.

O problema de acordar com uma música em que uma celebridade do YouTube de 23 anos rima a palavra "sleek" com "Snapchat streak" é que a certa altura, a originalidade daquilo vai passando. Quando nosso alarme soa na manhã seguinte, já estou tão acostumada com os gritos da guitarra e o baixo que sacode os ossos que sequer dou um pulo. Talvez não seja tão ruim assim, na verdade. Talvez se eu puxar o cobertor por cima da cabeça e fechar os olhos, posso fingir que é uma daquelas músicas eletrônicas diferentonas que Ben às vezes adiciona nas nossas *playlist* de grupo.

Estou no meio do processo de tentar me convencer de que "Flexin' on That Gram" pode ser a melhor música da nossa geração, e possivelmente a melhor música de todos os tempos, quando Greer se levanta da cama e bate com tudo no botão de desligar. O quarto fica anormalmente silencioso enquanto ela fuzila o despertador com o olhar, o cabelo como uma nuvem de *frizz* ao redor da cabeça. Então, de propósito, ela se joga de volta na cama e enfia o travesseiro no rosto.

– Vai se foder, Mike Fratt – grunhe ela, alto o bastante para o chalé inteiro ouvir.

Delaney cai na gargalhada, a voz ainda rouca de sono, e preciso morder o lábio para não acompanhar.

Apesar do nosso despertar violento, o resto da manhã ocorre de uma maneira relativamente normal. Decido muito cedo que não vou mais pensar em Julia ou no caderninho de orações secreto. Não vou nem considerar o que era mais importante de escrever ali do que terminar a tarefa, e de jeito nenhum vou ficar me perguntando se tinha alguma coisa a ver comigo. Isso seria ridículo. Eu já tenho preocupações o bastante essa semana, e seja lá o que Julia quer contar a Deus, não é da minha conta.

O orvalho cintila sob meus pés enquanto vou até o chuveiro. O céu é de um azul perfeito, o ar fresco, um alívio bem-vindo depois do calor de ontem, e eu me pergunto se Ben já pensou em pintar o acampamento assim. O campo aberto, o círculo de árvores, as curvas suaves dos chalés. Quero registrar isso agora, lembrar desse momento estranho e singular em que quase consigo entender o que os outros enxergam nesse lugar. Acho que também seria capaz de gostar, se as circunstâncias fossem diferentes.

Julia ainda está no chalé quando eu volto. Subo os degraus dois de cada vez, distraída cantarolando a música que fecha o primeiro ato do musical, e é só depois que largo a nécessaire no beliche que percebo que ela está me encarando.

– Bom dia! – exclamo.

– Bom dia. – Ela arqueia as sobrancelhas de leve. – Parece que você acordou de bom humor.

Dou de ombros e pego um moletom desbotado do fundo da minha mala. Não é como se eu estivesse entusiasmada de estar aqui, mas algo nessa manhã parece diferente. Já cometi dois dos supostos sete pecados capitais com sucesso. Eu posso provar que nada é preto e branco, que os pecados não são necessariamente ruins, e o plano do sr. Rider de me transformar em um membro bom e produtivo da sociedade através de serviço comunitário está saindo pela culatra.

– Não sei – digo, acompanhando Julia enquanto vamos ao refeitório. – Estou com um bom pressentimento sobre hoje.

Ela pisca.

– É?

– Que foi, não posso?

– Não, claro que pode. Amo que esteja se sentindo assim, só que você nunca tem nenhum pressentimento bom sobre nada na vida. Na semana passada você achou que o professor substituto de Matemática estava planejando seu assassinato.

– Tá, e daí? Ele estava muito interessado em saber se eu entreguei minha lição de casa.

– Estava – diz Julia, jogando um braço por cima do meu ombro. – Porque ele é o seu *professor substituto*.

Percebo que na verdade é muito difícil não pensar em Julia quando estamos juntas assim. Sempre ficamos confortáveis uma com a outra – entrelaçando os dedos, enlaçando a cintura uma da outra casualmente, as mãos se roçando enquanto andamos. É uma das coisas com as quais me preocupava quando saí do armário, que saber que eu gostava de meninas seria o bastante para fazer Julia pensar duas vezes antes de me tocar, mas nada mudou. Ela ainda apoia a cabeça no meu ombro enquanto assistimos TikToks juntas em festas do pijama, e ainda finjo que meu coração não está batendo em um lugar fora do meu peito quando isso acontece.

Eu costumava achar que era assim com todo mundo, que meninas hétero só tinham o privilégio de *não* ter que ficar raciocinando mil vezes sempre que uma amiga as puxava para tirar uma foto, mas não acho que isso seja verdade. Hannah e Amanda eram próximas. Era impossível não ser quando se passava tanto tempo no mesmo estúdio, mas mesmo assim, nunca se tocavam como eu e Julia. Não se deitavam juntas no mesmo colchão, os corpos grudados de um lado, e encarando o teto felizes enquanto conversavam sobre o dia.

Em um mundo perfeito, acho que isso teria algum significado. Em um mundo perfeito, acho que Julia sentiria o mesmo por mim.

Estou suando quando entramos no refeitório, desesperada por

123

uma pilha de panquecas e um café bem forte. Eu me desvencilho de Julia, antecipando o cheiro familiar de bacon frito e ovos cozidos por tempo demais, mas o ar está anormalmente frio, quase parado. Eu cambaleio e paro, olhando para a cozinha, onde uma fila de campistas costuma já estar se esgueirando pela fileira de pratos. Só que também está tudo vazio. Ninguém está pegando bebidas ou fazendo café, e ninguém está empilhando no prato as opções da refeição daquele dia. Porque não existe nenhuma opção de refeição.

Não tem comida nenhuma.

Eu me viro na direção de Julia.

– Que porcaria é essa?

A frase parece mais acusatória do que eu gostaria, mas ela só balança a cabeça, os lábios levemente entreabertos enquanto encara a cozinha vazia.

– Eu... não tenho ideia.

Simples assim, meu bom humor desaparece. Cada um dos pensamentos vagamente positivos que tive some da minha mente, e volto para onde comecei: furiosa, ressentida, e pronta para apertar o pescoço do pastor Young com minhas próprias mãos. Porque isso é coisa dele, óbvio. Fizemos algo errado e ele está tentando nos ensinar uma lição, e nos privar do café da manhã é a única forma de fazer com que essa lição entre em nossos crânios traiçoeiros e pecadores.

Infelizmente, está funcionando. Eu faria coisas indizíveis por um omelete nesse instante, inclusive aceitar Jesus Cristo como único e suficiente salvador.

A maioria dos campistas parece tão confusa quanto nós, reunidos nas mesas em grupos nervosos. Quando o pastor Young aparece, a conversa está tão lamentavelmente baixa que ele não se dá ao trabalho de usar o microfone.

– Bom dia, campistas! Espero que estejam se sentindo energizados e renovados depois da excursão de ontem. – Estremeço quando a voz animada demais ecoa pelas paredes, e me sento em um banco no fundo. – Como podem ver pela falta da fila de bufê, vamos fazer algo diferente hoje de manhã. A nossa lição é sobre temperança. Essa virtude muitas vezes é negligenciada no nosso mundo de gratificação imediata, mas acho que é um dos alicerces do caminho que nos leva à iluminação. E esse é um dos motivos, é claro, que vocês ficarão de jejum hoje.

Ao meu lado, Julia desliza no assento, a cabeça pouco visível por cima da mesa. Fecho os olhos e resisto ao impulso de me juntar a ela. Por que eu não me dei ao trabalho de me adiantar e ver qual seria a lição de hoje? Poderia ter comprado lanches durante a nossa excursão, ou ao menos me preparado para o dia de miséria. A julgar pelo número de olhares arregalados e nervosos no refeitório, eu não sou a única.

– Ah, não façam essa cara – continua o pastor Young. – Sei que parece assustador, mas é por bem. Assim como as outras virtudes, a temperança tem um equivalente sombrio enraizado no pecado. A gula. A gula ama a indulgência, o luxo, e em um mundo onde nos dizem frequentemente que, quanto mais, melhor, é fácil cair nessa armadilha. Pensem no dia de hoje como uma chance de parar e refletir, de obter controle sobre seus desejos mundanos e compreender o que de fato faz falta em sua vida.

Se fosse ontem, eu poderia ter me inclinado para Julia e sussurrado: *deixe-me adivinhar, a única coisa faltando é uma relação com Jesus Cristo*. Poderíamos ter rido e revirado os olhos quando o pastor Young confirmasse em seguida, mas pela primeira vez, não sinto que quero fazer piada. Estou tão perdida na minha própria frustração que não noto uma pessoa se aproximar até que esteja sentada do outro lado de Julia.

– Oi.

A última vez que vi Greer, ela estava xingando Mike Fratt no travesseiro. Agora parece bem acordada, os cabelos caindo em ondas sedosas pelos ombros enquanto apoia os cotovelos na mesa. Eu me pergunto que tipo de bruxaria ela usa para manter esse tanto de brilho na barragem incansável de água do chuveiro. Meu cabelo já começou a cheirar levemente a enxofre.

– Que foi? – pergunto.

Greer me ignora e se vira para Julia, levando uma mão à boca para que os conselheiros não vejam os lábios dela se mexerem.

– Tá, isso vai ser péssimo, mas fizeram a mesma coisa no meu primeiro retiro. A maioria dos campistas mais antigos ainda traz lanche na mala caso tentem outra vez, então voltem para o chalé na hora do almoço e vamos dar um jeito nisso.

– Sério? – O alívio aparece no rosto de Julia. Ela se vira para a frente do refeitório, onde o pai agora está guiando todos para fazer uma reza extremamente desanimada. – Obrigada, Greer. Sinto muito por isso.

– Não sinta. Não é culpa sua. Deve ter o suficiente para dividir com todo mundo, então sinta-se livre para contar ao seu grupo. E não me olhe assim – acrescenta Greer, virando-se na minha direção. – Não estou tentando te envenenar.

Faço uma carranca para a mesa vazia. Não percebi que estava olhando para Greer de nenhum jeito específico, mas só de pensar em ficar no interior calmo e ensolarado do nosso chalé dividindo lanchinhos com ela e Amanda me provoca arrepios. É familiar demais, próximo demais. Parecido demais com como as coisas costumavam ser.

– Eu sei – digo. – Não é com você que estou preocupada.

– Dá um tempo, Riley – bufa Greer, o som tão brutal e direto que diversas cabeças se voltam na nossa direção. – Você acha que Amanda gosta de dividir um chalé com a menina que deu um soco nela no meio do corredor, na frente de todos os veteranos? Você não é a vítima da situação.

Fecho as mãos em punhos no colo, os nós dos dedos ficando brancos em contraste ao tecido escuro do meu jeans.

– Bem, e eu não gosto de dividir o chalé com pessoas que ficaram falando um monte de merda sobre a minha irmã o semestre inteiro, então acho que estamos quites – deixo escapar antes de perceber o que eu disse, uma mistura inebriante e repentina gerada por quatro meses de frustração reprimida. Greer pisca, afastando-se no assento.

– Quê? Eu não... – ela começa, mas não quero ouvir as desculpinhas.

Eu fico em pé tão de repente que o banco guincha no piso de linóleo. Lá na frente, a prece do pastor Young vacila. Ele me lança um olhar furioso, mas eu o ignoro. Algo quente pulsa contra minhas costelas, fincando as unhas para tentar sair, e a simples pergunta de Greer acendeu o pavio. *Quê?* Como se ela realmente quisesse saber. Como se nunca tivesse parado para considerar as consequências de suas ações. Julia estica o braço para mim, abrindo a boca como se quisesse me chamar, mas eu me afasto. Não sei por que estou perdendo a cabeça agora, por que não consigo enfrentar *Greer* entre todas as pessoas, mas sei que se eu ficar, existe uma boa chance de simplesmente explodir na mesa. E é bem capaz de levar o acampamento inteiro comigo.

Então não escuto quando Julia repete meu nome. Não paro quando o restante da mesa se vira na minha direção, ou quando Gabe dá um passo à frente, a mão esticada para me puxar. Só respiro fundo, uma respiração dolorosa, e saio do refeitório, deixando a porta balançando indiferente atrás de mim.

O vestiário feminino é mais perto do que o meu chalé. Está vazio, graças a Deus, e silencioso, exceto pelas gotas pontuais de uma torneira vazando no canto. Eu me encosto na pia e fecho os olhos com força, segurando a porcelana fria com as duas mãos.

Não chore.

Não vou chorar. Pelo menos isso eu sei. Não chorei quando saí de Pleasant Hills, ou quando não passei na prova de motorista pela segunda vez seguida, ou quando Leena derrubou metade de uma barricada no meu pé durante um ensaio de *Os Miseráveis*. Na verdade, não chorei desde as férias de Natal, quando mamãe trouxe Hannah de volta de Cleveland e me viu parada no corredor do lado de fora do quarto dela.

Ah, Riley, disse ela, me puxando para um abraço apertado. *Fico tão feliz que ela tenha você. Você é a rocha dela, sabe.* Ela me beijou na testa e eu engoli as lágrimas que estavam se acumulando no fundo da garganta. Eu poderia ser a rocha de Hannah se ela precisasse de mim. Aguentaria firme.

Passei a semana seguinte entrando e saindo do quarto de Hannah, observando-a encarar o teto sem olhar, até estar quase convencida de que ela nunca mais voltaria a falar. Quando minha irmã enfim saiu da cama, eu estava lá para entregar a lição de casa que ela tinha perdido, ajudar a revisar a coreografia, e arrastá-la em longas caminhadas frias em que não conversávamos sobre nada além das nossas teorias mais doidas sobre a Taylor Swift durante horas. Fui eu quem fez a lista de terapeutas do plano, que disse para todos na escola que ela estivera com uma gripe feia, e em meio a tudo isso, não desmoronei. Eu não chorei. Porque eu era a rocha de Hannah. Ela precisava de mim, e isso significava que todos os meus sentimentos bagunçados e mal resolvidos precisavam continuar trancafiados. Se eu não pensasse no passado, não precisava pensar em Pleasant Hills como nada além de uma lembrança vaga, agradável e neutra. Se eu não pensasse em Pleasant Hills, nunca precisaria confrontar a parte de mim que às vezes desejava fechar os olhos e voltar para a vida como era antes.

E mesmo que eu esteja *bem*, mesmo que tenha saído há muito tempo, é *esse* sentimento que se acumula no meu peito outra vez. Não a raiva que sinto em nome de Hannah, não minha frustração com a crueldade do pastor Young ou a minha incredulidade pela falta de compaixão de Greer, mas a dor devastadora da solidão.

Talvez Greer esteja certa. Talvez eu não acredite mais em Deus. Talvez fique sozinha por mais tempo do que pensei, flutuando sem amarras em um universo desorganizado, sem nenhum poder maior para me guiar.

Passos esmagam o cascalho do lado de fora. O som desperta um alarme em algum lugar no fundo da minha mente, e eu me viro, me atirando para dentro da cabine mais próxima. Giro a tranca no instante em que a porta se abre e prendo o fôlego no momento em que uma pessoa para no mesmo lugar em que eu estava segundos atrás. Lentamente, me abaixo na privada e puxo os joelhos contra o peito.

Fico assim por um minuto, dois, escutando o batimento acelerado nos meus ouvidos. Então, quando meu nervosismo está ameaçando me denunciar, a pessoa do lado de fora dá uma fungada trêmula e baixa.

Está chorando. Aquilo me faz virar pedra. Outra pessoa abandonou nosso café da manhã imaginário para vir até aqui e desmoronar a sós.

A menina está de costas, mas consigo distinguir a silhueta sombreada de mãos segurando a beirada da pia. A torneira range, e rapidamente ouço o som de água jorrando sobre a porcelana, e é só depois que ela dá um passo para longe para pegar a toalha de papel que finalmente vejo os pés sob a fresta da porta.

Tênis brancos impecáveis. Meias rendadas no tornozelo, com dois bolinhos de açúcar rosados estampando cada uma.

A respiração seguinte entala no fundo da minha garganta; preciso esconder a boca com a mão para afastar o som. Eu reconheceria essas meias em qualquer lugar. Hannah tem um par enfiado em uma gaveta lá em casa, um presente do diretor depois da última apresentação de *O Quebra-nozes.* Ele dera uma meia customizada para cada veterano, então a de Hannah veio bordada com um minúsculo floco de neve prateado, mas só uma única outra menina do estúdio de dança vem para Pleasant Hills. A mesma menina que depois de anos tentando o papel com afinco, finalmente pode ser a Fada do Açúcar.

A mesma menina que estive evitando de propósito desde o dia que ela me arrastou para cá, para começo de conversa.

Demora mais um minuto até que a respiração de Amanda se normalize do outro lado da cabine. Então, sem aviso, ela atira a bola de papel no lixo e sai por onde entrou. A porta se fecha com um baque atrás dela, me deixando no escuro outra vez. Lentamente, com cuidado, coloco os pés no chão. Só quando fico convencida de que ela não vai voltar é que destranco a porta e saio da cabine, enquanto me pergunto o que leva alguém como Amanda Clarke a chorar tanto.

X

Se você leu *Garotas Gallagher* no ensino fundamental, hoje em dia você é gay

Não sei quanto tempo fico sentada ali no vestiário, um pé apoiado no banco enquanto o eco da respiração trêmula de Amanda fica repassando no meu cérebro. A certa altura, escuto o cascalho sendo esmagado de leve enquanto as pessoas saem do refeitório e se dividem em grupos para o restante do dia, mas ainda assim não me mexo. Porque isso não faz sentido. Surtar no vestiário do acampamento da igreja deveria ser uma atividade reservada a pessoas como eu, pessoas com problemas de verdade, e sei que Amanda Clarke – herdeira da fortuna da Miss Teen Ohio 1998 – não tem motivos para chorar.

A garota tem, tipo, só mais um mês de Ensino Médio pela frente. Já entrou no programa de Dança da Universidade de Indiana, e ela e Greer estão planejando uma viagem de comemoração de formatura para Paris em julho. Sei disso porque houve um tempo em que também era para a Hannah ir nessa viagem, e porque Amanda fica postando cenas de *Emily em Paris* com legendas tipo "euuuu" nos *stories* do Instagram. Ela está *bem*. Está ótima, na verdade, mas pensar nela fugindo para chorar no banheiro meio que destrói essa imagem reluzente e imaculada.

Não gosto de imaginar que meus inimigos tenham complexidade. Destrói um pouco a coisa toda de "vingança a qualquer custo" que estou fazendo essa semana. Em vez disso, quando as vozes do lado de fora somem e o silêncio se assenta sobre o vestiário outra vez, começo tentando listar opções que fazem sentido.

Amanda está chorando porque:
1. Ela quebrou uma unha.
2. A falta de um café da manhã adequado também deixou ela abalada.
3. A água quente acabou hoje de manhã, e ela não conseguiu completar a rotina de *skincare* de nove passos dela.

Razões normais. Razões racionais. Razões que fazem sentido dentro dos limites do meu universo. Nenhuma delas parece muito certa. É como se alguém tivesse partido o meu cérebro com bisturi, dividindo a versão de Amanda que eu conhecia com aquela que estou evitando agora. Greer pode ter um currículo mais extenso, e seu *status* assegurado por sua necessidade impressionante de controlar todas as coisas, mas o poder de Amanda sempre pareceu sem esforços. Ela dança pela vida, aparentemente alheia às pessoas que param para verificar que sapatos está usando ou que cor de esmalte escolheu naquela semana. O cabelo dela sempre está impecável, a cruz prateada está sempre alinhada na base da garganta, e ela sempre está contente por se encontrar com todo mundo.

Ela nunca está chateada. Com certeza nunca chora, nem mesmo quando Hannah a chamou durante o recesso de Natal e contou a ela o que aconteceu em Cleveland.

Amanda pode não saber a senha dos armários ou os pedidos de café de ninguém de cor, mas entendia Hannah da mesma forma profunda e inerente que entendo Julia e Ben. Eu poderia imaginar Greer tornando-se só uma conhecida em algum momento, alguém que Hannah parabenizava nos aniversários ou encontrava quando voltasse para a cidade, mas Amanda não deveria ter ido a lugar nenhum. Agora me pergunto se a amizade das duas nunca foi assim tão profunda. Se talvez tudo que ela quisesse fosse salvar minha irmã, também.

Quando saio do vestiário, minhas pernas doem de tanto andar em círculos e não me sinto mais próxima de encontrar uma resposta. O ar frio daquela manhã já está começando a ficar mais denso, e sei, sem precisar olhar, que uma tempestade está a caminho. Aperto o passo e continuo andando, sem olhar para cima, até encontrar meu grupo reunido na nossa mesa de piquenique de sempre. A cabeça de Gabe se ergue quando sento no banco ao lado de Delaney.

– Riley – diz ele. – Que bom que se juntou a nós. Tem alguma coisa que queira dividir com o grupo?

Trinco os dentes e pego o livro de exercícios da bolsa.

– Na verdade, não.

A boca de Gabe se retorce em frustração evidente, mas dessa vez, não deixa passar batido.

– Tem certeza? Porque todo mundo conseguiu chegar aqui na hora. Como é que o grupo vai conseguir confiar em você, se não respeita o grupo?

Essas duas coisas não estão nem remotamente conectadas uma com a outra. Duvido muito que qualquer pessoa além de Gabe se importe se perdi a primeira metade da aula de Bíblia, mas a raiva acumulada da manhã se retesa no meu estômago. Flexiono os dedos sob a mesa e estou prestes a falar o que penso quando o rosto do pastor Young aparece na minha mente.

Odiaria que você se tornasse uma má influência.

Se eu puxar briga, Gabe não vai guardar isso para si. Ele contaria ao pastor Young, que provavelmente contaria ao sr. Rider, e essa semana inteira não vai ter servido de nada. Enterro as unhas nas coxas enquanto minha expressão se neutraliza em algo que espero que se assemelhe a arrependimento genuíno.

– Você tem razão – digo. – Desculpe.

Gabe pisca. Ele vira a cabeça de lado e, por um instante, acho que destruí o cérebro dele de verdade. Delaney nos poupa ao erguer a mão.

– Podemos voltar para a página 32? – pergunta. – Não entendi direito o que essa passagem quer dizer.

– Certo. – Gabe balança a cabeça, voltando o olhar para o livro de exercícios. – Claro. Onde eu parei?

É só quando a atenção dele se desvia que eu de fato me afundo no assento. Passo o resto da manhã encarando meu colo e fingindo que não noto Greer tentando chamar minha atenção do outro lado da mesa. Não quero falar com ela. Não quero falar com ninguém, e quanto mais Gabe fala, mais minha frustração aumenta, alimentada pelo oco terrível do meu estômago vazio. Quando enfim paramos para a hora do almoço, estou tão irritada que nem espero Delaney guardar as coisas dela. Só dou meia-volta e marcho pelo morro.

Aceitar a oferta de Greer de lanchinhos não estava nos meus planos, mas estou tão faminta que se Satanás em pessoa me oferecesse um saco de amendoins, eu daria um beijo na boca dele. O assoalho da varanda geme embaixo dos meus pés enquanto subo os degraus, dois de cada vez, mas quando alcanço a porta do chalé, outra pessoa já está abrindo do outro lado.

Amanda Clarke, com seus tênis brancos impecáveis e meias de bolinho de açúcar, segurando um pacote de bolachas de manteiga de amendoim meio comida em uma mão.

Nós duas congelamos – eu na varanda, ela no batente – e, apesar do que aconteceu no vestiário naquela amanhã, acredito que a garota pareça perfeitamente bem. A luz solar reflete no seu cabelo, os cachos tão irritantemente hidratados quanto os de Greer. A maquiagem é uma combinação perfeita de sutil e natural que estive tentando reproduzir o ano todo, e o canto da boca ainda está curvado naquele pequeno meio-sorriso. Então, nossos olhares se encontram na varanda, e acho que vejo algo rachar. É um tremor rápido, quase inexistente, mas o identifico antes da expressão se neutralizar. Sei que não importa o que Amanda diga, ou o quanto finja ser inabalável, ainda somos aquelas meninas no vestiário daquela manhã, tentando e fracassando em manter nossa compostura.

– Licença.

Ela passa por mim, o ombro batendo no meu quando sai. Quando me viro, Amanda já desceu metade das escadas e desapareceu na lateral do chalé assim que Greer e Delaney param atrás de nós.

– Eu não fiz nada! – digo, erguendo as mãos por instinto quando o olhar de Greer pousa sobre mim.

Eu me preparo para as acusações, para um repeteco da nossa briga do café da manhã, mas para minha surpresa, Greer só suspira.

– Eu sei – diz. – Ela está assim a semana toda. Não está falando comigo.

Isso não pode ser verdade. Amanda e Greer estão sempre juntas, cochichando atrás das mãos, rindo das mesmas piadas inconsequentes. Só que agora que penso nisso, Greer estava sozinha ontem no almoço. Estava sozinha naquela manhã também, e Amanda estava no vestiário comigo.

Eu me viro, massageando meu ombro dolorido, distraída.

– Talvez ela tenha se cansado de ouvir a sua voz.

Se Greer registra a ofensa, não reage. Ela atravessa a varanda e abre a porta telada.

– Talvez – concorda. – Ou talvez não seja comigo que ela queira falar.

No ano passado, durante um ensaio técnico, uma saca de areia se soltou das vigas e me acertou nas costelas. O ar foi arrancado dos meus pulmões de forma rápida e repentina, e passei o resto da noite me perguntando se eu voltaria a respirar normalmente. É assim que me sinto agora, observando o rabo de cavalo sedoso de Greer desaparecer chalé adentro. Como se ela tivesse esticado a mão e dado um soco com tudo no meio do meu peito. Cerro os dentes diante daquela dor, e empurro aquela sensação para o fundo da minha mente, seguindo-a para dentro.

Julia e Torres estão sentadas de pernas cruzadas no chão, os lanches empilhados entre as duas como um círculo de invocação mal projetado. Delaney se abaixa e inspeciona o montante, mas Julia fica em pé no instante em que me vê.

– Riley!

Julia se impele para a frente, e então para um pouco antes de onde estou no chalé. As mãos dela pairam no espaço entre nós duas, e o rosto é o emblema da preocupação, e percebo que a última vez que ela me viu, eu saí marchando do refeitório. Abro um sorriso casual e cheio de dentes, e torço com todas as minhas forças para que ela não perceba o quanto é difícil fazer isso.

– E aí? – pergunto.

– E aí... – Julia pisca. – Está tudo bem com você?

– Claro. Por que não estaria?

O rosto de Julia estremece, um segundo de confusão desorientada, antes de balançar a cabeça.

– Nada – diz ela. – Só é bom te ver.

Ela se senta de novo no círculo e eu me viro na direção do meu beliche. As outras empilharam os livros de exercícios na lateral da minha cama para abrir espaço no chão, mas quando começo a empurrá-los de lado, Julia enrijece de novo.

– Na verdade, dá pra você me passar meu caderno de orações? – pergunta ela. – Vou guardar desse lado. É... isso, esse com o adesivo da borboleta.

Pego o caderno de Julia da pilha e o deslizo pelo chão. Ela o guarda embaixo da coxa, e mais uma vez, eu tento não pensar no que ela pode estar escrevendo. Em vez disso, me afundo na cama e ergo a mão para pegar um saco de torradas de queijo meio vazio que Torres joga na minha direção. Os farelos grudados na lateral do plástico não parecem particularmente apetitosos, mas minha barriga ronca com aquela visão. Isso conta como gula? Isso é um dos pecados que o pastor Young acredita piamente que devemos evitar?

– Achei que a lista do que deveríamos trazer dizia que não era pra incluir comida – digo, abrindo o saco. – É só, tipo, uma sugestão?

Greer dá de ombros.

– Da última vez que fizemos jejum não foi uma experiência muito agradável, então gosto de estar preparada.

Preparada parece um eufemismo. Ela está sentada com as costas apoiadas no estrado do beliche, distribuindo os lanches que trouxe na mala em ordem de cores.

– Também estavam aprendendo sobre a temperança na última vez? – pergunta Torres, amarga.

– Não me lembro. – Greer olha para Delaney. – Você se lembra?

Delaney nega com a cabeça.

– Tudo o que sei é que a mãe do Miles Briggs ameaçou meter um processo na igreja porque ele é diabético, então acabaram cedendo na hora do jantar. E depois recebemos um sermão bem esquisito sobre como um relacionamento com Deus é capaz de curar todas as doenças.

Julia estremece.

– Sinto muito.

– Não é sua culpa – diz Greer. – Você nem estava aqui.

É a segunda vez hoje que Julia pede desculpas pelas ações do pai. Eu me pergunto se ela sempre se sente responsável por ele dessa forma, se já tentou impedi-lo antes, ou se são só meus devaneios.

– Os conselheiros também estão de jejum? – pergunto. – Dá pra ver que todos eles estão bem animados.

Julia balança a cabeça.

– Eles têm a chave da cozinha, então podem aparecer lá a hora que quiserem.

Soltamos um grunhido coletivo. É claro que os conselheiros podem só *aparecer* lá. É claro que as regras não se aplicam a eles. Eu me enfio mais nos cobertores, sobrecarregada pela injustiça extrema daquilo tudo. Como o pastor Young continua saindo ileso dessas? Por que sou a única que parece se importar com isso? Claro, as outras estão irritadas, mas também estão sentadas em um círculo no chão passando salgadinhos de um lado para o outro como se fosse algum tipo de jogo.

Talvez para elas seja. Talvez genuinamente não consigam imaginar um mundo onde essas coisas não acontecem.

Enfio mais torradas na boca e pego meu caderno de orações do esconderijo embaixo do colchão. Entre a excursão de ontem e o fiasco do café da manhã de hoje, não consegui fazer muito progresso com a redação. As primeiras poucas páginas ainda estão cobertas por um compilado de anotações aleatórias, observações do tempo que passei sob a mesa de piquenique e fui às compras com Julia. Pedaços sem sentido que mal formam algo substancial. Se eu quero que o pastor Young suma de vez, se isso realmente é meu objetivo ao final de tudo, acho que preciso ser mais ambiciosa.

De todas as virtudes a que fomos sujeitados essa semana, a temperança parece aquela mais difícil de compreender. Consigo entender diligência e generosidade se tentar. Quase consigo entender o ponto dessas, mas ensinar a temperança dessa forma parece crueldade.

Ótimo, penso, esticando a mão para pegar uma caneta do fundo da minha eco bag. *Eu também posso ser cruel.*

É como se eu tivesse aberto as portas de uma represa. Cada sentimento sombrio e reprimido sai de mim de uma vez só, jorrando sobre a página em frases apressadas e incompletas. Não paro para ver o que já escrevi ou corrigir os erros óbvios de ortografia. Tampouco paro para considerar as implicações. Eu só escrevo.

Não entendo como as pessoas são felizes aqui. É como se todo mundo estivesse mentindo pra mim, fingindo acreditar nessa coisa que nem faz sentido, e estou cansada de fingir que não importa. Importa sim. Importa que o pastor Young ainda esteja aqui, pregando essas mentiras e fazendo esse papel de pastor perfeito como se não tivesse sido ele que destruiu tudo.

Eu viro a página e continuo, as palavras saindo cada vez mais rápidas.

Ele fala como se fosse invencível, como se fosse a autoridade máxima moral sobre o bem e o mal, mas todo mundo também é conivente com isso. Eles ainda seguem o pastor, ainda acreditam nas mentiras dele, e ainda deixam tudo acontecer. Talvez sejam covardes demais pra enfrentar a verdade. Talvez não se importem. Ou talvez eu seja a única inteligente o bastante pra enxergar a verdadeira face desse lugar. Não é sobre ensinamentos, comunidade ou fé. É sobre medo, e eu não vou mais deixar ele sair impune.

Essa não é uma redação. É um acerto de contas. E já passou da hora do pastor Young sair de cena.

Eu me sento na cama, e sublinho a última frase com três linhas trêmulas. Ali está. A tese que estou buscando desde a primeira tarde na capela. Não é perfeita. Se essa fosse uma redação para a aula de Literatura Avançada, a srta. Nguyen definitivamente me devolveria pedindo "mais esclarecimentos", mas também é a primeira vez que escrevi isso. A primeira vez que penso que talvez consiga colocar o plano em prática.

O sr. Rider estava certo, penso, fechando o caderno de orações, encostando a cabeça na parede. *Eu já me sinto muito melhor.*

• • •

– Torres, juro que se não parar de se mexer, vou subir aí e *engolir você*.

Delaney acerta o travesseiro contra o estrado do beliche de Torres enquanto as molas soltam outro rangido. Não ajuda. Torres não é a única que está se revirando na cama hoje à noite, sem conseguir ficar confortável enquanto o relógio marca mais de meia-noite.

– Foi mal – grunhe ela. – Eu só estou *com fome*.

– Eu sei. Dá pra ouvir seu estômago daqui.

Encaro o pedaço afundado na parte de baixo do colchão de Julia e tento me forçar a cair em um sono pacífico e sem sonhos. Se fechar os olhos, quase consigo ouvir o café da manhã do dia seguinte – as panquecas fervendo na frigideira, os estalos suaves de bacon fritando.

Ou talvez seja *meu* estômago roncando ao pensar em comer algo que dê sustança.

Delaney se vira na cama, os cobertores farfalhando enquanto os arrasta consigo.

– Isso é ridículo – murmura ela.

– *Shiu*! – Amanda sibila do outro lado do quarto. – Estou tentando dormir.

– Não está, não! Está tão infeliz quanto todas nós.

É irônico, penso, que o jejum de hoje deveria nos ensinar temperança. Na realidade, só fez com que todas nos virássemos umas contra as outras. Viro a cabeça e vejo o relógio na mesa de cabeceira sair da meia-noite e marcar 12h01. Sete horas até o despertador tocar. É estranho como o tempo pode se mover lentamente quando quer, quando a única coisa que nos separa de uma refeição merecida são algumas horas de sono. Pessoalmente, não tem nada que eu amaria mais do que cair no esquecimento e fingir que o dia de hoje não aconteceu. Apesar de meus esforços, não acho que comer metade de um pacote de torradas e duas caixinhas de suco de maçã conte como gula. O diabo provavelmente consegue pensar em ideias melhores. Meu caderno de orações está repleto de páginas novas de anotações para a minha redação, mas nada disso importa se não conseguir descobrir um jeito de cometer o pecado de hoje com vontade. Essa semana toda, e tudo que eu fiz, terá sido em vão.

Delaney solta outro grunhido abafado do outro lado do quarto.

– Não, é sério – diz ela. – É pra gente só ficar sofrendo até de manhã?

– Tecnicamente, já é de manhã – pontua Greer.

Não consigo ver Delaney no escuro, mas tenho bastante certeza de que ela está revirando os olhos.

– Obrigada, Greer. Me avise quando for a hora do café.

É um comentário aleatório, só isso, mas uma pequena faísca me percorre mesmo assim. Talvez eu não tenha perdido a chance de cometer a gula, afinal de contas. Porque tecnicamente é amanhã. Nosso dia de jejum já terminou, e nessa altura, a gula não parece tanto um pecado, e mais como algo que literalmente impedirá que Delaney e Greer se matem no meio da noite.

– Tem razão – digo, me virando para o centro do quarto. – Isso é uma merda. A gente merece comer alguma coisa.

Greer dá uma risada.

– Não olhe pra mim. Eu já dei toda a minha comida pra vocês hoje à tarde.

– Beleza, mas os conselheiros não.

Todo mundo fica imóvel, o chalé tão silencioso que por um momento me questiono se estão todas fingindo que estão dormindo. Então, lentamente, Torres se senta.

– Do que você está falando?

Sinto que Torres me observa mesmo que não consiga distinguir o rosto dela, e tenho a sensação de que as outras fazem o mesmo. Dou de ombros e jogo as pernas pela lateral da cama.

– Só estou dizendo que você tem razão. Tecnicamente, já é amanhã. O jejum já acabou, e tem uma cozinha completa e funcional a cinco minutos daqui. – Estico a mão e puxo a ponta do cobertor de Julia. – Os conselheiros trancam tudo à noite?

Julia está quieta desde que as luzes se apagaram, mesmo enquanto as outras ficavam se virando na cama ao nosso redor. Ela não se mexe agora, mas quando fico em pé, percebo que está me encarando. Lentamente, de forma quase imperceptível, ela assente.

– Precisam trancar tudo por causa dos ursos.

– Claro, mas eles... – Eu paro. – Espera aí, *ursos*? Tem ursos aqui?

– Por que você acha que eles falam pra ninguém levar comida para os chalés?

– Sei lá! Achei que era por causa dessa mania de controlar tudo! – Eu estremeço e afasto o pensamento. – Tanto faz. Não é esse o ponto. Sabe onde eles guardam a chave?

– Claro. Fica bem do lado do... – Dessa vez, Julia é que se cala no meio da frase. – Você não está planejando sair daqui de verdade, está?

Não consigo ver a expressão dela no escuro, mas a conheço bem o suficiente para imaginar a forma como me olha. De sobrancelhas arqueadas, lábios entreabertos e cabeça virada de lado.

– Não. – A voz de Greer rompe a escuridão antes que eu possa responder. – É claro que não está. Isso é literalmente uma loucura, sem mencionar que é contra todas as regras do acampamento.

– Ah, eu sei. – Eu me abaixo e pego uma camiseta de manga comprida preta do fundo da mala. – Mas acho que não servir nenhuma refeição também é contra as regras, então estamos quites. Quem vem comigo?

Não estou esperando que ninguém diga sim. Duas dessas meninas ativamente me detestam, e as outras duas sequer me conhecem direito. Para elas, eu poderia ser uma forasteira, uma falsa, uma garota que deu às costas para a comunidade e foi embora. Só que elas não sabem do meu plano. Não sabem sobre os pecados escondidos no meu caderno de orações ou o motivo de precisar cometer esse também. Se eu fosse bondosa, se realmente me importasse com a alma delas, não arrastaria ninguém comigo. Só que quando Delaney se levanta da cama, com a camiseta grande demais deslizando do ombro e a touca de seda ainda amarrada sobre as tranças, não é culpa que sinto inundando minhas veias. É alívio.

– Eu vou – diz ela. – Por que não, né?

A escada no pé da cama de Torres range. Ela pousa suavemente no chão e estica a mão para pegar o robe em cima da mala.

– Bom, se vocês duas vão, posso ir também? Talvez?

Deixo escapar uma risada rouca e coloco a camiseta preta por cima da cabeça. Sinto como se estivesse em um daqueles filmes de ladrões, na parte em que o líder olha em volta para a família que escolheu composta de ralé na véspera do que será o trabalho mais perigoso que farão. Não que eu pense muito como seria. Não é como se tivesse pedido *walkie-talkies* para os meus pais por cinco aniversários seguidos, ou que releia muitas vezes minha coleção puída dos livros de *Garotas Gallagher* só para sentir algo assim.

Olho para a cama de Julia enquanto Delaney e Torres calçam os sapatos. Não consigo ver o rosto dela, mas consigo imaginá-la deitada ali, mordiscando o lábio inferior enquanto avalia a lista de possíveis consequências. Porque Julia Young não quebra as regras. Ela não sai do chalé escondido depois de escurecer, e definitivamente não rouba a chave do pai para assaltar a cozinha do acampamento. Julia ainda deve estar pedindo perdão pelo vestido que comprou ontem, mas uma parte egoísta de mim não quer fazer isso sem ela.

– Você não precisa vir comigo – digo, abaixando o tom de voz para as outras não ouvirem. – Se me disser onde está a chave, posso ir sem você.

– Acha mesmo que vou te deixar sair desse chalé sozinha? – Julia se apoia nos cotovelos, e não preciso ver o rosto dela para saber que está sorrindo. – Você está se tornando uma má influência, Riley Ackerman.

Má influência. Sinto aquela faísca de novo percorrendo minha coluna. Dessa vez, parece mais como um zíper, como se fosse projetado de propósito para me abrir ao meio. Porque Julia está certa. É disso que o pastor Young me alertou – arrastar a filhinha perfeita e obediente dele em meu furacão de pecado. Apoio uma mão trêmula na cama. Então, no instante em que a primeira ponta de dúvida começa a aparecer sob a minha pele, Greer praticamente se atira da cama.

– Está falando sério? – briga ela. – Um minuto atrás, você estava com medo de ursos, e agora acha que pode só saltitar por aí durante a noite?

Todas congelamos, e me dou conta de que o pastor Young pode não ser meu maior problema hoje à noite. Pode ser Greer Wilson, e seu comprometimento devoto em seguir todas as regras. Mordo o lábio.

– Isso mesmo?

– Você sabe alguma coisa sobre segurança na floresta?

Delaney arqueia uma sobrancelha.

– E você sabe?

– Claro! – Greer berra. – Óbvio!

É só depois que ela atravessa o chalé e enfia os tênis nos pés que percebo que está planejando vir conosco. Eu instintivamente olho para a cama de Amanda. Se Greer está aqui, prendendo o cabelo em um rabo de cavalo como se fosse a coisa mais irritante do mundo, Amanda não vai ficar para trás. Elas são uma dupla, uma venda casada, mas quando a encontro na escuridão, ainda está sentada na beirada do colchão.

Penso nela no vestiário naquela manhã, os dedos curvados na beirada da pia. Lembro das rachaduras finas como teias de aranha no rosto dela naquela tarde quando saiu da varanda. E mesmo que não me importe, mesmo que a maior parte de mim deseje que ela simplesmente deixe de existir, a outra parte está dolorosamente acostumada com a sensação de se sentir sozinha.

– Você vem, Amanda?

Eu a sinto enrijecer com o som da minha voz. Atrás de mim, as outras pararam de se mexer, como se tivessem medo de que fosse algum tipo de armadilha. Sinceramente, queria que fosse. Queria ter algum plano elaborado para destruí-la também, mas pela primeira vez, meu convite é sincero. Amanda olha para a escada do beliche, o peso mudando de lado como se estivesse prestes a descer. Então, nega com a cabeça.

– Não estou com fome.

Tudo bem. Lá se vai o convite. Engulo a frustração e me viro para as outras.

Uma por uma, elas assentem. Ninguém hesita no chão, ninguém pensa duas vezes sobre a decisão, e ninguém fica para trás para convencer Amanda a se juntar a nós. Pela primeira vez, estou no controle.

– Excelente. – Abro um sorriso, instintivamente segurando a mão de Julia no escuro. – Vamos nessa.

XI

Falando no fruto proibido...

Existem muitos motivos para eu preferir ficar em áreas internas, e percebo que a maioria deles tem a ver com o fato de nunca ter encontrado um urso dentro da minha casa. Não que eu já tenha visto um do lado de fora, mas quando saímos enfileiradas pela porta às 00h17, parece uma possibilidade distinta de acontecer.

Torres é a última a sair. Ela fecha a porta telada com cuidado, mas a varanda ainda range sinistra sob nossos pés. Está mais frio do que pensei, o ar fresco noturno carregando o cheiro dos pinheiros, e eu estremeço enquanto desço os degraus. Dentro do chalé, meu plano parecia consistente. Até mesmo pragmático. Só que agora estamos aqui sozinhas, com quilômetros de floresta escura nos cercando de todos os lados, e estou começando a sentir que estamos na cena de abertura de um filme de terror de baixo orçamento.

Acampamento Macabro Três: o Corpo de Cristo. Cinco garotas, um espírito demoníaco. Pode ou não assumir a forma de um urso-negro do Kentucky.

Julia passa o braço pelo meu enquanto nos esgueiramos pela beirada do campo, para longe do semicírculo de chalés. Está tão escuro que mal consigo distinguir a sombra da presença dela ao meu lado, mas sinto o tremor de seus dedos quando me puxa para perto.

Uma vez, durante o ensaio para a produção de *Macbeth* que fizemos ano passado, um dos meninos da parte técnica acidentalmente tropeçou em um fio e apagou o auditório inteiro. Continuamos o ensaio enquanto esperávamos as luzes voltarem, com a srta. Tina nos encorajando a recitar o roteiro de memória. Era como se todos os meus sentidos estivessem aguçados em um único ponto focal. Não conseguia ver Kev atrás de mim, mas o ouvia cada vez que ele engolia. Sentia cada vez que erguia o queixo de leve antes de falar, e quando era a minha vez, as outras bruxas e eu recitamos nossas falas perfeitamente, um uníssono sinistro, como se fosse a coisa mais natural do mundo.

É assim que me sinto agora, espreitando pelo bosque com Julia ao meu lado. Apesar de mal ver o chão sob meus pés, ainda estou completa e devastadoramente consciente da presença dela.

Acho que nenhuma de nós respira até sairmos por entre as árvores e adentrarmos o campo central do acampamento. É bem mais fácil de navegar sem a cobertura de galhos acima, mas Julia mantém nossos braços entrelaçados enquanto gesticula para o refeitório. Só quando estamos todas reunidas ao redor da porta dos fundos, cheias de nervosismo, é que ela me solta. Júlia se abaixa, os dedos cuidadosamente levantando a beirada do capacho de boas-vindas, e ali, solta na terra, está uma única chave dourada.

Julia se endireita, sem conseguir disfarçar o sorriso cada vez maior quando diz sem emitir som: *eu falei*. Ela desliza a chave na fechadura. O clique que segue parece alto demais à noite. Estremeço enquanto o ruído ecoa nas árvores. A porta se abre e entramos no refeitório, relaxando somente quanto Julia vira a tranca de volta no lugar.

— Meu Deus. — Delaney se recosta na parede. — A gente conseguiu.

A risadinha nervosa de Torres ricocheteia no refeitório vazio.

— Eu me sinto como uma espiã — sussurra ela. — Tipo... uma agente secreta, sei lá.

Greer bufa, mas nem a voz dela contém o mesmo desdém de sempre.

— Você não está espionando ninguém. Dava pra ouvir a sua respiração do outro lado do acampamento.

– Não vale. Eu tenho desvio de septo.

– E daí? Sabe que dá pra fazer cirurgia pra consertar isso, certo?

Torres revira os olhos antes de se voltar para Greer e marchar até a cozinha. Meu batimento lateja nos ouvidos quando a sigo. Sem a agitação rotineira das conversas durantes as refeições, o refeitório parece tão frio e sinistro quanto a floresta lá fora. Ainda assim, ninguém ousa acender a luz. Em vez disso, todas tateamos para atravessar o cômodo, pé ante pé, até que minha mão bate em algo sólido e frio. *A geladeira*.

Não faço ideia de como deveria ser o Paraíso. Não sei que tipo de utopia o pastor Young imagina para si mesmo, mas quando abro a porta da geladeira, acho que o meu seria mais ou menos assim: prateleiras e mais prateleiras cheias de comida brilhando sob uma suave luz azulada.

Ao meu lado, Delaney solta um choramingo baixo.

– Olha. – Hesitante, ela estica uma mão na direção da prateleira superior. – Rolinhos de canela.

De fato, quatro bandejas enormes de doces pré-assados nos encaram. Dou uma risada abafada e logo avalio o restante das prateleiras. Não são só bolinhos de canela. Temos de *tudo* – fileiras de comida perfeitamente boa, pronta para comer, que nossos conselheiros, bons cristãos que são, nos negaram o dia todo. Pães, refrigerantes e cestos de frutas frescas. Copinhos de pudim, sanduíches e mais frios do que qualquer humano poderia comer em toda sua vida.

Não sei por onde começar. Ficamos todas só paradas ali, congeladas por aquela escolha arrebatadora, quando Julia estica a mão e pega um pacote de sanduíche doce de uma caixa no fundo da geladeira.

– Aqui – diz ela, estendendo-o na minha direção. – É de morango. Seu favorito.

A voz dela deve romper qualquer barreira de autocontrole que nos segurava, porque todo mundo começa a se mexer ao mesmo tempo.

No começo, seguimos uma estratégia: regras que tentamos impor enquanto avançamos na direção da comida. Não abram nada novo. Não façam bagunça. Não pegue coisas demais, ou alguém pode notar pela manhã. Só que quando Delaney tira a tampa de um pote lacrado de salada de batata e o deixa no meio da mesa da cozinha, acho que qualquer ilusão de ordem voa pela janela. Afinal, por que isso importa? Tem comida mais do que o suficiente para todo mundo comer a semana toda. Não é como se os outros campistas fossem ficar com fome. Pego outro punhado de sanduíches, e quando acabamos, um pequeno banquete está esparramado na mesa de aço entre nós.

Nos minutos seguintes, tudo é silêncio, exceto pelo farfalhar do plástico e a abertura do lacre de latas de refrigerante. Julia se senta ao meu lado, o braço roçando no meu cada vez que pega mais salgadinhos, mas pela primeira vez, não estou tão preocupada para notar como minha pele se arrepia com o toque. Até Greer parece contente com um pacote de presunto com molho de mel, e é só depois que Delaney aponta um palito de pretzel na minha direção que o feitiço enfim se quebra.

— Posso te fazer uma pergunta? – diz.

Eu congelo, cada célula no meu corpo retesando por instinto.

— Claro?

Não é uma resposta convincente, mas Delaney não parece se importar. Ela morde a ponta do palito e questiona:

— Por que é que você veio pro acampamento esse ano? Não parece muito a sua praia.

— Como você sabe?

— Bem, você nunca veio. E está na cara que odeia tudo que Gabe tem a dizer.

Estou prestes a falar para ela que isso não vale – eu odiaria Gabe independentemente se tivesse comparecido ao acampamento antes – quando o dorso da mão de Julia roça no meu. Olho para baixo e percebo que estou picotando o resto do meu sanduíche, esparramando migalhas no chão aos nossos pés. Respiro fundo e me forço a parar. É claro que Delaney está curiosa. Ela não me conhece. Eu sou a forasteira aqui, e a pergunta é um eco do que Amanda me perguntou no primeiro dia.

Em algum momento você vai contar pra gente por que está aqui?

Solto as cascas destroçadas em cima dos pacotes vazios e murmuro:

– Entrei numa briga na escola semana passada. O diretor falou que as opções eram eu vir pra cá ou ser suspensa.

Eu me preparo para receber o julgamento inevitável, mas Delaney só joga a cabeça para trás e dá uma gargalhada.

– Meu Deus do céu – exclama. – Tenho tantas saudades da escola pública!

Torres se inclina para a frente, os cotovelos ossudos apoiados na mesa.

– Com quem você brigou?

– Hum... – A vergonha pinica minha nuca. Pego um punhado das batatinhas de Julia e evito olhar para Greer de propósito. – Amanda Clarke?

– Sério? Por quê?

Estou surpresa que Torres não tenha ouvido falar disso. Claro, aconteceu na véspera do primeiro dia de recesso e ela não é uma veterana, mas presumi que as notícias se espalhariam – Amanda Clarke, a rainha de tudo que é perfeito e sagrado da Madison High, levando um tapa na cara de uma garota vestindo uma camiseta de *Shrek, o Musical*. É uma boa história. Porém, se Torres não sabe o motivo pelo qual quis brigar com Amanda para começo de conversa, talvez as pessoas não estejam falando sobre eu ou Hannah tanto quanto acho que estejam. O pastor Young quer que eu acredite nisso, mas talvez as pessoas não se importem tanto assim.

– Não é relevante – digo. – A questão é que estou aqui e preciso escrever uma redação pro sr. Rider relatando o que aprendi essa semana.

– Ah, é? – Delaney sorri. – E o que aprendeu até agora?

A próxima mordida que dou tem gosto de papelão, a manteiga de amendoim grudando no fundo da garganta. Sinto dificuldade de engolir enquanto penso nas anotações rabiscadas no meu caderno de orações e tudo que tenho intenção de fazer com elas. Aprendi muitas coisas que eu gostaria de poder compartilhar agora – que estava certa de sair de Pleasant Hills quando saí, que nunca vou entender o que todas veem ali, que ainda estou planejando botar fogo nesse lugar quando for embora.

Decido por uma resposta mais segura.

– Aprendi que nunca mais vou jejuar na vida.

Torres ri, a luz suave da geladeira refletindo nos cabelos escuros.

– Verdade. – Então, ela se endireita. – Espera aí, quem roubou o molho dos *nachos*?

Ela se joga na direção de Delaney, as mãos esticadas enquanto as duas lutam pelo pote quase vazio. Greer dá um grito quando o cotovelo de alguém quase derruba o saco de presunto dela, Julia bufa uma risada pelo nariz, mas eu fico só observando. Penso no dia de ontem, como a única coisa que queria era mais tempo naquele brechó. Se a ganância é querer demais, penso que a gula é o excesso. É consumir as coisas até te deixar doente, e apesar de estar explodindo de tão satisfeita, não consigo imaginar um mundo onde eu enjoe de tudo isso. De sair às escondidas e comer sanduíches frios de manteiga de amendoim sob o brilho da geladeira do acampamento. Sentir a pressão firme do braço de Julia no meu. Observar Torres arrancar o pote de molho das mãos de Delaney e correr para o outro lado da cozinha. Sentir, por um instante, que posso pertencer a esse lugar.

Penso que é estranho, depois de um dia subsistindo apenas de virtude e temperança, nós cinco despertarmos para a vida no brilho desse único pecado mortal.

Quando o relógio acima de nós pisca dizendo que são 1h30 da manhã, sou fisicamente incapaz de dar mais uma única mordida.

A porta da geladeira ainda está aberta, o conteúdo lentamente pingando nos azulejos lá embaixo, e apesar dos esforços iniciais, os sinais do nosso piquenique da meia-noite estão esparramados por toda a cozinha. Dou um grunhido, me afastando da mesa.

– Deveríamos voltar. E provavelmente deveríamos limpar um pouco também.

Pego um rolo de papel toalha e começo a esfregar os balcões enquanto Julia enfia tudo o que sobrou de volta na despensa. Não é perfeito. Se alguém olhar com cuidado, é bem provável que encontre as embalagens enfiadas no lixo, mas estou torcendo para que os conselheiros no turno do café da manhã estejam cansados demais para se importarem.

– Quer uma ajuda?

Ergo o olhar e encontro Greer do outro lado da mesa, uma garrafa de desinfetante na mão. Ela me olha cautelosa, como se estivesse preparada para usar aquilo como arma caso seja necessário, e me pergunto o motivo daquela pergunta mais parecer uma oferta de paz. Dou de ombros, sem me comprometer, e por um instante, ficamos as duas ali, esfregando lados opostos da mesma mesa em um silêncio constrangedor e tenso.

No verão passado, a nossa Associação do Corpo Estudantil organizou um dia de lavagem de carros para angariar dinheiro para comprar os novos uniformes do time de futebol. E quando falo isso, quero dizer que a futura presidente da turma de veteranos Greer Wilson organizou sozinha o evento inteiro enquanto o vice-presidente ficava se pegando com a namorada atrás da sala da banda. O evento foi um sucesso, óbvio, porque Greer não faz nada pela metade, e quando alistou Hannah e eu para sermos voluntárias, foi com o ar vagamente ameaçador de alguém que ganhara campeonatos de debate de Ensino Médio demais para entender de verdade o significado da palavra *não*.

Nós três passamos uma tarde enfiadas em água com sabão até os cotovelos, esfregando os capôs dos carros de outras pessoas, e rindo quando o sr. Rider atropelou três cones diferentes para sair do estacionamento. Greer trocara as roupas de sempre por um short rasgado e uma camiseta *tie-dye* desbotada, e quando encerramos ao final do dia, eu me lembro de pensar que não havia muitas pessoas que seriam capazes de organizar um evento como aquele.

Agora a memória é como um caco de vidro alojado na minha garganta. É impossível engolir com ele ali, impossível de ignorar sua existência. Talvez seja a experiência de se esgueirar pela floresta essa noite, ou talvez seja o fato de que enfim me alegrei pela primeira vez no dia, mas quando meus dedos se fecham amassando o papel--toalha, tudo que quero é colocar um ponto-final naquilo.

– Eu... – Eu paro, pigarreio, e respiro fundo antes de tentar outra vez. – Desculpa ter chamado você de escrota no outro dia.

Greer estreita os olhos para mim do outro lado da mesa, e fico com a nítida impressão de que ela não sabe se estou sendo sincera ou não. Nem eu sei.

– Tááááá – diz ela, a desconfiança pingando da sílaba demorada. – Eu vou perdoar você, mas só porque é, tipo, uma da manhã, e estou cansada demais pra pensar num bom motivo pra não fazer isso. – Ela hesita e então, como se doesse fisicamente, acrescenta: – E sinto muito pelo que eu disse sobre você também. Não é... *completamente* verdade.

– Tudo bem – respondo. – Era verdade sim, mas não é pra mim que precisa pedir desculpas.

– Isso não é justo. – Greer dá um passo na minha direção, os suprimentos de limpeza esquecidos por um momento. – Nunca disse uma palavra contra Hannah, Riley. Sério. Ela é minha amiga.

Eu dou uma risada engasgada.

– Que mentira. Você a ignorou o semestre inteiro. Parou de vir em casa. Ficou escutando todo mundo dizer coisas horríveis e nojentas sobre ela todos esses meses, então me desculpe se não te considero exatamente uma amiga.

Greer recua, e eu vejo o momento exato que as defesas dela voltam.

– Não é minha culpa. Não consigo controlar o que as outras pessoas dizem ou não.

– Poderia, se não fosse tão covarde. – Ali está a raiva daquela manhã, fervilhando no ar entre nós. – Talvez você tenha sido amiga de Hannah em algum momento. Talvez não tenha sido ideia sua excluir ela por completo, mas sabe que as pessoas falam dela, e não se importa.

– É claro que eu me importo! Ninguém *excluiu* ela, Riley! Foi sua irmã que parou de falar com a gente.

– Porque vocês ainda... – Eu paro, a voz ecoando pelo recinto. Delaney nos lança um olhar curioso a caminho da cozinha, e fecho os olhos com força antes de tentar outra vez. – Porque ainda são amigas do Collin – sussurro. – Sabe que foi ele que pediu pra Hannah fazer o aborto, né? Antes de ela mesma decidir? Collin não parecia preocupado com a "santidade da vida" quando achou que isso afetaria a bolsa da faculdade dele.

As mãos de Greer ainda estão no balcão.

– Foi ele?

– É claro que foi ele.

Nunca fui grande fã do Collin, em parte porque achava que a minha irmã conseguia coisa melhor do que um cara cuja maior conquista na vida era ter chutado uma bola a 25 metros para o gol uma vez durante o ano de calouro, mas nunca pensei nele como uma pessoa ruim. Irritante? Sim. Um pouco manipulador? Talvez. Mas só maligno? Não achei que ele tivesse os neurônios para isso. E talvez não estivesse mal-intencionado quando os pais o pegaram bisbilhotando a carteira deles em dezembro. Talvez não tivesse a intenção das coisas irem tão longe, mas ainda assim tinha uma escolha, e ele sacrificou Hannah no segundo que pôde.

Greer balança a cabeça, baixando o olhar para o azulejo recém-varrido.

– Não dá pra imaginar, sabe – diz ela. – A forma como Collin fala disso... é como se ele tivesse ficado magoado de verdade.

– Eu sei. – Começo a esfregar a mesa de novo, com mais força. – Ele é um cuzão. E todas vocês ainda são amigas dele.

Não é uma pergunta. Eu sei como o mundo funciona. Pleasant Hills sempre vai proteger pessoas como Greer e Collin – jovens lindos, talentosos e com um futuro que podem moldar à sua imagem. Hannah e eu fomos assim no passado. Eu me pergunto se todo mundo sabe que é só questão de tempo até a maré virar contra eles também.

– Esse é mesmo o seu problema? – pergunto. – Acredita mesmo que ela, tipo, vai pro inferno por causa do que fez?

Greer balança a cabeça.

– Não, isso não... eu não ligo se ela fez um aborto.

– Então qual é o problema?

Escuto a súplica na minha voz, trêmula e desesperada. Posso me arrepender disso depois. Posso olhar para trás, examinando essa interação através da névoa da vergonha, mas preciso saber. Greer hesita. Ela ainda está encarando o chão, os suprimentos de limpeza esquecidos na mesa entre nós duas. Os dedos retorcem a barra da camiseta, e quando ela fala outra vez, as palavras são tão baixas que quase não as ouço:

– Eu não sabia que dava pra ser expulsa da igreja.

Minha mão fraqueja, o papel-toalha rangendo na superfície. Lanço um olhar rápido por cima do ombro para verificar se as outras ainda estão ocupadas.

– Quê?

– Eu não sabia que dava pra ser expulsa da igreja – repete Greer. – Não sabia que era uma coisa que ele poderia fazer, e não sabia que aconteceria tão... publicamente.

– Sabia sim. Ele já fez isso antes.

– Não com alguém como Hannah. Não com alguém como...

Ela para, o resto da frase inacabada pairando entre nós. *Não com alguém como eu.*

E esse é o X da questão, penso. É por isso que ninguém questiona a autoridade do pastor Young. Eu não me lembro do nome das outras pessoas que ele expulsou. Mal me lembro do rosto delas, mas me lembro da forma como toda a congregação falava sobre essas pessoas – com as vozes baixas e expressões de pena deliberadas. Uma mulher que fizera uma reclamação oficial sobre um dos membros do conselho da igreja. Outra mulher que estava criando dois filhos pequenos fora do casamento. Pessoas que já viviam às margens da comunidade de Pleasant Hills, que não tinham tempo nem recursos para lutar contra o que aconteceu.

O pastor Young construíra uma congregação inteira ao redor da crença única e intoxicante de que eram melhores do que todos os outros. Que eram diferentes, escolhidos e *abençoados*. Ele pode rejeitar qualquer pessoa que quiser com a justificativa de proteger seu rebanho, e não há nenhum motivo para os outros fingirem que se importam. Não é uma desculpa. Não muda o fato de que Greer e Amanda passaram os últimos quatro anos tornando a vida de Hannah infeliz, mas eu me pergunto se teriam sido tão eficientes em afastá-las se não pensassem que havia uma chance muito real de serem as próximas.

Ergo o olhar, forçando Greer a sustentá-lo do outro lado da mesa.

– Não precisa ser assim, sabe. Ele não é Deus. Não precisamos ficar só olhando enquanto ele machuca as pessoas.

Sob a luz suave da geladeira, as palavras parecem perigosas. É uma traição falar assim quando Julia está só a alguns passos de distância. Greer prende o fôlego. O som é alto o bastante para expandir, repentino o suficiente para as outras erguerem o olhar das tarefas, mas antes que alguém possa falar, um feixe de luz atravessa a janela da cozinha.

Eu congelo. Greer vira a cabeça, e um segundo de silêncio reina enquanto todas nós observamos o feixe inconfundível de uma lanterna passar preguiçosamente pela parede oposta. Delaney dá um pulo, fechando a porta da geladeira. A escuridão nos engole, e por um minuto, tudo que ouço é o ritmo rápido e irregular do meu próprio coração.

E o som de passos firmes se aproximando do refeitório.

– Meu Deus. – A voz de Torres fica rouca de medo. – Meu Deus, meu Deus, Meu Deus...

– Cale a boca! – sibila Greer. – Me sigam.

Com um movimento rápido, ela enfia todos os nossos suprimentos de limpeza no lixo e nos leva para longe da cozinha. Delaney troca o peso de um pé para outro enquanto nos aglomeramos contra a porta dos fundos. A mão de Julia aperta meu braço como uma prensa, mas o único pensamento que passa pela minha cabeça é que estou ferrada. O pastor Young já me deu um aviso. Se um dos conselheiros me encontrar aqui, escondida com a *filha* dele, ainda por cima, posso esquecer da minha redação. Vou ter sorte se ele me deixar falar com Julia de novo.

Greer espia pela janela, e então se abaixa enquanto o feixe percorre o vidro. Pressiono as costas na parede, bem embaixo de uma pintura intitulada *Jesus alimenta os famintos*, e tento não pensar naquela ironia. Quando Greer olha pelo parapeito de novo, ela trava a mandíbula.

– É um conselheiro – sussurra. – Não consegui identificar qual deles, mas acho que está sozinho. Você ainda tem a chave, Julia?

Julia assente, as unhas afundando no meu antebraço enquanto o cascalho é esmagado diretamente do lado de fora da janela aberta. A pessoa para, vira-se em um círculo, e depois, pelo que parecem ser dez dos segundos mais demorados do mundo, volta a virar a esquina do prédio, na direção da porta da frente, para longe de nós. O ar sai dos meus pulmões em uma respiração trêmula. Eu me recosto em Julia, mas Greer não parece pensar que as coisas acabaram.

– Vamos. – Ela se empurra para passar por nós e pega a maçaneta. – Hora de ir.

Saímos uma por uma. Delaney fica de olho na floresta enquanto Julia tranca a porta e enfia a chave de volta embaixo do capacho. Espio pelo canto, escutando os passos que percorrem o perímetro do refeitório. Vão voltar para cá uma hora. Vão refazer o caminho e nos encontrar aqui, amontoadas do lado de fora sem nenhuma desculpa válida.

Julia se endireita, a chave escondida outra vez.

– Trancada – sussurra. – E agora?

Os olhos de Greer faíscam. Conheço esse olhar. É idêntico ao de quando convocou Hannah e eu para fazermos turnos na lavagem dos carros. A expressão determinada, inflexível e levemente desvairada de alguém que está prestes a executar o plano mais complicado do mundo.

– Agora – diz ela, esticando a mão para pegar o pulso de Torres –, nós corremos.

E porque ela é Greer Wilson, porque acho que todo mundo ainda tem um pouco de medo dela, nós corremos.

Se o acampamento parecia aterrorizante no caminho do refeitório, não é nada se comparado com a sensação de agora. Fico à deriva sem Julia para me guiar, solta no escuro com galhos enroscando na minha nuca. Meus chinelos, que nunca me deixaram na mão, escorregam em um tapete de folhas mortas. Ouço um grito à distância, uma voz que pode ou não estar falando conosco, mas quando arrisco olhar por cima do ombro, as árvores bloqueiam o resto do acampamento de vista.

– Vai! – Delaney ofega de algum lugar à minha frente. – Temos que voltar ao chalé!

Sinto um aperto no peito latejando com o mesmo ritmo das pernas queimando. Torres está a alguns metros na minha frente, já saindo da linha das árvores, mas sigo tropeçando, as raízes enganchando nos meus pés. Então Julia aparece do meu lado, a mão se fechando ao redor da minha. Ela me puxa para a frente, e entre dentes, ofega:

– Não *acredito* que você ainda está usando esse sapato!

Chegamos ao chalé juntas e quase arrancamos a porta de tela da dobradiça na pressa de entrar. Amanda dá um pulo, sentando-se na cama quando a porta se fecha atrás de nós.

– O que é isso? – pergunta. – O que vocês...?

– *Shiu*!

Delaney faz um gesto para que ela faça silêncio, chutando os sapatos e se enfiando na cama. Torres e Julia tentam subir nas escadas, e Greer corre e dá um salto para a própria cama. Eu mergulho para baixo do meu edredom, espiando bem a tempo de ver dois feixes de lanterna diferentes passarem por nossas janelas. Torres desmorona na cama, o beliche de cima oscilando perigosamente, mas Julia se abaixa quando um dos feixes aparece acima. Ela mal subiu metade da escada quando o piso da nossa varanda solta um gemido de aviso.

– ... acho que vi alguém correr pra cá. Só vá de porta em porta, e verifique se todo mundo está dentro do chalé.

Não reconheço a voz do conselheiro atravessando nossa janela. Não sei se viram nossos rostos no refeitório, mas sei o que vai acontecer se encontrarem alguém fora da cama agora.

– Julia! – sibilo. – Mexa-se!

A maçaneta chacoalha. Julia solta um gemidinho aterrorizado e, em vez disso, se atira na minha cama. Jogo o edredom por cima das nossas cabeças no instante em que a porta se abre, e aquela lanterna irritante percorre nosso chalé. Prendo a respiração e me forço a não me mexer. Se a pessoa der mais um passo ou examinar de perto demais, vão ver que a cama de Julia está vazia. Vão notar nossos sapatos esparramados no chão, ou o canto do robe de Greer saindo por baixo do cobertor, e vão se perguntar por que todas estamos respirando como se tivéssemos acabado de correr uma maratona.

Ao meu lado, Julia está com os olhos arregalados, o nariz quase roçando no meu enquanto esperamos. Estou perto o suficiente para ver o punhado de sardas entre as sobrancelhas dela cada vez que a luz da lanterna vem para o nosso lado do cômodo, observando o batimento dela pulsar na garganta. A respiração de Julia sopra na lateral do meu corpo, provocando calafrios por onde passa, e ainda assim, não me mexo. Não me mexo até os passos recuarem e a porta se fechar. Até que os conselheiros passem para o chalé vizinho. Até que os olhos de Julia se fechem, e ela morda o lábio inferior de propósito.

A última porta de chalé é fechada do outro lado do campo. Um suspiro flutua pela janela aberta, e então a mesma voz de antes declara:

– Acho que deve ter sido algum veado.

Os passos desaparecem no caminho. Conto até dez na minha cabeça uma, duas, três vezes. Só quando estou perto da quarta vez é que Delaney joga os cobertores para longe e solta uma respiração trêmula.

– É – diz ela. – Deve ter sido.

A voz dela é rouca, quase histérica, mas é tudo que basta para a tensão se dissipar. Torres bufa no travesseiro, Greer solta uma risadinha aguda, e eu reprimo um sorriso enquanto Julia tira a cabeça do meu edredom.

– Puta merda – xinga. – Acho que vou explodir.

Parece mesmo. Os olhos dela estão iluminados, as bochechas coradas e o cabelo esparramado no meu travesseiro em ondas emaranhadas. Ela parece algo que eu gostaria que Ben pintasse. Óleo e luar em tela. Azuis como aquarela e tons de roxo cintilando no vermelho--dourado dos cabelos.

Não sei quanto tempo ficamos assim, encurvadas na direção uma da outra no colchão cheio de caroços enquanto tentamos não rir. Três vezes começo a dizer a ela que já é seguro voltar para a própria cama. Nessas três vezes, fecho a boca. A certa altura, minhas pálpebras começam a se fechar, e quando acordo na manhã seguinte com o braço de Julia ao redor da minha cintura, os dedos esparramados na curva da minha barriga, finjo dormir por mais alguns minutos. Só para imaginar que existe uma versão dela que também me quer dessa forma.

XII

Os épicos altos e baixos do pique-bandeira do acampamento da igreja

*A*qui está uma lista geral das coisas mais vergonhosas que já aconteceram comigo:

1. Sem querer, chamei uma professora auxiliar de "mãe" durante uma partida de tênis.
2. Fiz um gol contra durante minha breve carreira futebolística e perdi o jogo do torneio na frente de todos os alunos do oitavo ano no condado de Madison.
3. Terminei a avaliação anual de correr um quilômetro e meio da escola em último lugar, e aí quando me virei para voltar para as arquibancadas, torci o tornozelo.

Não acho que seja coincidência que todas essas coisas aconteceram durante alguma prática esportiva.

Não importa quantas vezes Julia me diga que eu gostaria de softbol, ou quantas vezes Hannah implore para eu experimentar balé. Conheço meus limites, e tenho zero interesse em aprender todos os jeitos específicos nos quais posso me envergonhar com atividades em grupos. No entanto, quando nos reunimos na capela na manhã seguinte, é com o ânimo inconfundível que acompanha apenas grandes eventos desportivos – a abertura do torneio de tênis dos EUA, o

Super Bowl, e aparentemente, o jogo de pique-bandeira bianual de Pleasant Hills.

— Meu Deus — digo, me sentando no banco ao lado de Ben. — Vocês não estavam zoando. Isso aqui é intenso.

Ben sempre foi meu parceiro do crime sem aptidão atlética, mas hoje, ele está sorrindo de orelha a orelha por trás de uma máscara de tinta facial azul muito inquietante.

— Eu te disse. — Ele olha para o meu chapéu. — Você está no time vermelho?

Ele diz *vermelho* como se fosse uma ofensa, como se mesmo que estivéssemos acostumados a nos esconder embaixo das arquibancadas para evitar as reuniões do clube de corrida do Ensino Fundamental juntos, ele esteja contemplando mesmo quebrar minhas pernas. Puxo a aba do boné do Phillies que Delaney me emprestou e abro um sorriso.

— Ficou nervosinho?

— Até parece. — Ben bufa. — Eu já vi você correndo.

Resisto ao impulso de dizer a ele que eu de fato consegui correr bem rápido na noite de ontem. Meus joelhos ainda doem por causa do esforço, o que, pensando bem, pode ser um problema hoje. Não faço ideia de como os conselheiros estabeleceram a divisão de times, mas, nesta manhã, meu chalé acordou com outro verso de estourar tímpanos de "Flexin' on That Gram" e encontramos uma folha de papel passada por baixo da nossa porta. Amanda, Greer e Delaney acabaram no time azul enquanto Julia, Torres e eu fomos designadas ao vermelho. Na mesma hora, todo mundo começou a procurar roupas das cores das equipes enquanto eu ficava sentada na cama, me perguntando se chamar o jogo daquela manhã de *intenso* era um eufemismo.

Agora, por exemplo, Amanda está sentada algumas fileiras à nossa frente, pintando faixas de tinta azul nas bochechas de Greer com o tipo de precisão normalmente reservada para cirurgias de cérebro. Os cachos loiros foram presos com um elástico azul, e as duas estão usando um par idêntico de meias até os joelhos, com cadarços azuis nos tênis. Até Julia está vestida dos pés à cabeça de vermelho. Quando se senta ao meu lado, lança um breve olhar para Ben antes de se inclinar e sussurrar:

— Se o time dele ganhar, ele vai ficar se gabando disso pelo resto das nossas vidas.

É, penso, observando-a amarrar uma fita vermelha na ponta da trança. *Intenso* é definitivamente um eufemismo.

Não sei se é ansiedade ou o fato de que comemos um café da manhã de verdade, mas dá para perceber que a atmosfera está mais leve quando a banda da igreja termina a música. Até mesmo ver o pastor Young dar uma corridinha ao palco com uma camiseta de listras pretas e brancas com as palavras INTERVALO PARA ORAÇÃO escritas nas costas não me enche com o pavor de sempre. Na verdade, acho que é uma das melhores camisetas temáticas de Jesus que ele vestiu essa semana.

— Bom dia! – exclama ele. – Como estamos nos sentindo?

Os aplausos que seguem são mais entusiasmados do que os de ontem. O pastor Young precisa de um minuto inteiro para recuperar o mínimo de controle.

— É isso que gosto de ouvir! Não vou prender vocês por muito tempo, mas sinto que devo compartilhar algumas palavras antes de sairmos. Pique-bandeira é uma brincadeira simples, certo? É um jogo divertido, mas isso não significa que não exista uma lição aqui, ou que também não pode incorporar a virtude celestial de hoje, que é a paciência. Quantos de vocês praticam esportes? – A maioria das mãos se levanta. – Ótimo. Agora, quantos já deixaram que suas emoções falassem mais alto durante um jogo? Já se deixaram levar pelo momento, ou tomaram uma decisão impulsiva da qual se arrependeram depois?

Poucas mãos, dessa vez mais hesitantes, mas o pastor Young assente.

— Foi o que pensei. Um jogo casual no acampamento pode não

parecer grande coisa, mas essas emoções ainda podem ter consequências sérias.

Ele deslancha em um sermão sobre o pecado mortal da ira, e preciso de todo meu autocontrole para não soltar um grunhido. Eu já vi o pastor Young assistindo a uma partida de futebol. Se pegar ele em um dia depois que o Browns perdeu, não existe nem uma única grama de paciência celestial para ser encontrada nele. Só que se a ira é meu pecado de hoje, se tudo que preciso fazer é ficar com raiva, então ele me entregou um passe livre. Mesmo agora, sinto aquela dor permanente no peito, a pressão por manter minha própria coleção pessoal de ira trancada em um lugar onde ninguém pode ver.

— Tudo bem aí? — Ben cutuca meu braço, a voz baixa o suficiente só para nós dois ouvirmos. — Está com cara de que está planejando um incêndio na igreja, ou coisa do tipo.

Isso sim é uma boa ideia. Balanço a cabeça e me obrigo a suavizar a linha entre as sobrancelhas.

— Só estou pensando no jogo.

— Certo. — Ben dá um sorrisinho. — Riley Ackerman vai praticar um esporte. Quem poderia imaginar?

Dou uma cotovelada na costela dele.

Depois de um sermão de 24 minutos, o pastor Young nos guia por uma oração rápida e nos dispensa da capela. Todo mundo automaticamente se divide em times quando saímos. Alguns conselheiros gesticulam para que o time azul os siga, mas Gabe faz com que o restante siga em linha reta. Escondo um bocejo. Parte de mim ainda está tensa, esperando que um dos conselheiros me olhe com mais atenção ou comece a acenar uma lanterna na minha cara, mas o café da manhã se desenrolou sem percalços. Ninguém estava sussurrando sobre potes de salada de batata comidos pela metade ou as meninas misteriosas da floresta, e quanto mais tempo tudo passa em silêncio, mais eu penso que talvez tenhamos conseguido escapar ilesas.

— Como estamos nos sentindo, time?

Torres joga um braço pelo meu pescoço, e então se estica para enlaçar Julia com o outro. Apesar de termos dormido a mesma quantidade de horas, ela parece muito descansada. Eu escondo mais um bocejo.

– Ótima – digo. – Pronta pra chutar a bunda dos azuis, com certeza.

Gabe se vira, os olhos estreitando para mim através da multidão.

– Olha o vocabulário, Riley. Isso não é uma competição.

Franzo o nariz.

– Tenho quase certeza de que é, sim.

– O que disse?

– Nada! – grito mais alto, ignorando a forma como Julia vira a cabeça na direção do meu pescoço para esconder uma risadinha. – Só falando que estou pronta pra engajar numa atividade atlética supertranquila e que não envolve grandes emoções. Em nome de Jesus, amém.

Abro um sorriso doce para Gabe. Torres dá uma risada, e logo nós três estamos com dificuldade de nos conter, os braços entrelaçados enquanto seguimos o fluxo estreito para adentrar mais a floresta. Por fim, paramos diante de uma única torre de madeira.

– Aqui estamos – diz Gabe. – Vocês já conhecem as regras. Só esperem o apito.

É audacioso da parte dele presumir que sei qualquer coisa do que está acontecendo aqui. Ele nos deixa aglomerados em um círculo, e ergo uma mão para encarar o topo da base. A torre parece que foi arrancada de algum parquinho infantil. Ainda tem uma abertura no topo onde deveria ter um escorregador, e uma escadinha que parece bamba subindo pela lateral. Alguém pendurou um móbile de pequenos ornamentos de vidro da varanda – anjos, cruzes e pássaros em voo – e pendurado no telhado está um único cachecol vermelho.

Torres dá uma olhada e assente.

– Ok, time, o plano é o seguinte.

165

Para minha surpresa, ninguém argumenta. Eu sei que Torres joga vôlei. Sei que é boa o bastante para ganhar um lugar no time oficial da universidade logo no primeiro ano, e olhando para ela agora, consigo entender o motivo. Os braços dela são cheios de músculos esguios, e embora seja a mais baixa aqui, tenho a sensação de que conseguiria me derrubar sem problemas. Até mesmo Patrick, que passou um spray de cabelo em um tom de vermelho desconcertante, dá um passo para trás e a deixa liderar.

— Patrick, Jace e Lydia, quando o pastor Young apitar, vocês pegam a bandeira e escondem em algum lugar do nosso lado do rio — orienta Torres, apontando para as pessoas enquanto dá as ordens. — Precisa estar visível, mas isso não quer dizer que deveria ser fácil. Liam, Eli, Rosanna e eu vamos ficar na patrulha da fronteira para tentar pegar qualquer um que atravessar para o nosso território. April, Sav e Matty ficam por aqui para proteger a base, e o resto de vocês se espalha para tentar encontrar a bandeira do outro time. Alguma pergunta?

Ergo a mão, hesitante.

— Então quais são as regras, exatamente?

Torres vira a cabeça de lado como se não soubesse dizer se estou brincando, mas Julia a dispensa.

— Não esquenta — diz ela. — Não é difícil. Nós queremos pegar a bandeira azul e trazer para o nosso lado antes que o outro time encontre a nossa. O rio que acabamos de cruzar divide os dois campos. Se estiver desse lado, está segura. Se estiver do outro, o time azul pode te pegar e te tirar do jogo.

Assinto, em uma tentativa vã de tentar parecer interessada e não achando que isso foi tirado dos meus piores pesadelos da aula de Educação Física. *Ira*, penso. *O ponto de hoje é a ira, e não o medo absoluto*. Julia coloca uma mão no meu braço para me reconfortar, mas antes que possa elaborar, três apitos curtos ressoam de algum lugar distante. A clareira fica em silêncio enquanto Torres ergue uma mão. Então outro apito soa, mais longo dessa vez, e todo mundo sai correndo.

Patrick escala a lateral da torre, as pernas fortes correndo no short vermelho-vivo, e joga nossa bandeira para Jace. O grupo deles sai correndo na direção da floresta, Torres vai direto para o rio, mas oscilo na frente da torre, de repente sem saber o que fazer. Então, Julia fecha a mão ao redor do meu pulso, da mesma forma firme que fez ontem à noite, e me puxa na direção das árvores.

– Vai! – berra ela. – Por aqui!

E assim como na noite de ontem, assim como sempre, seguro a mão dela de volta.

Nessa manhã, a banda da igreja tocou três músicas diferentes sobre aguentar uma tempestade. A maioria das músicas de rock cristãs são assim – uma combinação de metáforas e umas melodias irritantemente grudentas que costumam falar que Deus é um farol ou algo do tipo. Só que quando corro atrás de Julia, desviando do mato e dos galhos caídos, penso que é assim que a enxergo. Uma luz. Uma estrela-guia. Uma coisa que eu sempre serei capaz de encontrar.

Floresta adentro, o chão está mais úmido sob nossos pés, mas já consigo sentir o calor da manhã que começa a entrar pelos galhos. O clima mais frio de ontem durou pouco, e embora o céu esteja claro, sinto uma tempestade se acumulando no horizonte. Pulo por cima de um trecho lamacento e pergunto:

– Isso é uma coisa que dura, tipo, o dia todo?

Julia arqueia uma sobrancelha.

– Por quê? Precisa ir a algum lugar?

– De preferência a um lugar que tenha ar-condicionado.

– Ah, qual é, Riley. – Ela se vira e coloca as duas mãos nos meus ombros, virando o rosto para o céu. – Você não está sentindo?

– Eu... – Sinceramente, a única coisa que sinto nesse instante é a pressão dos dedos dela nas minhas clavículas. Engulo em seco e tento outra vez. – Sentindo o quê?

167

– *Isso*. – Julia acena a mão na direção da floresta. – O sol. O ar. As árvores. É lindo, não acha?

O problema de ter um Grande Crush Gay é que isso faz você cometer umas idiotices muito grandes. Teve um ano que trancei os cabelos de Rebecca Delgado todas as noites para a nossa produção de *Mamma Mia!* só para saber qual era a sensação entre os meus dedos. No verão passado, gastei minha mesada inteira em *lattes* gelados de caramelo para ter uma desculpa para falar com a menina nova que trabalhava na cafeteria, e agora, quando Julia fecha os olhos e vira o rosto na direção do céu, existe uma parte de mim que genuinamente pensa: *é, existe algo bonito em estar no meio do bosque sem nenhuma comodidade. Por que não pensei nisso antes?*

– Claro – concordo, deliberadamente dando um passo para me afastar. – É bonito.

Quando chegamos ao riacho que divide nossos territórios, meu batimento cardíaco quase voltou ao normal. Julia olha de um lado para o outro da margem enlameada antes de dar um pulo, e depois de um segundo breve em que me imagino caindo de bunda na água lamacenta abaixo, vou atrás. Quando me endireito, Julia pressiona um dedo nos lábios.

– Silêncio – sussurra. – Vamos procurar a bandeira azul.

Eu assinto, finjo passar um zíper pelos lábios e então tropeço em uma raiz retorcida. Julia reprime um suspiro exasperado, mas quando se vira para irem frente, juro que vejo o canto da boca dela levantar em um sorriso leve que faz meu estômago revirar. Eu puxo a aba do boné por cima dos olhos e corro atrás dela.

– Você sabe onde procurar? – pergunto, depois de diversos minutos que passamos pisoteando na vegetação. – Onde as pessoas costumam esconder as bandeiras?

Julia dá de ombros.

– É em um lugar diferente todos os anos. Ninguém usa o mesmo lugar duas vezes, mas tem algumas árvores aqui que podemos olhar. Talvez a gente possa...

Um galho é quebrado em algum ponto à nossa esquerda. Eu me viro na direção do som, mas antes que possa olhar direito, Julia me puxa para trás da árvore mais próxima. Minhas costas batem no tronco com tudo, e consigo tragar um único fôlego surpreso antes do meu cérebro ter um curto-circuito ao sentir o quadril de Julia pressionado contra o meu. Lentamente, espiamos do outro lado do tronco.

Um pedaço de seda azul está escondido no oco de uma árvore próxima, a pontinha quase invisível através das folhas. É um bom esconderijo – a bandeira está alta o suficiente para alguém precisar subir ou pular para alcançar. Imagino aquele lenço amarrado ao redor do meu punho, esvoaçando atrás de mim enquanto volto para a base. Então, olho para a esquerda, e meu devaneio de vitória evapora.

Amanda está na frente da árvore, a mandíbula cerrada de tanta determinação. Ela trocou a manga curta e saias de tênis por leggings azul-marinho e um cropped do *Lago dos Cisnes*. As linhas azuis desenhadas no rosto dela destacam o verde intenso dos olhos, e não consigo *acreditar* que entre todas as pessoas nesse acampamento, ela é o único obstáculo entre mim e a vitória.

Olho para Julia, arqueando as sobrancelhas em uma pergunta silenciosa. A bandeira está bem ali. Somos duas contra uma. Julia mordisca o lábio inferior. Ela dá uma espiada pelo tronco, mas antes que possa responder, os arbustos à nossa esquerda começam a farfalhar. Nós nos viramos no instante em que Greer aparece no caminho atrás de nós, na companhia de um menino do time dela.

Por um segundo, todas congelamos, os olhos fixos uns nos outros naquela clareira. Então, Greer aponta um dedo em nossa direção.

– Peguem elas!

– Corre!

Julia me empurra na frente dela, e começamos a atravessar a floresta, Greer no nosso encalço. Estou indo o mais rápido que posso, os pés escorregando na lama, e de repente sinto a memória da noite de ontem voltar. Nossa corrida louca pelas árvores com os feixes de lanterna atrás de nós. Mal tinha conseguido antes, e definitivamente não sou rápida o suficiente agora.

– Mais rápido, Riley! – Julia grita.

Ranjo os dentes, mas é como se os meus músculos estivessem fisicamente se rebelando. Os galhos enroscam no meu cabelo quando damos uma guinada e encontramos o riacho bem na nossa frente. Segurança. Nossos passos ainda estão visíveis na lama do outro lado, e no último segundo, Julia me empurra para a frente. Dou um salto gigantesco no instante em que a mão de Greer se fecha ao redor da camiseta de Julia.

– Te peguei!

– Não! – Eu me viro. – Julia!

Só que é tarde demais. Ela está presa, parada do lado oposto do riacho com Greer de um lado e o garoto do outro.

– Vai! – diz Julia, acenando a mão na minha direção. – Salve-se!

Greer revira os olhos.

– Ela literalmente já está segura, mas beleza.

Greer ainda está segurando a parte de trás da camiseta de Julia, mas quando se vira para ir embora, acho que também está sorrindo.

Os três voltam para a floresta, Julia olhando por cima do ombro a cada poucos passos, e depois de um minuto inteiro tentando recuperar meu fôlego e falhando, começo a andar de volta para a nossa base. Não faço ideia de onde Patrick escondeu nossa bandeira. Vai saber quem é que está ganhando, e a essa altura, nem sei se me lembro direito das regras. Sinto uma pontada na lateral, pulsando a cada vez que respiro, mas quando Torres aparece na clareira um segundo depois, ela mal parece cansada. Talvez eu não esteja dando créditos o bastante para o time de vôlei da Madison High.

– Oi. – Ela verifica a linha de árvores por cima do meu ombro. – Cadê a Julia?

Balanço a cabeça.

– Ela foi pega pelo time azul depois que vimos a bandeira deles.

– Você viu? Onde?

Eu aponto e descrevo a área da melhor forma que consigo. Torres me analisa por um minuto, e então olha de volta para a nossa base pouco guardada.

– Beleza – diz ela. – Vamos ser agressivos enquanto dá tempo. Liam, Will e Mason, vocês vêm comigo. Riley, fique aqui e guarde os prisioneiros. Corra atrás de qualquer um que tentar libertar o pessoal.

O fato de ela pensar que sou capaz de correr atrás de qualquer um é uma gracinha. Presto continência de brincadeira, e então vou até a base, avaliando nossos prisioneiros enquanto sigo caminho. Não são muitos, mas me sobressalto quando vejo Ben sentado perto do meio.

– Uau – comento. – O que aconteceu com se gabar da sua vitória pra sempre?

– Nem brinque com isso – grunhe ele. – Esqueci que a Torres é tipo o super-homem. – Então o olhar dele percorre a beirada da clareira. – Já faz um tempinho que eles saíram, né?

– Eles foram, tipo, trinta segundos atrás.

– Certeza? Não quer ir até lá verificar?

Balanço a cabeça.

– Vou ficar bem aqui, obrigada.

– E se precisarem da sua ajuda?

– Juro que não precisam.

Ben se inclina nos cotovelos, a imagem perfeita de uma pessoa confiante.

– Você que sabe – diz ele. – Só sei que me sentiria *horrível* se alguma coisa acontecesse com meus colegas de time enquanto eu estivesse parado aí sem fazer nada. Nós não precisamos de supervisão, sabe. Sempre dá pra você...

Pego um galho no chão e bato com força na lateral da torre.

– Silêncio, prisioneiro!

Para minha surpresa, Ben dá um pulo.

– Jesus Cristo – murmura ele. – Então tá bom. Você teria sido um terror naquele experimento da prisão de Stanford, sabia?

– Obrigada.

– Isso não foi um elogio!

Mostro meu sorriso mais inocente para ele, e embora esse jogo não deva significar nada, embora não devesse me importar, ainda sinto a tensão se esparramando por meus braços e pernas. Porque isso é quase divertido e definitivamente não quero perder para *Ben*, ainda por cima.

Passos ressoam entre as árvores, e ergo o olhar a tempo de ver Torres irromper na clareira.

– Caramba! – Eu a seguro quando ela quase se joga em cima de mim. – O que aconteceu?

– Armadilha – ofega ela. – O time azul pegou os outros.

– Essa não! – Ben cruza os tornozelos. – Parece que estão na maior enrascada.

Eu lanço um olhar feio para ele antes de me voltar para Torres.

– O resto do pessoal está fora do jogo?

Ela assente.

– Mas você estava certa. Amanda é a única pessoa ainda protegendo a bandeira.

Claro que é. Cerro os dentes ao pensar em Amanda segurando nossa bandeira acima da cabeça, abrindo um sorriso para a sua multidão de adoradores. Ela não deveria poder ganhar essa também. Não vou deixar. Agarro o braço de Torres e a puxo para mais longe da base.

– Me deixe ir com você – sussurro. – Acho que tenho um plano.

Espero Torres protestar, ou lembrar que mal entendo as regras e muito menos a estratégia de jogo, mas para minha surpresa, ela assente. Talvez fugir pela floresta à noite forme uma união entre pessoas que jamais pensei ser possível. Começamos a descer pelo caminho, os braços ainda enganchados enquanto explico o que estou pensando. Torres assente, e quando termino, ela trava o maxilar.

– Entendi – diz ela. – Eu topo.

Minhas batatas da perna protestam quando pulo para longe do riacho, mas eu me forço a continuar, puxando Torres comigo da mesma forma que Julia e eu fizemos mais cedo. E ali está: a bandeira azul pendurada em um toco a alguns metros do chão, e Amanda ainda parada embaixo da bandeira. Se Torres e eu tivéssemos mais pessoas, poderíamos lidar com ela sem problemas. Só que nesse momento, estamos só nós duas. E se eu for bem sincera, é praticamente só Torres.

Olho por cima do ombro, arqueando as sobrancelhas, e Torres assente. *Pronta*. Eu apoio a mão na base enquanto observamos Amanda andar em círculos pela clareira. Um círculo. Dois. Então, quando ela se vira de costas para nós, eu me mexo.

Saio do nosso esconderijo e corro loucamente até a bandeira. De jeito nenhum que vou conseguir. De jeito nenhum que saio dessa ilesa, mas pulo mesmo assim, e mal consigo agarrar a pontinha da seda entre os dedos. Ela cai no chão e só tenho tempo de sentir o arroubo quente da vitória antes da mão de Amanda bater com força nas minhas costas.

– Você está fora!

A força do tapa me faz tropeçar contra a árvore. Eu me apoio no tronco, a casca grossa arranhando a palma das minhas mãos.

– Tá, tá – digo. – Relaxa aí. Deus deixa as pessoas se divertirem um pouco, sabe.

Os olhos de Amanda faíscam um minuto, e acho que vejo a mesma rachadura de antes partindo a expressão modesta dela.

– Então agora você acha isso *divertido*?

– Talvez. – Espano a palma das mãos nas coxas. – Os milagres acontecem diariamente, né? – Então, antes que Amanda possa reagir, mudo de assunto. – O que você estava fazendo no vestiário ontem? Deve ter acontecido uma coisa bem ruim para te fazer chorar daquele jeito.

Foi quase o equivalente de dar outro tapa nela. Amanda fica imóvel, o rosto tão branco quanto os tênis, e mais do que tudo, queria poder aproveitar isso. Queria que não existisse uma parte de mim que ainda sente uma pontinha de culpa. Ela abre a boca, mas antes que possa falar, um borrão de cor surge à nossa direita.

Torres sai do esconderijo, pega a bandeira do chão, dá a volta pela base da árvore com uma velocidade que não acreditava que nenhum humano possuía. Juro que faz os pelos dos meus braços levantarem com o vento.

Um som frustrado escapa do fundo da garganta de Amanda.

– Greer! – ela chama. – Tori! Alguém ajude! Ela está fugindo!

Só que é tarde demais. Em algum lugar à distância, um apito ressoa. Os gritos e aplausos irrompem do nosso lado do riacho, e imagino Torres subindo os degraus da torre, a bandeira sendo hasteada no punho, vitoriosa. *Conseguimos*, enquanto Amanda se vira para me encarar. *Ganhamos*.

Eu me pergunto por que não parece bem uma vitória.

– Foi mal – digo, espanando minhas coxas uma última vez. – Boa sorte da próxima vez.

Não fico para ouvir a resposta. Nem quero uma. Em vez disso, eu me viro e corro de volta por onde vim, deixando Amanda Clarke enraizada no chão da floresta atrás de mim.

XIII

De brinde, um pouquinho de destruição de propriedade

*Q*uando entrei no ônibus do acampamento na semana passada, foi com uma sensação iminente de pavor. Não importava quantas vezes Julia me dissesse que tudo daria certo ou como os outros estariam empolgados – era para eu nunca ter voltado para Pleasant Hills. Nunca quis ficar. Porém, quando nosso time se junta embaixo da base, Julia grita:

– Você conseguiu! Praticou um esporte!

E então, ela joga meu boné para o ar, e acho que essa é uma sensação que não me importaria de ter de volta.

É só depois que começamos a ir na direção do refeitório que percebo que me esqueci completamente de canalizar a ira. Na verdade, é o mais leve que me sinto em semanas.

Antes que possa pensar demais nas implicações disso, Ben aparece atrás de mim e joga um braço por cima do meu ombro.

– Riley! Você praticou um esporte!

Dou um empurrão nele.

– Por que todo mundo fica me dizendo isso?

– Talvez porque teve aquela vez que você fingiu ter bronquite pra não precisar correr como todo mundo na aula ano passado?

Justo. Na época, achei que a desculpa era fantástica, mas agora sinto algo como orgulho espreitando embaixo dos meus músculos doloridos. É semelhante a como me sinto depois de um longo dia de ensaios ou de enfim ter conseguido cantar um solo direito, como se tivesse feito algo incrível. Abro um sorriso e estico a mão para ajeitar a aba do boné, e paro quando meus dedos se fecham no ar.

– Ah, droga. – Cambaleio e paro. – Acho que deixei o boné da Delaney na torre.

Julia olha por cima do ombro.

– Quer companhia?

– Não, eu vou rapidinho. Só guarda um lugar pra mim na sua mesa.

Eu me afasto do grupo, me distanciando só um pouco do caminho para que os conselheiros não me vejam dar meia-volta. Leva apenas alguns segundos para os passos de todos desaparecerem e as árvores engolirem o som das vozes que se afastam cada vez mais. Então, fico sozinha, andando despreocupada sob um dossel de folhas que sacodem gentilmente. Uma brisa quente permeia os galhos, secando o suor na minha testa. Está silencioso aqui, quase pacífico, e por um segundo, me faz pensar nos bancos empoeirados da igreja e nos hinários gastos. Não sinto falta do que Pleasant Hills se tornou, mas às vezes, nesses intervalos estranhos, sinto falta do que poderia ter sido.

O pensamento provoca um calafrio na minha espinha enquanto entro na clareira. Encontro de cara meu boné emprestado a alguns metros de distância. Eu o pego e estou prestes a sair quando um som diferente me alcança do outro lado da torre.

Uma respiração trêmula e áspera, seguida pela fungada distinta do choro de alguém.

Congelo, meia dúzia de histórias folclóricas quase esquecidas passando pela minha cabeça. Há muitas criaturas à espreita na natureza selvagem de Kentucky. Isso é só bom senso, e tenho certeza de que existe ao menos uma que atrai meninas distraídas para a morte com o som de choro. O homem-mariposa, provavelmente. Ele sempre me pareceu meio suspeito.

Lentamente, com o boné ainda em mãos, dou uma espiada pela lateral da torre. Quando vejo quem é minha companhia, quase queria que *fosse* o homem-mariposa. Ao menos seria mais fácil lidar com ele.

Em vez disso, encontro Amanda empoleirada nos degraus de madeira, as pernas espremidas contra o peito enquanto os ombros tremem com soluços silenciosos.

Eu me afasto, o coração batendo forte contra as costelas. Ou o universo tem um senso de humor perverso, ou fui amaldiçoada com um azar digno de histórias mitológicas. Não existe outra explicação para isso continuar acontecendo comigo. Estou me perguntando se deveria me esconder embaixo da torre até ela ir embora ou dar meia-volta para a floresta quando piso em um galho. O galho se parte, o som ecoa comicamente alto na clareira, e cambaleio para longe da torre no instante em que Amanda vira a cabeça na minha direção.

— Desculpa! Eu não... só estava pegando o boné que eu esqueci.

Essa desculpa não parece convincente, nem mesmo para mim. Não é como se eu estivesse espionando Amanda. Não é como se me importasse, mas essa é a segunda vez em dois dias que eu a vejo assim. Estaria mentindo se dissesse que uma parte meio perversa de mim não está sentindo uma curiosidade mórbida para saber o motivo do choro.

As bochechas dela ruborizam. Amanda fica em pé e esfrega o dorso da mão no rosto, mas quando se endireita, a expressão ainda continua neutra, para minha frustração.

— Posso te ajudar com alguma coisa? Ou você é fisicamente incapaz de cuidar da própria vida?

Então é isso que vamos fazer, é? Dou de ombros.

— Só estou curtindo a vista.

— Claro. — Amanda faz um gesto desdenhoso para as árvores atrás de nós. — Só vá embora, Riley. Acho que acabamos por aqui.

— Você não é dona da floresta.

– Nem você.

– Então acho que nós duas demos azar.

Sei que só estou sendo irritante, tentando provocá-la o quanto posso na esperança de que ela ceda, mas não me importo. Há meses anseio por isso – um momento em que estamos só nós duas, sem nenhum funcionário da escola ou conselheiro a quem recorrer. Só ela, eu, e seja lá qual verdade eu consiga trazer à tona.

– Então o que é, hein? – pergunto, apoiando um ombro na base da torre. – O que rolou?

Amanda balança a cabeça.

– Nada.

– Não parece. O Jeremy te deu um pé na bunda? Sempre achei que ele merecia coisa melhor.

Um vislumbre de movimento nas escadas – as mãos de Amanda se fechando em punhos.

– Não. Ele não... nós estamos bem.

– Então vai reprovar em alguma matéria? – Arregalo os olhos, fingindo preocupação. – Física, imagino? Você sabe que precisa de quatro créditos em matérias de Ciências pra se formar.

– Não vou reprovar...

– Então o que é? A sua manicure cancelou um horário? Você cometeu um pecado mortal por acidente? Alguém te viu...?

– Já chega!

Amanda se vira para mim, os nós dos dedos brancos, segurando os apoios de madeira da torre, e ali está: algo que não é indiferença agradável curvando o canto da boca. Por um segundo, fico desconfiada de que seja medo. Tento alcançar o sentimento, enfiando minhas garras ali uma última vez.

– Não precisa ficar tão na defensiva. Só estou tentando ajudar.

– Não preciso da sua ajuda.

– Tem certeza?

Amanda solta a respiração entre dentes.

– *Absoluta.*

– Então tá. – Faço um gesto teatral, olhando em volta da clareira vazia. – É só que nenhum dos seus outros amigos parece estar por aqui nesse instante, então se tem alguma coisa que queira compartilhar...

– Meu Deus! – Amanda passa a mão com frustração pelos cabelos. – Tudo bem! Eu não entrei no programa de Dança da faculdade de Indiana! Feliz agora?

Eu não sei o que esperava que Amanda dissesse. Não sei o que, exatamente, achei que encontraria quando a fizesse rachar ao meio. Segredos sombrios e terríveis, talvez, ou uma lista cronológica de todos os pecados que ela já cometeu. Algo que prove o que sei há meses – que Amanda Clarke não é a boa cristã que todo mundo acha que é. Porém, enquanto ela me fuzila com o olhar nos degraus da torre, eu não sinto satisfação alguma no meu âmago. Na verdade, o único pensamento que me ocorre é: *só isso?*

– Você... não entrou na faculdade?

– Não foi isso que eu disse – retruca Amanda. – Eu entrei na faculdade, claro, mas ao que parece não sou uma "boa candidata" pro programa de Dança. Então me desculpe se estou um pouco chateada por desperdiçar quinze anos da minha vida em um hobby que não me levou a lugar nenhum.

– Mas Greer acha que você entrou. Ela me contou essa semana.

– Bom, eu menti. Pra ela e todo mundo.

– Por quê?

– Porque não... você não entenderia.

Reviro os olhos.

– Porque você é *tãooooo* diferentona e mais interessante do que todos os outros mortais? Qual é?

Amanda cruza os braços. O movimento é tenso demais para ser casual, enterrando as unhas nos antebraços, mas quando ela fala outra vez, a voz é quase inaudível.

– Eu não sou boa em mais nada. Não sou como Greer, Hannah ou você. A dança é a única coisa fácil pra mim.

É uma mentira tão óbvia e cheia de autocomiseração que acabo dando uma gargalhada. Porque Amanda é boa em *tudo* – na escola, no balé e em liderar a congregação juvenil em várias versões demoradas das mesmas orações sem autenticidade. É quem ela é, o motivo das pessoas pararem quando anda pelos corredores, e ver Amanda tentar retorcer a realidade para se tornar uma pobre coitada me deixa furiosa.

– Ah, é? – Eu reprimo outra risada. – Você não quer nem inventar uma desculpa melhor?

O rosto de Amanda ruboriza em um tom delicado de rosa.

– Vai se foder, Riley.

Aí está. Seguro os dois lados do apoio da escada da torre e subo o primeiro degrau.

– Só estou dizendo que mesmo nesse universo alternativo e esquisito que você inventou onde isso é remotamente crível, ainda assim não é verdade. Você se candidatou a outros programas de Dança. Sei que foi aceita. Por que esse em específico importa tanto?

Não conto a ela como sei a quais programas se candidatou, pois me lembro de escutar Hannah e ela no telefone no outono passado, conversando sobre quais variações usariam do repertório de Amanda. *E que tal* Coppélia? *Você se lembra de Esmeralda, daquele intensivo de verão? Acho que ainda tenho o pandeiro em algum lugar. Se você mandar uma audição que não inclui os* fouettés *do Coda de* Lago dos Cisnes, *vou te estrangular, literalmente.*

Amanda balança a cabeça.

– Eu não... É pra eu ir para a Universidade de Indiana. Eu *quero* ir pra Indiana.

– Pois não parece – digo.

– Quero, sim. – Há um quê de desespero na voz dela, como uma lâmina de canivete que fica mais afiada quando subo mais um degrau até onde ela está. – É uma boa faculdade. Eu gosto, e é uma das que os meus pais disseram que pagariam. Eles nem precisariam saber que eu estava dançando. Tudo o que precisava fazer era ser aprovada, mas se não puder entrar numa escola onde meu pai tem literalmente um *prédio* com o nome dele, como é possível entrar em qualquer outro lugar?

Ela passa a mão pelo rosto, borrando a tinta azul ainda pintada embaixo dos olhos. Uma pressão desconfortável se acomoda entre minhas costelas, uma dor que se parece demais com culpa. Cerro os dentes e afasto o sentimento.

– Por que está me contando isso? – pergunto. – Tipo, sei que meio que te forcei a contar, mas não achei que você me diria alguma coisa de verdade.

Amanda solta uma risada fraca.

– Não sei. Porque você já me odeia, acho? Eu não tenho mais ninguém a quem contar. Minha mãe não está nem aí. Jeremy tem dois neurônios, e ele usa os dois pra memorizar estatísticas de hóquei e dar uma espiada no decote de Greer quando acha que não estou olhando. Greer nunca perdeu nada na vida, e eu só quero... – A voz dela engasga no fundo da garganta. Ela fecha os olhos com força. – Sinto *saudades* dela.

Aí está de novo: o soco no estômago. A sensação repentina de estar me afogando. Porque sei que ela não está falando de Greer, ou Jorgia Rose ou nenhuma das outras amiguinhas dela.

– Que bom – retruco. – Deveria sentir saudades mesmo. Ela é incrível. Era sua amiga, e você só largou mão.

– Eu sei.

– Não, *não* sabe! – Eu aperto o apoio, ignorando as farpas que se enterram na palma das minhas mãos. – Você não sabe nada. Ela confiou em você, Amanda. Ela precisava de você. Eu não posso fazer tudo. Estou tentando, e eu...

Minha garganta se fecha, e não posso acreditar que depois de

181

meses aguentando firme, é Amanda Clarke que enfim vai me ver chorar. Passo a mão no rosto com raiva e me forço a encontrar o olhar dela.

— Por quê? — exijo saber. — Como é que você conseguiu parar de se importar?

Isso vai acontecer comigo também? É só questão de tempo até Julia também me excluir?

Não reconheço a forma como Amanda me encara. É distante, quase inquietante, e é só depois que os olhos dela se fecham que percebo que é porque nunca a vi assim, aberta à conversa.

— Eu queria ter parado — sussurra. — Seria mais fácil, acho. É *demais*. É coisa demais o tempo todo, e não consigo consertar nada porque toda vez que penso no que aconteceu, sinto tanta...

— Raiva? — sugiro.

Amanda estremece, e então nega com a cabeça, enfática.

— Não, claro que não.

É engraçado, acho, que de todas as coisas que eu a acusei de fazer até agora, é essa que a deixa mais assustada.

— Por que não? — pergunto. — Você está com raiva de mim. Ou pelo menos estava, alguns minutos atrás.

— Isso não conta. Você é irritante de um jeito muito específico.

— Gosto de pensar que sou pros fortes. — Hesito, e então acrescento: — Você também parecia estar com raiva dos seus pais.

As bochechas de Amanda ficam coradas.

— Não, não estou. O pastor Young disse isso hoje de manhã. É errado sentir raiva. É um pecado.

Penso em Greer parada ao meu lado na cozinha ontem à noite, a forma como os olhos dela se arregalaram quando sussurrou: *não sabia que dava pra ser expulsa da igreja.* Talvez todos tenhamos esse mesmo sentimento, lá no fundo. Talvez todo mundo em Pleasant Hills tenha tanta raiva quanto eu, e talvez estejamos só esperando que alguém destrua aquele lugar.

Não me senti particularmente cheia de ira durante nosso jogo de pique-bandeira, mas com certeza me sinto agora, cara a cara com Amanda Clarke no meio da floresta. Os últimos quatro meses ficam repassando no meu cérebro em vislumbres que me deixam enjoada. Hannah voltando da igreja se debulhando em lágrimas. Amanda ignorando as ligações dela naquela noite. O primeiro dia de volta à escola, quando Jorgia Rose convenientemente se sentou na última cadeira vazia na mesa de almoço, deixando Hannah parada, sozinha. Cada comentário escroto, cada boato sussurrado e cada vez que Amanda desviou o olhar no corredor em vez de encarar de frente o que ela fez.

Se esse é o tipo de ira da qual o pastor Young estava falando, quase consigo entender por que ele tem tanto medo. Nesse instante, tenho a sensação de que poderia partir o mundo inteiro em dois.

Dou um suspiro trêmulo e começo a subir as escadas, dando um empurrão no ombro de Amanda para ela sair do caminho enquanto subo.

— Vem comigo.

Amanda não responde, mas depois de um segundo de hesitação cautelosa, escuto os passos dela atrás de mim. Nós paramos na varanda da torre, e eu ergo a mão para passar um dedo pelos enfeites de vidro de decoração pendurados no teto.

— Vou te contar um segredo – digo. – Eu também estou com raiva.

Amanda ainda está perto das escadas, como se achasse que eu iria empurrá-la da escada se ela chegar perto demais. Ela bufa, desdenhosa.

— Isso não é um segredo.

Eu a ignoro, pegando um dos enfeites e o puxando para mim até a corda que o segura se partir.

— Ultimamente, parece que estou a um passo de explodir – prossigo. – Como se coisas demais estivessem dentro de mim, sem terem pra onde ir. E não parece justo falar sobre isso porque estou bem, considerando tudo, mas ainda sinto tanta raiva, o tempo todo.

– Ergo a voz para que ressoe pela clareira, e então atiro o enfeite com tudo pela mureta da varanda. – Estou com raiva do diretor Rider por me fazer vir pra cá!

O vidro se estilhaça contra uma árvore ali perto com um baque satisfatório. Amanda ofega de surpresa, mas não olho para ela. Estico a mão e pego outro enfeite.

– Estou com raiva do pastor Young por transformar Hannah num alvo quando ela não fez nada errado. Estou com raiva porque todo mundo só deixou isso acontecer, e estou *furiosa* que você e Greer estejam fazendo esse trabalho sujo por ele.

Algo no meu peito se solta quando jogo o vidro nas árvores. Essa explosão parece tão natural quanto respirar. Eu me viro para encarar Amanda.

– Sua vez.

– Ah! – Ela dá um passo para trás, hesitante. – Não, eu... não posso.

– Sério? Você não quer quebrar alguma coisa? Não está mais irritada comigo?

– Sabe, um pouco, mas...

– Mas nada. – Eu arranco um anjinho de vidro do fio. – Aqui.

Não sei por que insisto tanto nisso. Não é como se Amanda precisasse cometer esse pecado comigo para funcionar, mas uma parte sombria e vingativa de mim quer que isso aconteça. Quero que ela fique com raiva. Quero que seja capaz de sentir *algo* além de uma indiferença neutra pelas coisas que fez.

Amanda hesita, pesando o anjo na mão, e então o joga pela varanda de uma forma gentil. O enfeite faz um arco no ar e volta inofensivamente ao bater em uma árvore, caindo na grama ainda inteiro. Ela pisca para ele, e apesar do que sinto, apesar de tudo, quase abro um sorriso.

– Boa tentativa.

O rosto dela fica vermelho.

– Isso foi uma péssima ideia. Não posso...

– Não! – Agarro a parte de trás da camiseta de Amanda enquanto ela tenta voltar às escadas. – Está tudo bem! Eu vou de novo! Ainda estou com raiva que eles não nos deram comida ontem.

Jogo outro enfeite pela clareira, e reprimo um sorriso de satisfação quando ele se desintegra no chão. Amanda endireita os ombros.

– Tudo bem – diz ela. – Também estou com raiva disso, acho.

Ela arranca outro pássaro do fio, e dessa vez, acerta a mira. O vidro vai ao chão em uma chuva brilhante, e as portas trancafiadas no meu peito se abrem cada vez mais.

– Isso aí! – grito. – Eu estou com raiva que ninguém nessa cidade entende o conceito de autonomia!

Amanda estreita os olhos para o outro lado da clareira.

– Estou com raiva dos meus pais por acharem que sabem o que eu quero!

– Odeio estar perdendo os ensaios essa semana!

– Não consigo acreditar que perdi o pique-bandeira!

– Eu estou com raiva porque ninguém parece odiar o pastor Young tanto quanto eu!

No instante em que meu enfeite se estilhaça na grama, queria poder retirar o que disse. Uma coisa é ficar com raiva da forma tangível que o pastor Young tratou Hannah, mas essa última confissão parece pessoal demais. Balanço a cabeça, e Amanda se vira para me olhar.

– Estou brincando – digo. – Isso não... eu não odeio ele.

– Odeia, sim – responde. – Todo mundo odeia um pouco.

Eu arranco um anjo sem rosto do fio e meço a minha mira.

– Você não odeia.

– E como seria possível você saber disso?

– Porque acho que você não teria passado os últimos quatro meses fazendo a vida da sua melhor amiga um inferno se baseando só na vontade de alguém que odeia.

Com toda força que tenho, atiro o anjo na floresta. Os pedaços quebrados refletem no sol como estrelas cadentes, mas quando olho por cima do ombro, Amanda ainda está me observando.

– Você não estava lá naquele dia – diz ela, a voz baixa como se tivesse medo de alguém estar nos ouvindo. – A forma como ele falou de Hannah... foi como um aviso. Como se pudesse fazer isso com qualquer um, a qualquer hora. Ninguém queria ser o próximo.

– Isso não é uma desculpa.

– Eu sei. Não é isso que estou tentando dizer.

– Então o que está tentando dizer? – vocifero. – Por favor, me explique, Amanda, porque estou tentando entender há meses, e não consigo pensar num único motivo aceitável para vocês tratarem ela daquele jeito.

– Porque não é aceitável! – Amanda se vira em um círculo frustrado. – É claro que não é! Você acha que não sei disso? Acha que não queria voltar atrás e fazer algo diferente? *Me desculpe!*

Ela dá um grito engasgado, gutural, e então joga o último enfeite no chão aos nossos pés. Dou um pulo enquanto o vidro se espatifa pela varanda. A floresta fica em silêncio, e quando ergo o olhar outra vez, os olhos de Amanda estão intensos demais, os ombros sacudindo como se ainda estivéssemos no jogo de pique-bandeira.

Me desculpe.

Uma semana atrás, teria jogado esse pedido de desculpas de volta na cara dela. Teria escorraçado essas palavras antes mesmo de saírem da boca dela, mas Amanda é a segunda pessoa essa semana a me olhar nos olhos e falar sobre o pastor Young de uma forma que não seja inteiramente devota. Tanto ela quanto Greer disseram que sentiam que não tinham escolha, e embora meu instinto inicial seja desdenhar disso e perguntar como nenhuma das duas viu que isso aconteceria, outra parte de mim se lembra da sensação de acreditar tão desesperadamente em algo assim. Eu escutei o pastor Young fazer sermões sobre pecadores e consequências durante anos sem associar o rosto de cada vítima que ele condenava. Talvez eu seja tão horrível e egoísta quanto elas, por não notar as falhas nos sermões dele até que também começassem a me afetar.

Engulo em seco com o nó repentino que se forma na minha garganta.

– Obrigada, mas esse pedido de desculpas não deveria ser pra mim. Não posso aceitar.

Amanda assente, virando o olhar para o chão.

– É. Eu sei.

Por um minuto, o único som é o da brisa que passa pelos enfeites restantes acima. Respiro fundo, e para minha surpresa, a pressão no meu peito se desfez. É como se a raiva tivesse destrancado algo dentro de mim, dando voz para as coisas que me assombram para arrancar o poder delas, de alguma forma. Eu me pergunto se Amanda sente a mesma coisa, se talvez só precisasse da permissão de alguém.

Eu me viro para encará-la, e antes de pensar demais no assunto, digo:

– Desculpe por ter batido em você.

– Ah. – Amanda pisca, como se de algum jeito tivesse esquecido o motivo de eu estar aqui. – Obrigada. Desculpe por você precisar fazer isso.

Naquele instante, percebo que essas desculpas são sinceras. Uma trégua cheia de cautela se estabelece entre nós, feita de estilhaços de vidro e segredos aos gritos. Não é o suficiente para diminuir o abismo que esses últimos meses criou, mas é o que basta para me fazer questionar o que estaria nos esperando do outro lado dele.

É isso que a ira pode fazer, penso. É disso que todo mundo tem tanto medo.

– Vamos – digo, acenando na direção das escadas. – Vamos logo almoçar.

E enquanto caminhamos juntas pela floresta, queria desesperadamente que o sr. Rider pudesse me ver. Aposto que me daria nota dez.

XIV

E agora, "Wonderwall" (versão gospel)

— Odeio ser a portadora de más notícias, mas Patrick Davies tem um violão.

Espio por cima do ombro de Delaney e aperto os olhos na direção da fogueira do outro lado do campo. Dito e feito: Patrick está empoleirado na beirada de uma cadeira dobrável com um violão azul-escuro apoiado em um joelho. O cabelo ainda está pintado por causa do spray vermelho que usou à tarde, e um grupo de meninas está sentada aos pés dele, observando-o com uma adoração pouco disfarçada.

— Essa não – digo. – Deveríamos ir lá ajudar essas coitadas?

Delaney balança a cabeça.

— Escutar um carinha tocar violão na fogueira do acampamento forma caráter, Riley. Não podemos interferir. Pergunte a Torres o quanto ela ficou obcecada por Ethan Brady no ano passado.

— Não fiquei! – protesta Torres, mas o rubor nas bochechas dela declara o contrário.

Ethan foi o tenor residente do departamento de Teatro nos últimos quatro anos. Depois da produção de *Os Miseráveis* do ano passado, ele pagou hambúrgueres para todo mundo com o cartão de crédito do pai, e nos disse, em lágrimas, que interpretar Jean Valjean tinha sido "a maior honra de toda sua vida" e que se lembraria do elenco todos os dias na faculdade. Ele largou o teatro na Universidade de Michigan depois de só uma semana, e agora passa o tempo livre postando vídeos tocando *covers* no violão bem vergonhosos e marcando John Mayer nos comentários.

– Ethan Brady? – reprimo um sorriso. – Qual é, Torres? Você consegue coisa melhor.

Ela grunhe.

– Não é... nós éramos *amigos*.

– Por favor – bufa Delaney. – Ele tocou "Wonderwall" tipo, seis vezes numa noite, e você escutou todas por vontade própria.

Eu dou risada, em parte porque Torres está ficando com o rosto de um tom preocupante de rosa, mas também porque sei como é a versão de "Wonderwall" de Ethan Brady.

Nós três paramos perto da fogueira, sem nos aproximarmos muito do círculo de luz bruxuleante. Normalmente, estaríamos em chalés separados nessa altura, terminando as últimas tarefas e nos preparando para dormir. Essa noite, porém, temos uma festa. Os conselheiros trouxeram sacos gigantes de *marshmallows* e biscoitos de chocolates – doces que estavam convenientemente ausentes do nosso lanchinho à meia-noite – e montaram um semicírculo de cadeiras dobráveis ao redor da fogueira. A maioria já está ocupada e os campistas que não conseguiram cadeiras estão sentados em cima de diversas toalhas de piquenique. Talvez seja pelo resquício de camaradagem do jogo da manhã de hoje, talvez seja porque nossas lições naquela tarde acabaram mais cedo para acomodar as celebrações da noite, mas a atmosfera está bem mais leve do que esteve durante toda a semana.

Torres vasculha a pilha de palitos abandonados até encontrar um que considere limpo o bastante. Ela espeta um monte de *marshmallows* nele e se aproxima da fogueira, parando ao lado de Greer, meticulosamente revirando o próprio palito a cada poucos segundos. Ela ergue o olhar quando nos aproximamos e pergunta, sem preâmbulos:

– Acha que deveríamos avisar às meninas que ele tem namorada?

A princípio, não fica claro se ela está mesmo falando conosco. O olhar de Greer está focado como um laser na crosta dourada se formando sobre o *marshmallow*. Até Amanda, que está do outro lado dela, não olha para mim de jeito nenhum, como se tivesse medo de que eu a espete com o meu palito e anuncie para o acampamento inteiro que ela teve a audácia de experimentar uma única emoção humana. Arqueio uma sobrancelha.

– Quem é que tem namorada?

Greer aponta com o queixo para o outro lado da fogueira, onde Patrick está dedilhando a guitarra. Nos poucos minutos que demoramos para atravessar o campo, o aglomerado de meninas aos pés dele quase dobrou de tamanho. Algumas delas acompanha na cantoria. Acho que Alexis Waddy está tentando harmonizar.

– Ele tem? – pergunto.

Greer assente.

– Semana passada, ele convidou Aisha McKenzie pra festa de formatura.

Delaney dá um suspiro.

– Não importa. Elas acham que vão conseguir *consertar* ele.

– Bom, será que ele aceita pedidos? Se eu escutar "Closing Time" mais uma vez, vou surtar.

Torres cruza os braços, na defensiva.

– Algumas pessoas gostam de "Closing Time".

– Ninguém gosta de "Closing Time", Torres – diz Greer, e então ergue a voz e chama: – Oi, Patrick!

É alto o bastante para chamar a atenção dele por cima do caos.

Patrick ergue o olhar, a música hesitando quando ele vira a cabeça na direção de Greer.

– E aí?

– Você aceita pedidos?

– Normalmente não, mas se for seu, topo tudo, meu bem.

Faço uma careta e enfio a ponta do palito no fogo. Até parece que essa cantada já funcionou com alguém, muito menos alguém que estava pronta para fazer um anúncio sobre o *status* de relacionamento dele ao acampamento inteiro, mas quando olho de volta para Greer, ela está meio boquiaberta. Ela pisca, os olhos perdidos, e estou me dando conta, com certo espanto, de que uma das pessoas mais inteligentes e competentes que conheço ainda pode ficar encantada por um cara aleatório com um violão e bíceps quase decentes quando Amanda se coloca entre nós.

– Sabe tocar "Flexin' on That Gram"?

O sorriso de Patrick vacila.

– Hum... acho que não?

– E que tal "Wonderwall"?

Torres faz uma careta, fisicamente recuando com aquela sugestão, mas o rosto de Patrick se ilumina. Faz-se um breve segundo de silêncio enquanto ele ajusta os dedos, e então os acordes familiares começam a ressoar pelo círculo. Delaney e eu soltamos um grunhido coletivo enquanto Greer balança a cabeça de leve.

– Por que você pediria uma coisa dessas? – pergunta, virando-se para Amanda. – É tão ruim quanto "Closing Time".

– Eu precisava fazer alguma coisa, Greer. Parecia que você ia se jogar nele por cima da fogueira.

– Eu estava ótima.

– Seu *marshmallow* está pegando fogo.

Greer olha bem a tempo de ver seu *marshmallow* perfeitamente dourado explodir em chamas na ponta do palito. Ela dá um berro, tentando assoprar, mas quando o fogo diminui, a única coisa que sobrou foi uma casca preta.

Amanda dá um tapinha de consolo nas costas dela.

– E é por isso que não damos ouvidos a meninos com violão – diz ela.

As outras começam a jogar conversa fora ao nosso redor, rindo enquanto os restos do *marshmallow* de Greer pingam na fogueira com um sibilo suave. Fico na beirada do círculo. Não falo com Julia desde a hora do almoço. Presumi que ela tinha ido ajudar a montar a fogueira, mas não a vejo em nenhuma das toalhas. Encontro Ben a alguns metros de distância, atraída pelo brilho acobreado do cabelo dele, mas meu amigo está rodeado de um grupo de garotos do chalé, e não vejo sinal algum da irmã dele. Julia também não está vasculhando os palitos. Não está fazendo sanduíches de *marshmallow* ou participando das brincadeiras do outro lado da fogueira, nem sentada com o grupo de meninas aos pés de Patrick.

É só depois que olho por cima do ombro que a encontro sentada sozinha em um tronco de árvore na beirada da clareira. Ela está vestindo uma das minhas antigas camisetas do clube de teatro, a gola esgarçada escorregando por um dos ombros enquanto se inclina sobre o caderno de oração no colo. A fogueira a ilumina com um brilho alaranjado na lateral do rosto, destacando-a em camadas douradas, e a visão deixa meu coração miserável e tão derretido que chega a ser traiçoeiro.

– Eu já volto – digo para ninguém em especial.

Eu me afasto do fogo sem esperar uma resposta. Julia ergue o olhar quando me aproximo, e assim como da última vez, fecha o caderno de orações rápido demais ao me ver. Assim como da última vez, finjo não notar.

– Aqui. – Estico o palito na direção dela. – Para você.

Julia encara o pedaço queimado de *marshmallow* na ponta do palito.

– Obrigada – diz, seca. Então, olha por cima do ombro. – Você estava falando com Amanda? Tipo, de propósito?

Dou uma risada.

– Tipo isso.

O tronco em que Julia está não é feito para caber duas pessoas, mas ela se afasta da melhor forma que pode para abrir espaço. Coloco uma perna de cada lado, me sentando de frente para ela, e depois sigo o olhar dela pela clareira. As outras estão imersas em uma conversa, rindo de alguma piada que não conseguimos ouvir. Greer jogou a cabeça para trás, segurando-se no ombro de Amanda para continuar em pé, e meu peito se aperta com aquela visão. Quantas vezes eu as observei rindo assim com Hannah, de braços dados no sofá, ou no banco de trás do carro?

– Eu não sei o que estamos fazendo – digo, abaixando o olhar para o tronco em que estou sentada. – Nós nos esbarramos hoje à tarde quando voltei pra pegar o boné.

Julia arqueia as sobrancelhas.

– Sério?

– Aham. Ela... pediu desculpas.

– Pelo que disse da Hannah?

– Por tudo, acho.

– Ah. – Julia se inclina para trás, apoiando o peso com uma mão. – E você acredita nela?

– Quero acreditar. Acho que Hannah merece ouvir. – Eu dedilho a casca grossa do tronco entre nós, traçando linhas invisíveis enquanto tento desfazer o nó dentro de mim. – Mas é meio estranho. Por tanto tempo, eu não pude fazer nada sobre Pleasant Hills ou... como as coisas funcionam, mas podia culpar Amanda. Agora não sei o que fazer com isso.

Sentimentos demais, penso, enquanto as palavras pairam suspensas entre nós. *Real demais*. Mordo a parte interna da bochecha enquanto Julia enrijece ao meu lado. Isso é o mais próximo que já cheguei de falar do papel do pastor Young em tudo isso, e ainda assim, sinto que estou contornando a verdade. Como se o tópico fosse frágil, e bastasse uma palavra errada para estilhaçar tudo.

Anos atrás, aceitei que nunca entenderia por completo como o cérebro de Julia funciona. Ela sempre esteve diversos passos na minha frente, mas isso não quer dizer que ainda assim não consiga ler o rosto dela como um livro. Agora, por exemplo, observo a testa de Julia se franzir com algo entre frustração e tormento. Quando volta a falar, todas as palavras são deliberadas.

– Eu amo a noite da fogueira. Sempre amei. Parece que é a primeira vez na semana que todo mundo fica feliz.

Eu dou risada.

– Sim, porque ninguém está obrigando a gente a fazer umas atividades de sobrevivência esquisitas.

– Isso – diz Julia. – Tem isso, mas também é a primeira vez que eu sinto que esse retiro tem um propósito.

– E qual é?

Um sorriso irônico aparece no canto da boca dela.

– Ficarmos unidos. Encontrarmos uns aos outros. Eu sei que o acampamento não é perfeito, mas sempre amei ter um lugar para o qual poder voltar, e amo quando tenho essa sensação. É isso que deveria ser o objetivo disso tudo, sabe? Não acho que pessoas como Amanda tenham entendido isso ainda.

Finco as unhas em um pedaço de musgo.

– Isso não é uma desculpa.

– Eu sei. – A expressão de Julia fica distante. – Mas não acho que seja assim em todo lugar. Acho que devem existir lugares onde as pessoas genuinamente se importam umas com as outras. A família de Delaney vai a uma igreja em Franklin onde as pessoas dão risada durante o sermão. Sabia disso? É pra elas rirem. Fui com ela uma vez uns anos atrás, e o pastor lá falou durante vinte minutos sobre como Jesus seria socialista se estivesse vivo hoje. O que, tipo, objetivamente é verdade, mas a única coisa que eu conseguia pensar era o quanto ficaria encrencada se alguém descobrisse que eu estava lá, e às vezes me pergunto o que aconteceria se outra pessoa além do...

Julia para de falar, mas sinto a confissão pairando na ponta da língua dela. Demora-se ali, não dita de propósito, e resisto ao impulso de me inclinar para a frente e arrancar isso dela. Fazer Julia declarar, em voz alta, o que nós duas estamos pensando. Sei que Julia e Ben não concordam com a maioria das coisas que o pai deles concorda, mas não sabia o quanto precisava ouvir isso até agora. Eu aguardo, mas depois de um segundo de silêncio tenso, Julia abaixa a cabeça.

– Desculpa – murmura ela. – A questão é que eu não gosto da Amanda. Mas talvez nunca ninguém tenha dito a ela que as coisas poderiam ser diferentes.

É a mesma coisa que tenho dito a mim mesma a semana inteira – a ideia de que se eu puder fazer as pessoas ouvirem, se puder providenciar provas reais e tangíveis das mentiras do pastor Young, então tudo vai ficar bem. Precisa ficar bem. Já dediquei tempo demais para ficar hesitando com meu plano agora, mas enquanto observo Julia inclinar a cabeça para a fogueira, eu me pergunto se basear minha estratégia inteira na ideia de que nossa congregação é inerentemente boa pode sair pela culatra.

Talvez não seja tão simples assim. Talvez todo mundo seja mais conivente do que quero acreditar.

– Será que poderia mesmo ser diferente? – pergunto. – As coisas poderiam mesmo mudar? Eu fui embora há um ano, Julia. As coisas ainda não continuam iguais?

Quando Julia me olha outra vez, a expressão dela é dolorosamente gentil.

– Não – diz ela. – Não continuam. Você está aqui. Você voltou.

Balanço a cabeça.

– Eu não voltei.

– Você poderia voltar.

– É isso que você quer?

A pergunta escapa antes que eu possa me conter. *Ele ainda acha que nós podemos salvar você.* É isso que Ben me disse no ônibus. É isso que tenho medo de que Julia esteja pensando agora.

Ela pisca, os cílios roçando na bochecha enquanto vira a cabeça de lado.

— Como assim?

— É que... — Engulo em seco, um nó formando na garganta. — E se for só essa semana, e acabou? E se eu nunca voltar pra igreja e nada do que me disser me convença a voltar? Você ainda ia querer... isso?

Não consigo verbalizar a verdadeira pergunta: *você ainda iria me querer?* Porém, quando Julia estica a mão na minha direção na escuridão, pousando-a de propósito no meu joelho, eu me pergunto se ela ouviu mesmo assim.

— Sempre.

Minha próxima respiração fica presa na garganta. Em algum lugar atrás de nós duas, Patrick começa o refrão de uma música lenta e chorosa que quase reconheço. É mais lenta que "Wonderwall", mais íntima do que qualquer coisa que ele tocou essa noite, e por um segundo entre as batidas de um coração, parece que Julia e eu nos deslocamos do mundo real.

Porque não estamos sozinhas aqui. A fogueira ainda crepita a alguns metros de distância. Há muitos motivos para que eu mantenha distância, mas enquanto observo as chamas lançarem feixes dourados no rosto de Julia, não consigo me recordar de nenhum. Na verdade, cada pedacinho da minha atenção está concentrado na forma como a mão dela ainda está no meu joelho, como se não pudesse imaginar um mundo em que me soltaria. Então, Julia abaixa os olhos para a minha boca, e por um segundo doloroso, penso que quer me beijar.

Não. Afasto aquele pensamento. *Você está completamente iludida.*

Mas como deveria pensar em qualquer outra coisa quando ela me olha assim?

A mão dela aperta meu joelho, e preciso afundar meus dedos no tronco para não diminuir a distância. Quero tocar Julia. Quero colocar o cabelo dela para trás da orelha e memorizar a curva suave da sua cintura, e mais do que qualquer outra coisa, quero saber se o que disse antes é verdade.

Se acha mesmo que posso mudar as coisas.

A fogueira estala, lançando uma chuva de faíscas pela noite. Julia pisca com o som. Ela lança um olhar rápido por cima do ombro e enrijece. Eu a escuto prender o fôlego, e então, ela se coloca em pé.

– Está tarde – diz, sem nem olhar para mim enquanto recolhe as coisas. – Acho que eu deveria ir dormir.

Eu balanço no tronco, pega desprevenida pela ausência repentina.

– Eu... quê?

O rosto de Julia está indecifrável enquanto pega o livro de preces do chão.

– Está tarde – repete ela. – Desculpa. Te vejo no chalé.

E então, antes que eu possa dizer uma frase coerente, ela se vai.

Racionalmente, sei que mais ninguém está nos observando. Tem gente demais perto da clareira para saber quem entra e quem sai, mas parece que, de repente, todos os olhos estão fixos em mim. Como se o acampamento inteiro soubesse o quanto queria beijar Julia e como, por um segundo, pensei que ela também queria me beijar.

Fecho os olhos com força enquanto Patrick começa a tocar outra música. Não é como se eu não tivesse considerado a possibilidade de beijar Julia. Não é como se não tivesse analisado vezes demais a sensação da mão dela junto da minha ou a forma como ela se aconchegou em mim ontem à noite, me fazendo pensar: *nós poderíamos, será?* Até agora, a resposta sempre foi um *não*, firme e decisivo. Não, Julia não é *queer*. Não, ela teria me contado se fosse. Não, não estou disposta a arriscar nossa amizade com um sentimento que não é recíproco.

Porém, enquanto a observo desaparecendo na noite, a resposta muda no fundo da minha mente. Em vez de um *não*, parece muito mais um *e se...?*

Solto um grunhido e enterro o rosto nas mãos. É esse o motivo, acho, de hesitar tanto para sair do armário – porque não importa o quanto meus amigos e família me apoiaram até agora, ainda assim parece algo que vai mudar de modo fundamental a forma como as pessoas me enxergam. Existe um número razoável de alunos *queer* na Madison. Tem um clube LGBTQ+ também, mas isso não impediu que Kyle Anderson fosse descartado entre as opções de voto de rei da festa de boas-vindas quando o restante do time de beisebol descobriu que ele estava saindo com um garoto do templo dele. Não impediu o punhado de meninas no time de vôlei de ficar fazendo piadinhas sobre trocar de roupa na frente de Emma Perez, ou os professores de errarem de propósito o gênero de Angie Harrison pelo terceiro ano seguido.

Talvez Julia tenha escutado os sermões de "é por isso que Deus odeia os gays" do pai dela vezes demais para de fato considerar uma alternativa. Ou talvez o desejo estivesse estampado com clareza demais essa noite, vulnerável demais, e ela decidiu que eu não valia a pena.

Saio do tronco e pego a minha mochila, de súbito desesperada para estar em qualquer outro lugar que não seja aqui. Começo a caminhar na direção das outras quando sinto um calafrio na espinha. Arrisco olhar por cima do ombro, e ali, parado do outro lado da fogueira com as mãos casualmente escondidas no bolso, está o pastor Young. Ele está vestindo a camiseta de conselheiro e jeans largo outra vez, idêntico ao restante das pessoas ao redor dele. Na verdade, eu talvez não o tivesse notado se não estivesse me observando através das chamas da fogueira, os olhos semicerrados no lugar vazio que Julia estivera pouco antes.

Abaixo o olhar, o coração palpitando contra as costelas. *Há quanto tempo ele estava ali, observando nós duas?* Isso não deveria importar. Não havia nada para ver, mas a culpa ainda se finca sob a minha pele. Odeio como essa sensação é familiar. Odeio a parte de mim que ainda quer pedir desculpas, quer se jogar aos pés dele e implorar o perdão, embora eu não tenha feito nada de errado.

Isso é algo que ensinam bem cedo a todos na Pleasant Hills. É algo, descobri, que é ainda mais difícil de superar.

Delaney ergue o olhar quando me aproximo, e então me puxa de volta para o círculo como se eu nunca tivesse saído. Torres me oferece um sanduíche de *marshmallow* perfeitamente torrado, Greer faz uma careta cada vez que uma menina nova se coloca aos pés de Patrick, e eu fico sorrindo em meio a tudo isso, tentando com muito afinco não notar que o pastor Young ainda me observa do outro lado da fogueira.

XV

Tesão é Tentação

*D*urmo mal naquela noite, perambulando meio adormecida de sonho em sonho, com o pastor Young me observando, sem piscar, do canto de todas as salas. Quando o encontro no refeitório na manhã seguinte, preciso de trinta segundos para perceber que não é uma nova parte do pesadelo. Infelizmente, é só a vida real.

— Bom dia, Riley — diz ele, dando um passo para trás para que eu possa deixar minha bandeja vazia no balcão atrás dele. — Parabéns pela vitória ontem.

Demoro mais um minuto antes de me lembrar do jogo de pique-bandeira. Sinto que vivi umas mil vidas desde então, e cada uma me esgotou mais que a última.

— Obrigada — respondo. — Foi um esforço conjunto do time.

— Não foi o que eu ouvi. — O pastor Young gesticula para a porta com a cabeça, indicando que eu o acompanhe. — Tem um minuto? Sinto como se não tivesse te visto a semana inteira.

É, penso. *Existe um bom motivo pra isso.*

— Não tenho muito tempo — respondo, em voz alta. — Vamos nos encontrar na capela hoje e Gabe vai me matar se eu me atrasar para a lição sobre... — Abro o livro de tarefas, folheando as páginas rapidamente até encontrar onde paramos: — ... a luxúria e a forma como ela nos consome.

Fecho o livro. Pensando bem, talvez eu deva enrolar mais mesmo.

O pastor Young para assim que sai das portas do refeitório, mas eu vacilo no batente. Desde que me lembro, em todos os domingos ele ficou na frente da capela de Pleasant Hills e cumprimentou todos os membros da congregação por nome. Ele sempre se lembrava dos detalhes também, como quando o bebê dos McHugh deveria nascer, ou onde cada veterano ia cursar a faculdade. Ele faz a mesma coisa aqui, oferecendo um aceno e sorriso para cada campista que passa. Depois de um ano longe, tinha esquecido como era intoxicante observar isso, como a atenção dele faz com que todo mundo se sinta escolhido, favorecido e especial.

— Então — diz ele, direcionando aquele afeto com força máxima na minha direção. — Como você está?

Dou de ombros.

— Não tenho do que reclamar.

— Tenho certeza de que tem, sim.

Mordo a parte interna da bochecha para impedir que meus lábios formem um sorriso traidor.

— Tá, beleza. Eu não *amei* o dia que a gente ficou de jejum.

O pastor Young ri.

— É justo. Mas era o objetivo, certo? Para refletir sobre seus desejos terrenos?

— Claro.

Ele se vira para cumprimentar um novo grupo de campistas, e eu apoio o ombro no batente, tentando lembrar que essa postura de homem bondoso, preocupado e temente a Deus é uma mentira. Ele quer alguma coisa, e no segundo que eu recusar, vai voltar a me olhar da forma como fez naquele primeiro dia que me encontrou no caminho. Como se eu fosse algo que precisa ser consertado.

— Bem, fico feliz em ouvir que esteja se divertindo — diz ele. — Estive rezando por você essa semana, sabe. Já pensou sobre voltar pra nossa congregação aos domingos?

Aí está. Dou de ombros mais uma vez, sem me comprometer.

– Talvez.

É mentira, óbvio, mas a expressão do pastor Young imediatamente se ilumina.

– É ótimo ouvir isso. De verdade, não consigo expressar quantas pessoas sentem sua falta por lá. – Então, antes que eu possa pensar em alguma resposta apropriadamente neutra, ele abaixa a voz e acrescenta: – Os pecados de sua família não precisam ser um fardo seu.

Normalmente, minha raiva é inflamada, a fúria que fervilha no meu âmago. Agora, no entanto, tudo que sinto é frio. Percorre minha coluna como gelo, congelando meu sorriso no rosto.

– Acho que temos uma definição diferente de pecado, pastor Young – rebato.

– Vamos torcer pra que não seja o caso. – Ele coloca a mão no meu ombro de uma forma que acho que é para ser reconfortante. – Sua irmã fez a escolha dela. Não é um fardo seu, e odiaria que as más decisões dela impactassem o seu relacionamento com o Senhor.

Eu deliberadamente me afasto dele.

– E se eu não quiser um relacionamento com o Senhor?

Aquilo chama a atenção dele. O pastor Young dá um passo para trás, a testa franzida, e quando me olha mais uma vez, vejo o instante exato em que a fachada perfeita de dentes brancos se parte.

– Se for esse o caso – diz ele, com voz séria –, então estaríamos tendo uma conversa muito diferente. Odiaria pensar que fracassei com você de alguma forma, e que não ouvi seus pedidos de ajuda. Não quero isso, Riley, e não quero ter que contar ao seu diretor que essa semana não serviu para o que nós esperávamos.

Ergo a cabeça.

– Quê?

– É por isso que está você aqui, não é? Como punição pelo jeito que agiu? Para seguir em frente com a graça da salvação? Quero isso pra você, acredite em mim. Estava pronto para fazer um relatório

202

brilhante sobre seu comportamento quando voltássemos pra casa, mas agora...

– Agora o *quê?* – pergunto. As palavras saem amargas e ásperas, mas não estou nem aí. Se ele cansou de fingir, eu também cansei. – Eu fiz tudo que você me pediu.

– Cuidado. – O pastor Young ergue uma mão reconciliadora. – Não há motivo para ficar brava. Não estou chateado com você, Riley. Só estou sendo sincero. Tudo o que sempre quis foi colocá-la no caminho certo e ajudar a sua família a sair das trevas.

A pior parte de tudo é que acho que ele está sendo sincero. Ele realmente acredita que está fazendo isso pelo meu próprio bem, para me ajudar, e isso faz parecer pior do que se estivesse agindo apenas por más intenções.

– Sem ofensas – digo, a ofensa implícita a cada sílaba –, mas minha família está bem. Eu vim pro acampamento porque o sr. Rider me deu uma escolha, e não porque eu queria um lugar na sua congregação. Vou escrever a redação que ele pediu como tarefa. *Esse* foi o acordo. Você não pode mudar as regras só porque não gosta de mim.

É só depois que as palavras saem da minha boca que penso que talvez tenha ido longe demais. O pastor Young está acostumado a me ver fingindo, com meus sorrisos forçados e acenos de cabeça cordiais. É assim que nos comunicamos o ano todo. É como eu planejava sobreviver a essa semana também, mas quando ele suspira e balança a cabeça, a decepção não poderia estar mais evidente.

– Não – diz ele. – Não posso. A essa altura, parece que tudo o que posso fazer é orar por você e esperar que um dia entenda que tudo que faço é pro seu bem. Tudo isso. Eu me importo com você, Riley. Ainda acho que pode ser salva.

Dou uma bufada, dispensando o comentário, e puxo a alça da mochila por cima do ombro.

– E eu ainda acho que você não me engana.

Ele não tenta me impedir quando saio. Em vez disso, permanece ao lado da porta, de cabeça baixa como se já tivesse começado a orar pela minha alma.

As nuvens se acumulam nos céus enquanto ando na direção da capela. A camada está espessa, uma tempestade se assomando no horizonte, e acho que é assim que me sinto também. Sombria, tempestuosa e pronta para explodir. É só quando chego na porta que as primeiras gotas de arrependimento começam a pingar sobre minha pele. *O que foi que eu fiz?*

Eu já estava na corda bamba. Passei a semana inteira olhando por cima do ombro, escondendo minhas compras do brechó e fugindo da patrulha noturna de conselheiros para que o pastor Young não tivesse uma desculpa para me denunciar. *Só que agora ele não precisa mais de uma desculpa*, penso amargamente. Acabei de confirmar todas as suspeitas que ele tem e lhe entreguei uma razão perfeita e infalível para que mantenha os filhos bem longe de mim.

Engulo um xingamento estrangulado e entro na capela. Quando ergo o olhar e encontro uma apresentação de slides com o título de CASTIDADE: SALVE SUA ALMA AO SALVAR SUA "PRECIOSIDADE" aberta no projetor do palco, por um segundo considero me jogar das arquibancadas.

Eu me sento no primeiro espaço vazio que encontro enquanto Cindy aparece no palco.

– Bom dia, meninas! – ela fala no microfone. – Como estão se sentindo hoje?

Ela não consegue se vender da mesma forma que o pastor Young. O entusiasmo da voz não alcança os olhos. Olho por cima do ombro e percebo, com um sobressalto, que a capela só está meio cheia. Não há sinal de Gabe ou Ben, ou dos outros meninos do meu grupo, e depois de avaliar rapidamente as arquibancadas, percebo que é porque nenhum dos meninos está aqui. Não, hoje só somos nós, Cindy, e a apresentação de slides informativa sobre sexo que ela preparou.

Cindy passa para o slide seguinte, intitulado TESÃO É TENTAÇÃO.

204

E me pergunto se é fisicamente possível me afundar na terra até chegar no núcleo do planeta.

– Como podem ver, somos só nós hoje. As garotas – diz, abrindo um sorriso cúmplice. – E apesar de falarmos sobre uma coisa que parece meio constrangedora, quero que saibam que esse é um espaço seguro. Tudo bem?

Algumas cabeças assentem sem entusiasmo enquanto me afundo mais no banco e pesco o caderno de orações da minha mochila. Cindy ainda está apresentando os slides, mas já parei de ouvir. Sei qual vai ser o esquema. Ela vai dar um sermão sobre abstinência e "só falar não" como se sempre tivéssemos uma escolha. Vai falar sobre como Jesus vai nos manter seguras sem dar nenhum conselho útil ou mencionar que camisinhas têm data de validade, então, talvez, não se deva usar aquela que seu namorado andou carregando na carteira por seis meses porque pode ser que estoure, você engravide, e se decidir que não quer ter um filho, diversos adultos ainda vão tentar colocá-la na fogueira por essa escolha.

É demais. Foi isso que Amanda disse ontem, com a cabeça nas mãos, a tinta azul escorrendo nas bochechas. É coisa demais o tempo todo. A última coisa que eu quero é que ela esteja certa, mas é essa a sensação que tenho agora, observando Cindy falar. Como se fosse *demais*. Como se as coisas que tivesse deixado de lado durante o ano enfim estivessem voltando para me pegar.

Os olhares acusatórios e sussurros das pessoas que, para começo de conversa, sequer sabiam o motivo de eu ter saído de Pleasant Hills. Estar de volta depois desse tempo todo. Escutar Cindy repassar uma lista de argumentos a favor da abstinência e fingir que não noto toda vez que ela olha para mim, tentando disfarçar. Observar Julia indo embora ontem à noite, me perguntando se eu de alguma forma quebrei a última coisa que nos conectava.

Como é que alguém consegue suportar tudo isso? Por que é que eu estava tão convencida de que conseguiria escapar desse lugar ilesa?

Meus dedos se fecham por instinto no canto do meu livro de preces. Começo a guardá-lo, e então congelo, a compreensão percorrendo minha coluna como eletricidade. *É por causa disso.* Meu plano original pode ser construído sobre a ideia impossível de que as pessoas talvez me escutem, mas ainda assim é algo que posso controlar. Uma forma de ficar com Julia, de estilhaçar a fachada brilhante e impenetrável desse lugar em mil pedacinhos, e provar que eu estava *certa*.

Só preciso continuar.

Abro o livro, lendo as diversas páginas até que as palavras perdurem por trás das pálpebras fechadas. Tem mais coisas ali do que pensei, uma coleção de anotações em garranchos e observações da semana. Sentar embaixo da mesa de piquenique com Greer e Delaney. Quebrar vidro decorativo no chão da floresta. Observar Julia experimentar vestidos *vintage* nos fundos de um brechó rural, querendo mais, querendo *Julia*. Coisas pequenas. Coisas ilusoriamente simples. Coisas que o pastor Young nos disse, em tom firme, que eram o pior dos piores pecados.

— Está acompanhando, Riley?

Ergo o olhar e encontro Cindy parada no final da minha fileira. A apresentação de slides ainda está atrás dela, agora parada em um slide que diz: luxúria: nada maneiro. Com pressa, fecho o caderno de orações e o deixo de lado.

— Desculpe.

— Melhor assim. — Ela me entrega um bloco de *post-its* e uma caixa de lápis. — Pegue um de cada e passe adiante.

Engulo a inquietação e pego um lápis e um *post-it*. Quando passo adiante, encontro Julia algumas fileiras acima da arquibancada. Ela tomou café da manhã mais cedo, então não a vejo desde a fogueira de ontem, mas no instante em que nossos olhares se encontram por cima da multidão, sinto um embrulho no fundo do meu estômago. Ela desdobra o *post-it* para revelar uma carinha gigante, triste e franzindo a testa desenhada bem no meio, e dou uma risada.

– Tudo bem – diz Cindy, quando volta para o microfone. – É hora de fazer uma atividade. Todo mundo precisa escrever o próprio nome no *post-it*.

Ela lança um olhar firme pela sala, esperando todas completarem a tarefa. Suprimo um suspiro e escrevo meu nome em uma letra minúscula e ilegível que quase não dá para ler, só para o caso de isso ser um truque.

– Bom – prossegue. – Quando acabarem, quero que amassem esse *post-it* no punho.

Amasso o papel sem vontade, e quando ergo o olhar, Cindy abre um sorriso triunfante, como se todas nós tivéssemos caído na armadilha.

– Agora tentem alisar o papel. Deixem exatamente como estava antes. – Um farfalhar percorre a capela enquanto todo mundo passa a mão sobre os *post-its* antes de desistirem. Cindy abre um sorriso sábio. – Não funcionou, certo? Dá pra ver que uma parte do papel sempre vai estar amassada? É isso que a luxúria faz, meninas. Ela mancha. Ela muda você, a deixa usada. Significa que não vão conseguir dar ao seu futuro marido a melhor versão de si, pois não é algo que conseguem recuperar.

As arquibancadas soltam um grunhido baixo enquanto as pessoas mudam de posição desconfortavelmente no banco, mas pela primeira vez, eu não me mexo. Quando abro o punho, o *post-it* rosa está no meio da minha palma. É muito audacioso da parte de Cindy presumir que existe uma versão melhor de mim para dar a alguém.

Eu viro a mão e deixo o papel amassado cair no chão.

Ainda está nublado quando paramos para o almoço, a umidade pairando espessa entre as árvores. Cindy chamou Julia para conversar antes de sairmos, então paro ali perto enquanto o restante das garotas passa por mim, esperando por ela. Quero vê-la. Quero que me olhe nos olhos, que me diga que a noite de ontem foi só um erro bobo e inconsequente, e mais do que qualquer coisa, quero acreditar quando ela me disser isso.

Me encosto na parede da capela, jogando o *post-it* amassado de uma mão para a outra. Eu o peguei antes de sair da capela como um lembrete físico do que estou tentando enfrentar, mas, quanto mais tempo fico ali, esperando Julia sair, mais isso se parece com um presságio. Estou prestes a desistir e jogar o *post-it* no lixo quando vejo Ben vindo na minha direção. O rosto dele se alegra quando me vê.

— Parabéns por sobreviver ao dia da luxúria — diz, depois de se afastar do grupo de amigos. — Como está se sentindo?

Reviro os olhos e jogo o *post-it* amassado na direção dele.

— Aqui. Fique com minha virgindade.

— Não, muito obrigado!

Ben dá um tapa no papel com uma precisão surpreendente no ar, e apesar de tudo que aconteceu, me sinto mais leve. Eu me viro para ele, um ombro ainda encostado na parede.

— Qual foi a sua lição? Imagino que não escreveu seu nome num *post-it* para aprender sobre pureza?

— Ah. — Ben parece culpado na mesma hora. — Não, isso foi definitivamente o que nós fizemos.

Arqueio a sobrancelha e ele não demora meio segundo para ceder.

— Tá, beleza. Foi tipo, vinte minutos de Gabe falando sobre a vez que o biquíni da namorada dele quase o fez cometer um deslize, e aí nos deixaram sair pra caminhar pela floresta e escrever sobre nossos impulsos.

— Que tipo de impulso?

— Os sexuais, imagino.

— Que nojo. — Eu franzo o nariz. — Tudo que nós recebemos foi uma apresentação de slides sobre como Jesus odeia o orgasmo feminino.

Ben se endireita.

208

– Sério?

– Não, mas ficou bem implícito.

Ele ri, e quando relaxa ao lado da parede, vejo uma coisa sólida e retangular enfiada no bolso. Estreito os olhos de imediato.

– Isso aí é seu celular?

– Quê? – Ben enrijece. – Não.

Definitivamente é o celular. Tento agarrar o bolso dele, mas Ben chega primeiro. Ele é mais alto do que eu, então quando ergue a mão no ar, o celular está fora de alcance. Tento pular para alcançá-lo mesmo assim, segurando o pulso dele e acidentalmente batendo nos óculos e forçando-os contra a cara de Ben no processo.

– Ai! – grita ele. – Tá, tá! É meu celular. Cindy me devolveu hoje de manhã.

Dou um empurrão nele.

– Sério isso? Eu precisei ficar lá ouvindo a apresentação de sexo mas ela deixou você pegar o celular de volta? Por quê?

– Queria conferir a previsão do tempo.

– Você... quê?

– O *tempo* – repete Ben. – Tem uma tempestade a caminho. Escutei meu pai e os conselheiros falando sobre a gente ter que voltar mais cedo se ela não desviar do trajeto.

Ergo o olhar para o céu. Claro que vai chover. Até eu poderia ter dito isso a ele, mas de jeito nenhum Ben ficou jogando charme em Cindy para quebrar as regras do acampamento só para olhar a previsão do tempo.

– Então o que diz a previsão?

Ben engole em seco.

– Quê?

– O que disse a previsão? – Aceno com a mão na direção do celular. – Se você passou a manhã olhando o tempo, deve ter uma boa ideia do que vem por aí.

– Eu... – O rosto de Ben fica da mesma cor do cabelo dele. – Olha, é por isso que é tão importante se informar, Riley. Se tivesse se dado ao trabalho de ver a previsão antes...

— Mentiroso. — A desconfiança me domina. — Com quem você está conversando?

— Ninguém!

A resposta é rápida demais. Coloco as mãos na cintura.

— Ben.

Em defesa de Ben, ele de fato tenta se segurar. Dá para ver. O olhar dele vai de um lado para outro, como se procurasse uma rota de fuga, e depois de alguns segundos, percebo que começou a suar de verdade.

— Tá, desisto — ofega ele. — Estou mandando mensagens pra Hannah.

Jogo as mãos para o alto.

— Eu sei, Ben! Eu sei! *Todo mundo* sabe. Você literalmente não conseguia deixar menos na cara! — Então hesito quando compreendo o que ficou subentendido. — E ela está... respondendo às mensagens?

Ele assente, o olhar fixo no chão, determinado.

— Estamos conversando a manhã inteira.

Não sei por que isso me surpreende. Hannah e Ben são amigos. Nós todos somos amigos, mas não é como se os dois tivessem um relacionamento do tipo "trocar mensagens a manhã toda enquanto um deles está no acampamento da igreja". Eu aguardo para sentir aquele arroubo familiar de proteção com minha irmã, para algo sombrio e ciumento se esgueirar no meu peito, mas nada aparece. Acho que essa é a sensação de algo que estava destinado a acontecer, mais cedo ou mais tarde.

— Que bom — digo. — Fico feliz.

Ben abaixa a cabeça, as bochechas ainda em um tom rosado preocupante.

— Eu gosto dela — diz, como se confessasse um segredo, e não a coisa mais óbvia do mundo.

Coloco uma mão no ombro dele para tranquilizá-lo.

– Eu sei. – Então aperto mais, chego com a boca perto do ouvido dele e sussurro: – Mas se sequer *pensar* em magoar minha irmã, juro por Deus, Jesus e os espíritos santos...

– Só tem um Espírito Santo – interrompe Ben, a voz fraca.

– ... juro pelo único Espírito Santo que vou atrás de você e enterro seu cadáver no cemitério de Pleasant Hills. Não vai nem receber um túmulo. Ninguém nunca mais vai te ver.

Ben fica notavelmente imóvel sob meus dedos.

– Eu sei – responde. – Na verdade, eu penso nisso o tempo todo.

– Que bom. – Dou outro tapinha reconfortante no ombro dele antes de empurrá-lo para longe.

Ben ainda parece cauteloso enquanto espana os amassos da camiseta, mas quando ele ergue o olhar outra vez, algo na expressão dele se aquieta.

– Você vai almoçar? – pergunta. – Preciso passar no chalé primeiro, mas eu te acompanho.

Nego com a cabeça.

– Estou esperando a Julia. Mas pode deixar isso no meu chalé no caminho? – Deslizo a alça da mochila no ombro. – Odeio ficar carregando por aí.

Ben a aceita com um grunhido que não disfarça.

– Não tenho ideia do motivo de fazerem esses livros serem tão pesados.

– Acho que é o peso dos nossos pecados.

– Hum. – Ele joga a mochila por cima do ombro. – Isso explica muita coisa.

Ele sai na direção dos chalés, lançando um último olhar nervoso para mim por cima do ombro. Reprimo um sorriso. Não preciso questionar o que Hannah vê nele. Sempre foram dois lados da mesma moeda, um par que faz sentido. É a mesma forma como me sinto sobre Julia.

Ao pensar nisso, dou uma espiada na direção da capela, mas a porta permanece fechada. Uma inquietação toma conta do meu peito. Talvez Julia já tenha ido embora. Talvez tenha passado por mim na multidão ou se esgueirado para evitar me ver por completo. Chuto a parede e digo a mim mesma que está tudo bem. Vou esperar mais um minuto. Os segundos fazem contagem regressiva na minha cabeça e quando ela não aparece, dou mais dois minutos, só para ter certeza.

Quando chego ao zero pela terceira vez, solto um grunhido e volto na direção da capela, ignorando a forma como Jesus Crucificado n.º 4 chacoalha quando a porta bate.

XVI

E se a gente se beijasse na capela do acampamento da igreja? Haha, zoeira. Se bem que...?

Encontro Julia sentada no canto do palco, as costas apoiadas no púlpito dourado. Está escuro sem os holofotes, mas eu reconheceria a silhueta sombreada do perfil dela em qualquer lugar. Ela está sentada em cima de uma perna dobrada, a outra balançando para fora do palco enquanto vira outra página do caderno de orações. É só depois que pigarreio que ela me nota parada entre as arquibancadas.

– Ah! – Ela fecha o caderno e o deixa de lado. – Desculpe, não percebi que você estava esperando.

– Tranquilo – respondo. – Não sabia que você estava ocupada.

– Não estou, na verdade. Só precisava de um minuto pra pensar. Lições como essa são sempre... frustrantes.

Concordo com a cabeça, um pouco da tensão deixando meus ombros enquanto me aproximo. É como na noite de ontem, como se não tivesse percebido o quanto precisava ouvi-la dizer aquilo até ela falar.

– É assim todos os anos? – pergunto, abaixando-me para me sentar no palco ao lado dela. – Sei que a gente costumava escutar uma versão parecida na escola dominical, mas não me lembro de ser tão... cruel.

Julia passa um dedo pela lombada do caderno de orações, traçando o contorno do adesivo de borboleta que grudou na contracapa.

– Às vezes. Você se acostuma depois de um tempo. Teve um ano que todas nós recebemos flores e Cindy nos fez arrancar as pétalas uma por uma.

— Por quê?

— Para mostrar como seríamos indesejáveis para os nossos futuros maridos se estivéssemos nos entregando antes do casamento, ou algo do tipo.

Ela acena a mão, claramente tentando fazer piada, mas não acho aquela imagem engraçada. Tento imaginar Julia sentada ouvindo essas palestras, ano após ano, revirando os olhos com os péssimos trocadilhos dos slides, mas nunca dizendo a própria opinião em voz alta. Esfrego a mão na testa.

— Como você consegue? Como aguenta ficar aqui enquanto fazem esse tipo de coisa?

Não queria que isso fosse, tipo, um *momento*, mas a pergunta escapa da minha boca antes que eu perceba o que estou perguntando. Atrás de nós, a tela do projetor fica preta, as sombras se esparramando mais pelo palco. Julia vira o queixo na direção do teto abobadado. Ela fica em silêncio por tanto tempo que não tenho certeza de que vai me responder até balançar a cabeça.

— Eu não acho que ele está sempre certo, sabe.

Minhas mãos ficam imóveis no meu colo. Eu aguardo, de repente com medo de respirar enquanto ela continua.

— Acho que quando se pensa no assunto, essa... essa *coisa* toda no fim é sobre ser gentil e ter fé em algo maior do que si mesmo. Só isso. Enfim, é no que quero acreditar, de qualquer forma. Então quando nos dão lições desse tipo, ou quando meu pai começa a passar sermão demais, preciso lembrar a mim mesma que isso não é importante, e esse não é o motivo de estarmos aqui.

A voz dela é firme, como se estivesse formulando esse pensamento em específico há anos, e enfim encontrou as palavras certas. Como se estivéssemos tendo uma conversa normal, e não desmantelando a estrutura que sustentou nossas vidas.

– Fico feliz que você consiga fazer isso – digo. – Sério mesmo, mas e as outras pessoas? E as meninas que acabaram de ver essa apresentação pela primeira vez? Como é que é pra elas saberem que não é importante, quando todo mundo está falando o contrário?

As mãos de Julia apertam a beirada do palco.

– Eu não sei. Eu tento guiá-las quando posso.

– E quando não pode?

– Então preciso torcer pra que encontrem o próprio caminho.

– Essas não podem ser as únicas opções – digo. – E se você dissesse alguma coisa? E se você e Ben de fato falassem com o seu pai? São as únicas pessoas que ele talvez escute.

– Ele não me escuta. – Tem um quê afiado na voz de Julia agora, algo que soa como pânico. – Você pode voltar pra casa esse final de semana, Riley. Não precisa pensar nesse lugar outra vez, mas essa é a minha vida.

– É a minha também! – protesto. – É a de todo mundo!

Eu estive fora desse mundo por um ano, e ainda assim, Pleasant Hills fincou as garras em mim. Não acho que algum dia vou conseguir arrancá-las por completo. Vou sentir os efeitos dessa semana por muito tempo, mesmo depois de ter voltado para casa, e posso apostar que o mesmo vai acontecer com os outros. Talvez o medo da fúria do pastor Young vá perdurar no fundo de suas mentes, fazendo com que questionem todas as escolhas que fizerem. Talvez vá apodrecê-los por dentro, e fazer com que se voltem contra qualquer um que pareça pensar um pouco diferente.

Eu me inclino para a frente, forçando Julia e encontrar meu olhar.

– O que foi? – pergunto. – O que te impede?

Um sorriso triste aparece no rosto dela, meio relutante, meio resignado. Quando fala, a voz parece distante:

– Quando você era criança, seus pais disseram que te amariam não importa o que acontecesse? Que você poderia brigar com eles e errar, mas, no fim das contas, sempre seriam uma família?

Deixo escapar uma risada baixa e inesperada. É claro que meus pais disseram isso. São sentimentais, presentes e sempre *envolvidos* com nossas vidas, e quando falam isso, estão sendo sinceros. Eles me abraçaram quando saí do armário, como se fosse a coisa mais natural do mundo. Levaram Hannah até o outro lado do estado para ter acesso a um cuidado médico melhor sem questionar, e sei, sem dúvida nenhuma, que se dissesse que precisava deles nesse instante, eles entrariam no carro e dirigiriam até o Kentucky.

– Sim – digo, a voz rouca na garganta. – Me disseram isso, sim.

Julia dá um pequeno sorriso triste.

– Os meus também. Só que eu sei que isso não é verdade. *Existem* coisas que não posso fazer, coisas que com certeza faria com que parassem de me amar.

É nesse instante que sinto a conversa mudar, uma faísca elétrica sob os pés. O palco da capela é grande o bastante para nós duas nos sentarmos de forma confortável, mas aqui estamos nós, o joelho de Julia pressionado na minha coxa, minha mão a um centímetro de encostar na dela. Atraídas uma para perto da outra pela mesma gravidade incógnita que nos juntou ontem à noite.

– Tipo o quê? – pergunto.

Julia dá de ombros.

– Tipo roubar o vinho da comunhão.

– Você nunca faria isso. Você acha que vinho é nojento.

– Tá, verdade. Mas também não posso ignorar a hora de voltar pra casa ou sair escondida para ir em festas.

– Nada a ver. Eles te perdoariam por isso. O que mais?

Eu não quero que soe como um desafio, mas aí está. Os dedos de Julia deslizam sobre os meus, apenas um roçar leve como uma pena, e cada célula no meu corpo se retesa.

– Não posso me esquecer de nenhuma tarefa – diz ela. – Não posso bombar em nenhuma matéria.

Tem outra confissão ali, acho, algo delicado. Eu me aproximo, ignorando o rubor que sobe pelo meu peito.

– Só isso?

– Eu não... – Julia fica imóvel ao meu lado, o rosto indistinguível dos bustos entalhados que nos encaram. Uma estátua de mármore. Ela pigarreia e tenta outra vez. – Não posso faltar à igreja. Não posso responder nada pros adultos, não posso vestir algumas roupas, não posso...

Ela se interrompe, mordendo o lábio inferior como se estivesse impedindo palavras de escaparem. Inclino a cabeça.

– Não pode o quê?

Agora, Julia está me tocando de propósito, tem que estar. Sei qual é a sensação das mãos dela. Eu as segurei centenas de vezes, então quando uma delas desliza pela minha coxa agora, quando sinto o calor da pele atravessar meu short jeans, não sei o que pensar. Na verdade, ainda estou olhando para baixo, distraída pelas unhas pintadas de rosa na minha pele nua quando Julia se aproxima, passa a outra mão pela minha nuca, e então me beija.

É um beijo rápido e atrapalhado, como se ela tivesse medo de que eu fosse sumir ao me tocar. E embora uma parte de mim tivesse questionado, embora tivesse torcido para que fôssemos nessa direção, fico tão surpresa que me esqueço de beijar Julia de volta até ela se afastar.

– Ah – digo, com meu cérebro gloriosa e completamente vazio. – Entendi.

Então, agarro a parte da frente da camiseta dela e a puxo de volta.

Esse beijo é mais suave e hesitante. Deslizo a mão pela curva da cintura de Julia, o batimento acelerando quando ela se inclina no toque. Eu me pergunto há quanto tempo nós duas queremos fazer isso, há quanto tempo Julia diz a si mesma que não deveria. O dedão dela roça na lateral do meu pescoço, e tenho um breve pensamento terrível de que ela consegue sentir sob a minha pele o quanto meu coração pulsa vergonhosamente rápido antes de me puxar para mais perto.

É um pouco irônico, acho, fazer isso dentro de uma capela. Tem uma dúzia de diferentes representações de Jesus nos encarando. Tem um púlpito atrás de Julia, com uma Bíblia aberta em cima. Tem uma dúzia de pessoas que me disse, em detalhes explícitos, como esse tipo de desejo é errado, e não me importo. Eu apoio uma mão na madeira entalhada enquanto a boca de Julia se abre sob a minha. Os dedos dela sobem pelas costas da minha camiseta, traçando minha coluna, e penso, por um instante, que se isso for luxúria, se esse é um pecado mortal e imperdoável, então fico mais do que feliz de queimar por ele.

Julia se afasta, a respiração trêmula nos meus ouvidos. Quero mantê-la desse jeito. Quero memorizar o olhar afoito dela, a sensação dos cabelos emaranhados nos meus dedos, mas quando ela se endireita, algo frio se instala no espaço entre nós duas.

– Ah – sussurra ela, e então, mais baixinho: – Essa não.

Ela fica em pé de repente, e eu estico a mão bem a tempo de não cair junto com ela.

– O que aconteceu?

– Nada! – Julia pressiona a mão trêmula na boca. – Não foi nada. Eu só não posso. Desculpa. Isso foi um erro.

Eu recuo, surpresa com a dor que aquelas palavras causam. *Erro.* Espero ela parar, perceber como aquilo soa e corrigir a si mesma, mas Julia fica andando de um lado para o outro, cada passo saindo mais agitado.

– Isso não pode acontecer – sussurra ela. – Se alguém soubesse... se meu pai...

Ela para de falar, e meu peito se aperta como se fosse um punho. Porque me lembro da sensação de ouvir ano passado o pastor Young dizer para a congregação inteira que era impossível para os gays entrarem no Reino dos Céus. Deus não permitiria. Não fazia diferença quantos anos passei memorizando orações ou cantando na banda da igreja. Não importava que tivesse feito tudo certo. Isso era algo que eu não podia controlar, algo que mudaria para sempre o que certas pessoas pensariam sobre mim.

– Está tudo bem – digo, saindo do palco para me juntar a ela. – Eu entendo. Ele não precisa saber. Não vou contar pra ninguém, se é com isso que está preocupada.

Julia me ignora, os dedos se retorcendo no cabelo enquanto ela vira outra vez.

– Não importa. Ainda assim aconteceu.

– E você acha que é uma coisa ruim?

– Acho! Eu não sou você, Riley! Não posso sair por aí beijando quem eu quero.

Prendo o fôlego com força, surpresa. Julia arregala os olhos. Ela cambaleia, parando, as mãos voando até a boca.

– Desculpa – pede. – Não era bem isso que eu queria falar.

Só que eu acho que sei o que ela queria falar. Que isso é errado, mesmo que ninguém nos veja. Que ainda é pecado, porque o pai dela disse que é. Aquela revelação fica entorpecida na caverna oca do meu peito, como se estivesse observando isso acontecer com outra pessoa. Engulo o nó doloroso na garganta.

– Não acho que ele esteja sempre certo, sabe.

Julia pisca.

– Quê?

– Foi o que você disse. – Aceno para o palco. – "Não acho que ele esteja sempre certo, sabe". Também se aplica a isso?

– Isso não... – A boca de Julia se torna uma linha pálida e fina. – Isso é diferente.

– Não é, não. – Dou um passo em frente, tentando segurá-la mesmo depois disso. – Você se lembra do que ele disse naquele primeiro dia? Que os sete pecados capitais são uma passagem só de ida pro inferno? Disse como se fossem absolutos, como se não tivesse espaço pra nuance, mas está errado. Ele está errado sobre tantas coisas, Julia. Ontem Amanda e eu quebramos um punhado daqueles enfeites pendurados na nossa base na floresta. Claro que foi por causa da ira, mas a sensação foi *boa*. E na noite anterior, quando a gente saiu escondida pra ir à cozinha? Foi gula, mas a outra opção era passar fome até o amanhecer. Não foi uma coisa ruim!

É bom falar sobre o assunto depois de uma semana de silêncio. Minhas palavras tropeçam umas nas outras como se tivessem medo de ficarem para trás, e quando pego a mão de Julia, ela permite.

– Tenho que escrever aquela redação, lembra? O sr. Rider quer saber o que aprendi aqui, e é isso. Que nem tudo é preto e branco. Eu estive cometendo os sete pecados capitais: preguiça, ganância, gula, ira e luxúria. – Conto cinco no dedo. – Não são necessariamente ruins, e as coisas são mais complicadas do que ele quer que a gente acredite.

Julia olha para o meu rosto.

– Você está fazendo o quê?

– Está tudo bem – digo. – São só ameaças vazias, Julia. Uma coisa que seu pai usa pra controlar as pessoas ao redor dele, e posso provar isso.

– Ah. – O rosto de Julia está indecifrável, mas as mãos ficaram geladas. Lentamente, ela se desvencilha de mim. – Então foi por isso que você me beijou? Pra garantir outro pecado pra sua lista?

É como se eu tivesse levado um tapa na cara.

– Quê? Eu não...

– Não, pode continuar. – Julia acena para a capela vazia. – Faça seu sermão, Riley. Me conte o que aprendeu essa semana. E você me usou pra isso?

Ela começa a andar em círculos outra vez, e me ocorre que embora já tenha visto Julia com raiva antes, ela nunca ficou com raiva de mim. Isso faz com que eu me sinta errada, desequilibrada, como se a capela de repente estivesse desmoronando.

– Não é nada do tipo – digo. – Eu só quero mostrar pras pessoas que ele está errado. O pastor arruinou tantas vidas, e ninguém precisa escutar o que ele diz se não quiser. Ele não precisa mandar em tudo. Só isso.

– Só isso? – Julia se vira para me encarar. – Então você não está só me usando, mas tentando arruinar minha família? Essa é a sua defesa?

– Você acabou de dizer que não concorda com ele! Nem pode beijar alguém sem pensar no que seu pai faria. Não seria muito mais fácil pra todo mundo se ele não estivesse aqui?

Julia fica tensa.

– Me mostre.

Pisco.

– Quê?

– Me mostre – repete ela. – Todas as provas que você andou reunindo essa semana. Eu quero ver.

Abro a boca e a fecho em seguida. Tem muitas coisas escritas nas páginas do meu caderno de orações que eu não quero que ela leia.

– Não dá. O Ben levou minha mochila de volta pro chalé.

Julia se vira sem nem me olhar, atravessando a capela em uma marcha rápida.

– Então vamos lá buscar.

– Espera aí, eu não...

Só que ela já foi, já atravessou a porta e está caminhando firme. Reprimo um xingamento e corro para segui-la. De forma objetiva, é claro que eu entendo com o que isso se parece, mas estamos falando de *Julia*. Ela me conhece, e nem por tudo que há no mundo consigo entender porque está tão brava.

As outras já voltaram do almoço quando chegamos no chalé. Elas erguem o olhar assim que a porta de tela se abre, os olhos arregalando quando a porta bate com força contra a parede.

– Me mostre – diz Julia, antes que mais alguém possa falar alguma coisa. – Eu quero ver.

Tenho uma vaga noção de Delaney ficando em pé, mas as outras parecem congeladas. Engulo em seco, a garganta se fechando.

– Dá pra gente só...?

– *Me mostre* – repete ela. – É o único motivo de você ter vindo pra cá, certo? Deixe eu ver o que escreveu.

Lanço um olhar para o meu beliche. Minha mochila está no chão ao lado da mala, os dois livros de exercícios ainda lá dentro. Devagar, como se estivesse presa em um sonho, eu me abaixo e puxo o caderno de orações. Julia o arranca da minha mão e o abre, os olhos percorrendo as páginas.

– "A preguiça foi mais fácil do que pensei" – lê ela em voz alta. – "Falei para Delaney e Greer se sentarem embaixo da mesa hoje de manhã em vez de construir o abrigo idiota que Gabe mandou, e funcionou. Talvez não seja tão difícil quanto pensei. Talvez seja fácil enganar todo mundo assim".

Estremeço. Escutar isso em alto e bom som faz com que pareça dez vezes pior. Julia vira a página e continua.

– "Não entendo como as pessoas são felizes aqui. É como se todo mundo estivesse mentindo pra mim, fingindo acreditar nessa coisa que nem faz sentido. Eu sei que estava certa em ir embora, mas não achei que seria a única esperta o bastante pra enxergar isso".

Torres dá um passo em frente, hesitando.

– Você... você escreveu isso? – pergunta.

– Não. – Balanço a cabeça. – Bom, sim. Escrevi, mas é só um primeiro rascunho.

Julia fecha o caderno e o atira na minha cama. No tempo que leva para cair no meu travesseiro, sinto a chance de controlar a situação desaparecer.

– Mas escreveu – diz ela. – Você mesma disse: está enganando todas nós pra cumprir a sua vingancinha pessoal enquanto finge que é nossa amiga.

– Não estou fingindo nada!

– Do que você chamaria isso, então? Porque não acho que minha amiga escreveria essas coisas.

Cerro as mãos em punhos.

222

– Por quê? Porque eu disse que seu pai é um merda gigantesco? Isso não é nenhuma surpresa, Julia.

Julia enrijece. Atrás de mim, Greer murmura algo que parece muito com um "eita", mas Torres é quem se coloca entre nós duas.

– Já chega – briga ela. – O que está acontecendo?

Por um segundo, algo parecido com medo estampa o rosto de Julia. *Ela acha que vou contar para as outras*, percebo. Acha que vou contar para todo mundo que nos beijamos, como se fosse um segredo terrível. Por algum motivo, o fato de ela pensar tão pouco de mim me magoa mais do que a raiva de antes.

– Nada – digo. – Peguei pesado. Desculpa, mas isso não é sobre você.

Julia cruza os braços.

– Não, é só sobre o quanto você odeia meu pai, aparentemente.

Não consigo evitar. Deixo escapar uma risada aguda e rouca.

– É claro que odeio seu pai! Ele foi o motivo de eu ter ido embora, Julia. Ele é o motivo de Hannah não ter voltado. Você achou mesmo que fiquei de boa com isso tudo?

– Eu não sei o que pensar! Você nunca fala disso! É como se fosse um assunto secreto e um tabu que você nunca menciona.

– Mas você sabe – rebato. Estamos perigosamente longe da nossa discussão original, todas as emoções que ignorei por meses de repente voltando à superfície. – Você só não se importa?

Os ombros de Julia se abaixam, a expressão suavizando de leve.

– É claro que eu me importo – sussurra ela. – Só é... complicado.

– Por quê? Por que tem medo de que ele se volte contra você em seguida? Por que tem medo do que vai acontecer se não for tão perfeita quando finge ser...

– *Não*.

A voz voltou a ficar afiada, cortando meu autocontrole já por um fio. Definitivamente é o medo que a guia agora. Reconheço a forma como ela aperta os cantos da boca, mas não estou nem aí.

– Não dá pra ter as duas coisas – digo. – Não dá pra você me falar

que quer que as coisas mudem quando é conveniente, e aí não fazer
nada sobre isso.

Julia balança a cabeça.

— Isso não é responsabilidade minha.

— Mas também não é minha! Eu não quero estar aqui, mas também não quero viver num mundo que deixa pessoas como ele fazerem o que bem quiserem. Ele também vai te machucar.

Essa é a única coisa da qual eu tenho certeza. Talvez nosso beijo não tenha significado nada. Talvez Julia só estivesse curiosa. Talvez se esconda tão lá no fundo do armário que nada disso vá importar, mas não acho que pode negar isso para sempre. Alguma hora, algo vai escapar, e as pessoas que está defendendo vão se voltar contra ela também. Eu aguardo, a respiração apertada no peito, mas quando Julia abaixa o olhar para o chão, percebo que essa conversa acabou.

Dessa vez, ninguém vem me salvar.

— Tudo bem — digo, indo até a porta. — Pode continuar ignorando. Talvez esteja segura aqui, mas esse lugar também me machuca. Não acho que minhas amigas concordariam com isso.

— Então talvez não sejamos amigas.

Julia ainda não olha para mim. Ela está parada com a cabeça pendendo, as mãos cerradas em punhos na lateral do corpo, mas é como se tivesse gritado na minha cara. Talvez exista um mundo onde eu consiga salvar isso, onde deixo Julia ficar com raiva e reconheço que é um mecanismo de defesa, como claramente é. Só que estou exausta de dar a todo mundo o benefício da dúvida. Estou exausta de ninguém ficar do meu lado, então quando abro a boca outra vez, eu falo a coisa que sei que vai acabar com tudo de uma vez por todas.

— Eu sei que você se acha diferente — sussurro, observando os ombros dela tensionarem a cada palavra. — Sei que você acha que é essa pessoa ótima e aliada incrível, mas isso não é verdade. Você sempre foi como ele.

A cor se esvai do rosto de Julia em um único arroubo vívido, mas não fico para testemunhar o que vem depois. Vim aqui para destruir esse lugar, não foi? Talvez eu não consiga fazer isso sem derrubar Julia comigo. Então quando a mão dela estremece na lateral do corpo como se quisesse me segurar, finjo não notar. Em vez disso, saio do chalé e volto para a tarde grudenta, enquanto o trovão ressoa sinistramente acima.

XVII

POV: você está me vendo ter uma crise gay real oficial

A primeira coisa que percebo na manhã seguinte é o silêncio. Não tem despertador, não tem baixo barulhento e letra bagunçada. Então sinto uma mão no meu ombro, alguém se inclinando sobre mim na escuridão, e me sobressalto. Porque Amanda Clarke está parada ao lado da minha cama, com as unhas afiadas demais casualmente sobre minha clavícula.

– Quê...?

A porta do nosso chalé é escancarada para revelar Cindy na varanda, batendo a caneta em ritmo acelerado na prancheta.

– Vamos logos, meninas – diz ela. – Hora de se mexer.

Solto um grunhido e passo a mão pelo rosto.

– O que está rolando?

Amanda me solta.

– Nós estamos indo embora – sussurra. – Precisamos arrumar as malas.

Talvez eu ainda esteja sonhando. O céu do lado de fora das janelas é de um tom pesado de cinza, como se as nuvens estivessem fazendo pressão contra a copa das árvores. Só que talvez isso também seja parte do sonho. Talvez tudo que aconteceu ontem tenha sido um produto da minha imaginação culpada e sobrecarregada. Talvez Julia e eu não estejamos brigadas.

Cindy aciona o interruptor e enche nosso chalé com uma luz fria e implacável.

– Eu não estou de brincadeira – avisa. – Uma tempestade imensa está vindo pra cá, e o pastor Young quer garantir que todo mundo volte pra casa em segurança. Sei que é chato, mas um café da manhã simples está sendo servido no refeitório. Podem pegar seus celulares na saída, mas precisamos estar na estrada daqui a uma hora, entendido?

Ela não espera confirmação antes de saltar da varanda e seguir direto para o chalé seguinte. A porta de tela bate atrás dela, e é como se o som rompesse a neblina coletiva. Todo mundo começa a se mexer ao mesmo tempo, saltando da cama para pegar o que deixou no banheiro e pescar meias perdidas nos cantos do quarto. Avalio rapidamente meus arredores, arrancando os lençóis da cama no processo, mas é só depois que enfio tudo na mala que a realidade da situação me atinge.

Estamos indo embora.

Estamos indo embora e minha redação não está completa, e qualquer chance que eu tinha de consertar as coisas também escapa por entre meus dedos.

Ontem à noite, jantei sozinha, escondida em um canto da capela onde ninguém poderia me ver. Eu olhei para o lugar onde Julia me beijou só algumas horas atrás, e pela primeira vez em mais de um ano, tentei orar. *Onde as coisas deram errado?* Era para eu consertar as coisas. Deveria ajudar, mas tudo o que fiz foi machucar as pessoas de que gosto. Fiquei sentada, com as mãos atadas e os olhos vendados, esperando que alguma voz onipotente e incorpórea irrompesse pelas paredes, mas nada surgiu. Só o silêncio respondeu.

Julia não me olha enquanto termina de arrumar a mala. Torres sai na varanda, a mochila pendurada em um ombro só, mas Delaney para no batente. Por um segundo, quase acho que está esperando por mim. Então ela suspira e se inclina para descansar o queixo no ombro de Greer.

– Odeio admitir que vou sentir saudades desse lugar – murmura. Greer revira os olhos.

– Eu sei. É constrangedor.

Ela passa um braço pelos ombros de Amanda enquanto as três olham para o chalé uma última vez. Volto o olhar para o chão, como se estivesse interrompendo, como se mais uma vez estivesse no escanteio de um grupo de que ninguém me convidou para participar. Quando enfim consigo fechar a mala, elas se foram. Suspiro e fico em pé. Acabei de me virar para a porta quando nosso despertador toca. Dou um pulo, o coração martelando enquanto o refrão familiar ecoa pelas paredes, e por um segundo, realmente considero jogar aquela porcaria inteira no chão. Um final destrutivo na medida para aquela semana.

Em vez disso, cerro os dentes e puxo a alça da mala. A última coisa que escuto antes da porta se fechar atrás de mim é o segundo verso de estourar os tímpanos de "Flexin' on That Gram".

Acho que o meu fundo do poço foi quando fiquei com intoxicação alimentar no aniversário de 10 anos de Scheana Mayville e vomitei em cima do bolo dela. Porém, quando entro no ônibus de volta para casa e descubro que o único assento disponível é ao lado de Patrick "Cara do Violão" Davies, acho que o páreo fica duro. Especialmente quando ele dá um empurrãozinho no meu ombro e diz:

– Um saco essa coisa da tempestade, né, Renée?

Como se ele não tivesse estado na minha classe todos os dias nos últimos três anos da escola.

– É, Patrick – digo, me afundando no assento. – Um saco mesmo.

Envio uma mensagem para mamãe avisando o que aconteceu assim que pegamos a estrada. A resposta dela chega menos de um minuto depois. Entendido. Será que os Young podem dar uma carona pra você? Estou terminando uns relatórios do trabalho.

Meu peito dói com aquela pergunta casual. Provavelmente eles me dariam uma carona, mas de jeito nenhum que vou pedir. Mordo o lábio e digito: não, eles vão ficar na igreja pra ajudar a arrumar as coisas.

Provavelmente não é mentira. Tenho certeza de que vai haver muita coisa para fazer na igreja quando voltarmos, e tenho certeza de que não querem fazer nada disso na minha companhia. Na verdade, acho que o pastor Young ficaria perfeitamente feliz em nunca mais me ver perto dos filhos dele.

Quando chegamos no estacionamento, Patrick está escutando a *playlist* "Músicas que estava escutando quando bati o carro" pela segunda vez consecutiva, e estou a dois segundos de atirar os fones de ouvido gigantescos dele, que definitivamente não são à prova de vazamento, pela janela. Mamãe já está me esperando, parada ao lado do carro, apesar do chuvisco. Arrasto minha mala pelo estacionamento, e ela me recebe com um abraço.

– Que azar essa tempestade – murmura ela contra o meu cabelo. – Você teve uma boa semana?

Naquele momento, preciso de todas minhas forças para não cair na gargalhada.

– Foi tranquila.

Ela me ajuda a colocar a bagagem no porta-malas, fazendo careta enquanto as gotas frias de chuva escorrem pela manga da jaqueta. Quando fecho a porta, encontro o pastor Young me observando do outro lado do estacionamento. Ele ergue uma mão em nossa direção, a boca formando um sorriso amigável e simpático, e minha mãe acena de volta, em reconhecimento.

– Babaca – murmura.

Em qualquer outro instante, eu teria sorrido.

Hannah está na cozinha quando chegamos, com um livro de Física aberto no balcão na frente dela. Ela dá um pulo quando entramos.

– Você voltou! – grita, me envolvendo em um abraço de urso. Então, se afasta, estreitando os olhos como se de alguma forma tivesse absorvido meu mau humor através de osmose. – O que aconteceu?

229

Balanço a cabeça.

– Nada. Só estou cansada. Hoje a gente acordou bem cedo.

Tecnicamente não é mentira.

– Por que você não desfaz a mala? – sugere mamãe. Ela passa a mão pelo meu cabelo, e depois faz uma careta quando os dedos ficam presos em um nó. – Aproveite e tome um banho também. Vamos comer as sobras do almoço quando terminar.

Ela não precisa pedir duas vezes. Arrasto a mala até o andar de cima, e então me viro e me jogo de cara na cama desarrumada. As roupas ainda estão espalhadas pelo chão na tentativa desastrosa de me organizar para a viagem. Um par de meias está no travesseiro, bem do lado do meu rosto, mas não estou nem aí. Fecho os olhos e tenho exatamente três segundos de paz antes da minha porta ser escancarada.

– Ei! – brigo. – A porta estava fechada!

Hannah me ignora. Ela fecha a porta de novo e me encara, as duas mãos nos quadris.

– O que aconteceu?

– Nada!

– Até parece. Você pode enganar a mamãe, mas não consegue me enganar. O que aconteceu? Você e Julia brigaram?

Eu me forço a me sentar e abraço o travesseiro mais próximo contra o peito como forma de apoio.

– Por que você acha isso?

– Ben me mandou uma mensagem antes de você voltar.

Reviro os olhos.

– Claro que mandou.

– Riley...

– Tá tudo bem, Hannah. Eu só falei que o pai dela era um merda, ela disse que não queria mais ser minha amiga e pronto. Não temos mais nada a conversar.

– Ah. – O olhar de Hannah se suaviza. Ela dá um passo hesitante em frente. – Achei que vocês não conversavam sobre ele?

– É, bom. – Esfrego a mão no rosto. – Talvez a gente devesse ter conversado, porque ela parece achar que só porque não estou marchando pela rua pedindo a cabeça dele, eu estou, tipo, super de boas com isso e superei tudo que ele fez com a gente.

Minha voz fraqueja na última palavra. Afundo os dentes no lábio inferior, mas é tarde demais. Sinto um tremor, uma rachadura, e então, tudo meio que desmorona. Estou chorando. Tipo, chorando *de verdade* pela primeira vez em meses, e percebo, com um susto nauseante, que não sei como parar.

– Ah, não. – Hannah voa pelo quarto. Ela me pega nos braços, e embora tenha passado a última semana querendo o conforto da minha irmã ao meu lado, parece que não consigo recuperar o fôlego agora.

Também não consigo parar de chorar, e é tão vergonhoso que tudo que consigo fazer é enterrar o rosto no ombro dela e esperar que acabe uma hora. Quando consigo me controlar o suficiente para esfregar a mão no rosto, Hannah está sentada na cama ao meu lado. Tenho a sensação estranha de que os braços dela são a única coisa que ainda me prendem no lugar, então quando ela me encara e exige que eu conte tudo que aconteceu, eu conto.

Falo sobre o tema do acampamento desse ano e o sermão da abertura, e como eu aproveitei a oportunidade para provar que o pastor Young está errado ao cometer eu mesma os sete pecados capitais. Conto sobre as coisas grandes – como a minha redação e as formas que pensei para divulgá-la –, mas também conto sobre os pequenos momentos. Entrar na cozinha às escondidas à noite, ver Torres no pique-bandeira, rir com Delaney e Greer na fogueira. Conto sobre Julia me beijar na capela, e todas as coisas secretas e perigosas que criaram vida no meu peito assim que isso aconteceu.

Quando paro para respirar, Hannah está de olhos arregalados.

– Uau – diz ela. – Teve muita coisa. – Então, depois de um segundo: – A Julia está bem?

– Meu Deus, Hannah. – Dou um empurrão nela. – Esse momento é pra ser meu.

– E é! Desculpa, só estou dizendo que você teve tempo pra entender quem é. Você poderia conversar com qualquer um aqui em casa nesse instante e falar "oi, eu beijei a Julia", e aí nós te ajudaríamos a lidar com isso. Ela não tem a mesma coisa. Isso pode ser completamente novo pra ela.

– Não estou nem aí. Eu *literalmente* saí do armário um ano atrás pra ela. Ela poderia ter conversado comigo.

Hannah arqueia a sobrancelha.

– Do mesmo jeito que você falou com ela sobre o pastor Young?

Justo. Faço uma carranca e enfio o travesseiro no rosto, bloqueando toda a luz por um momento. Tem alguma outra coisa tentando escapar de mim, uma confissão que nunca fui capaz de colocar em palavras. Nem sei se quero falar disso agora, mas Hannah põe uma mão sobre o travesseiro e o leva de volta para o meu colo com cuidado.

– Que foi? – pergunta ela.

Cerro os dentes e desejo, pela milésima vez, que minha irmã não fosse uma pessoa tão perspicaz.

– Eu acho... – Minha voz fraqueja. – Acho que ainda estou com raiva por coisas que nem são bem culpa dela. E aí fico com raiva de mim mesma por estar com raiva dela porque isso não é justo, mas continuo sentindo isso bem aqui. – Pressiono a mão contra o peito. – Fiquei com tanto ódio de Amanda e Greer pela forma que elas trataram você, mas Julia também é sua amiga. Ela não te defendeu naquele dia, e também nunca me defendeu. E entendo que é diferente pra ela, mas já faz um ano, e eu ainda tenho tanta *raiva* disso.

Hannah acaricia o meu braço.

– Está mais chateada por você ou por mim? – pergunta ela. – Porque eu não culpo Julia pelo que aconteceu. Ninguém me defendeu naquele dia.

– Eu teria defendido – respondo. – Eu deveria estar lá. Deveria ter impedido.

– Não começa. Não foi sua culpa, Riley. Nada disso é sua culpa.

Só que uma parte sombria e distorcida de mim ainda acha que é. Mordo o lábio enquanto uma onda renovada de lágrimas ameaça me afogar.

– Era pra eu estar ao seu lado – sussurro. – Eu tinha que ser seu porto seguro.

– Quem é que disse?

– A mamãe – digo. – Todo mundo.

– Bom, isso não é justo. – Hannah se afasta de mim só o suficiente para abrir os braços. – Eu pareço frágil pra você? Sério, Riley. Tem alguma coisa que não estou entendendo aqui?

Balanço a cabeça.

– Não acho que ela estava falando disso.

– Eu entendi o que ela quis dizer. Sei o que mamãe está tentando fazer, mas estou bem. Não me arrependo de nenhuma das escolhas que fiz, e vocês duas se culparem por não conseguirem me proteger é, sinceramente, meio ofensivo.

Minha irmã me encara feio por cima do travesseiro, e pela primeira vez em meses, acho que esteja certa. Tenho tratado Hannah como algo delicado, tentando consertar a vida dela da melhor forma que posso, mas ela nunca foi fraca. Assinto, engolindo as lágrimas enquanto o nó no meu peito começa a se desfazer.

– Eu sei. Desculpa. Eu só quero muito que você fique bem.

O olhar de Hannah se suaviza.

– Já passou pela sua cabeça que eu quero o mesmo de você?

– Não entendi o que quis dizer. É óbvio que estou, tipo, extremamente ótima e emocionalmente estável.

– Claro – diz Hannah. – Totalmente. Então qual é o motivo do choro agora?

Eu nem sei a essa altura do campeonato. Dou uma risada

engasgada e, por um instante, ficamos sentadas ali, juntas no canto da minha cama. No fim, suspiro e passo o dorso da mão pelo rosto.

— Eu odeio ainda sentir saudades, sabe – sussurro. – De Pleasant Hills, no caso. Não é esquisito?

Hannah balança a cabeça.

— Não. Eu também sinto saudades. Das coisas pequenas, tipo ouvir Patty Perkins cantar "Noite Feliz" no culto de Natal, ou daquele sabonete gostoso no banheiro feminino.

— Ou daquela sala atrás do escritório do tesoureiro onde a gente encontrou a coleção antiga de *Playboy* – acrescento. – Ou os donuts com cobertura de açúcar que sempre serviam antes de estudos bíblicos.

— Meu Deus. – Hannah ri. – O que eles colocavam naquilo, né?

— A salvação, provavelmente. – Respiro fundo para me firmar, e então ergo o olhar para o teto. – Você ainda acredita em Deus?

A resposta de Hannah é imediata.

— Claro.

— Como?

— Bem, perceber que a Igreja Batista de Pleasant Hills não tem um monopólio sobre a fé cristã foi uma parte grande disso. – Hannah se apoia nos cotovelos. – Gosto de pensar que não estamos sozinhos. Acho que é preciso torcer pelo melhor e tratar as pessoas com bondade, em vez de ficar se preocupando com as regras arbitrárias do pastor Young de como escapar do inferno.

Olho para ela de soslaio.

— Fácil assim?

— Não, claro que não. Eu ainda odeio o que aquele lugar se tornou, mas gosto de pensar que não é tudo.

É tão parecido com o que Julia disse ontem que me pergunto se as duas já conversaram sobre isso antes, se têm encontrado jeitos de se ajudarem com isso, um pouquinho de cada vez. Não sei se algum dia vou conseguir desvencilhar o conceito da fé da forma que o pastor Young a prega. Essas duas coisas são tão interligadas que nem saberia por onde começar, mas Hannah, como sempre, está diversos passos na minha frente.

Uma batida soa na minha porta, ergo o olhar e encontro mamãe parada no batente. Eu me endireito, limpando as lágrimas do rosto às pressas, mas ela não faz menção de entrar no quarto.

– Desculpa interromper – diz ela. – Mas você tem uma visita lá embaixo.

O rosto está cuidadosamente neutro, mas a mandíbula está tensa, como se dissesse as palavras entre dentes. Franzo o cenho.

– Quem?

– Amanda Clarke.

Hannah enrijece ao meu lado. Dou um grunhido e saio da cama.

– Tudo bem. Eu cuido disso.

Mamãe balança a cabeça.

– Na verdade, ela disse que veio ver Hannah.

– Ela... – Pisco, imediatamente desconfiada. – Por quê?

– Uma excelente pergunta. – Mamãe parece a três segundos de abrir um buraco no chão e expulsar Amanda pessoalmente. – Confie em mim, estou mais do que pronta pra dizer que você não está aqui e mandá-la embora.

Hannah balança a cabeça.

– Não, está tudo bem. Vou falar com ela. – Ela se endireita e me oferece um sorrisinho. – Vamos torcer pelo melhor, né?

Engulo em seco o meu protesto, e suspeito que mamãe está fazendo o mesmo. Ela observa Hannah descer as escadas antes de balançar a cabeça e murmurar algo que parece muito com um "boazinha demais".

Talvez ela esteja certa. Talvez Hannah vá acabar com um coração partido pela mesma menina que o arrancou do peito para começo de conversa. Talvez tudo que Amanda me disse naquela semana fosse uma mentira.

Acho que é preciso torcer pelo melhor e tratar as pessoas com bondade do que ficar se preocupando com as regras arbitrárias do pastor Young de como escapar do inferno.

Eu jogo a mala em cima da cama e começo a guardar as coisas. Seria legal se apenas um membro na congregação de Pleasant Hills tivesse pensado dessa forma sobre mim. Se tivessem sorrido, torcido pelo melhor e estendido uma mão quando a solidão se transformou em algo imensurável. As coisas poderiam ter sido diferentes.

É só horas depois, quando desço as escadas e encontro Hannah e Amanda ainda sentadas juntas na varanda com sorrisos pequenos e hesitantes no canto da boca, que acho que, talvez, ainda possam ser.

XVIII

Tarada por pão de alho

No verão antes do oitavo ano, Julia e Ben foram para a Grécia com a avó. Foi antes de nós todos termos celulares, e eu passei as três semanas que ficamos longe escrevendo cartas cada vez mais detalhadas sobre tudo que tinham perdido enquanto estavam fora. Quando voltaram das férias, descobri que Julia tinha feito a mesma coisa. Esse foi o tanto que sentimos saudades. Agora, porém, não acho que esse lance esquisito e silencioso tenha uma saída fácil.

Na segunda-feira, observo da segurança da janela do meu quarto quando Ben e Julia saem para a escola vinte minutos mais cedo do que o normal. É difícil não pensar nisso como uma escolha pessoal, outra forma de me evitar. Naquela manhã, deixo minha redação recém-terminada na mesa do sr. Rider antes de ir para a primeira aula. Não é o melhor trabalho que já fiz, mas eu rasguei todas as anotações do meu caderno de orações no dia que voltei para casa, só arranquei as páginas e deixei que ficassem empilhadas no canto do meu quarto. Não faziam mais diferença. Aquelas anotações tinham me causado mais problemas do que valiam, e eu sequer terminei o que estava determinada a fazer – fiquei com dois pecados faltando para completar os sete. Em vez disso, digitei três páginas com espaçamento duplo cheia da bobajada que achei que o sr. Rider gostaria de ler, coisas que o fariam sentar na cadeira e se parabenizar por salvar outro aluno delinquente sem Jesus no coração de um caminho sombrio de cinismo. Não é nada como o discurso passional e mordaz que eu imaginara, mas não consigo me importar.

Foi muita audácia achar que seria eu a mudar as coisas, de qualquer forma.

Quando me sento para a chamada, descubro que embora me sinta irreversivelmente diferente da garota que era semana passada, todo o resto permanece igual. Patrick Davies ainda parece não se lembrar de onde deveria me conhecer, Leena e eu ainda trocamos bilhetes nas últimas carteiras da aula de Cálculo enquanto a sra. Rockwell explica derivados, e Kev ainda passa o almoço inteiro terminando a lição de casa de forma frenética.

— É o primeiro dia depois do recesso — diz Leena, observando-o escrever uma lista de verbos franceses no dorso da mão. — Como é que você já está atrasado?

Kev dá de ombros e volta a encarar o livro didático.

— A pergunta certa é: como é que eu já tenho três tarefas de Francês pra fazer?

No entanto, acho que é bom descobrir que algumas coisas não mudam. Faz com que o resto da semana seja mais suportável. Quando apareço para o ensaio técnico na segunda à noite, sei que Rex Blythe vai perder a deixa inicial nada menos do que três vezes, alguém vai ter se esquecido da coreografia que estava impecável antes do recesso, e a srta. Tina vai terminar a noite à beira de um colapso mental. É reconfortante. Sinceramente, a única diferença no meu cronograma do dia a dia é que Torres às vezes me oferece um aceno hesitante quando cruzamos uma com a outra no corredor.

E Julia não está falando comigo. Também tem isso.

— Por favor, Ben — digo, quando o alcanço chegando em casa na quarta à noite. — Eu só quero conversar com ela.

Ele ainda está vestindo o uniforme da escola, a calça verde-escura manchada de tinta, e me pergunto se está trabalhando em um novo projeto para o programa de verão. Eu me pergunto se me contaria se estivesse, ou se por causa de Julia, também não estamos conversando. Ele suspira, passando a mão pelo cabelo.

– O que rolou? – pergunta ele. – Ela muda de assunto sempre que menciono isso.

Então ele não sabe. Normalmente, Julia conta tudo para Ben, e não sei se descobrir que ela não conta mais faz eu me sentir melhor ou pior. Eu poderia contar para ele sobre o beijo. Poderia falar sobre o que Julia disse, ou como ainda me lembro da forma como ela tensionou o maxilar logo antes de dizer: *Então talvez não sejamos amigas.* Poderia dizer a ele que existe uma parte de mim que quer esquecê-la por isso, só guardá-la no fundo da minha mente e nunca mais pensar nela.

Em vez disso, enfio a ponta do tênis na grama.

– É... complicado.

– Está na cara – murmura Ben. – Beleza. Vou ver o que posso fazer, mas você sabe como ela é. Ela vai falar quando estiver pronta.

Só que conforme a semana se arrasta e meu celular continua em um silêncio teimoso, eu me pergunto se algum dia uma de nós vai se sentir pronta para enfrentar isso. Quando o domingo chega, o desespero que passei a semana cozinhando em fogo baixo endureceu e se transformou em raiva.

– Não é justo – digo, me jogando sobre os travesseiros de Hannah. – Por que sou eu que preciso dar a cara a tapa?

Acabou de dar 9 horas, é cedo demais para estar acordada em um final de semana, mas não consigo dormir. A noite de estreia do musical é daqui a quatro dias, mal estudei para a prova de Economia da semana que vem, e não consigo me concentrar mesmo se quisesse porque estou dedicando cada tempo livre a ficar irritada com Julia Young. Hannah me observa pelo espelho da penteadeira enquanto prende o cabelo em um coque apertado. Ela também tem uma apresentação semana que vem, e a julgar pela bolsa da dança aberta na cama, está planejando passar a tarde no estúdio. Eu me pergunto se Amanda também vai estar lá.

– Parece que vocês duas disseram coisas das quais se arrependem – diz Hannah. – Talvez ela esteja se sentindo culpada.

Reviro os olhos.

– Pois deveria. Mas ela ao menos podia dizer isso na minha cara.

– Bom, você não é a baluarte do perdão, Riley. Você ainda tem raiva do Liam Robertson por roubar o dinheiro do seu almoço no terceiro ano.

– Porque ele merece sofrer por isso!

Hannah arqueia a sobrancelha, e eu escuto o que falei meio segundo depois.

– Tá, eu entendi. Mas é pra gente fazer isso pra sempre? É para eu ignorar a existência dela até ir pra a faculdade e morrer?

Meu celular vibra no travesseiro, interrompendo a resposta comedida de Hannah. O nome de Ben aparece na tela, e dou um pulo para responder.

– Alô?

– Oi – diz ele. – Você vai pra igreja agora de manhã?

– Hum, acho que você ligou pro número errado.

– Não, a gente tem aquela coisa do acampamento, lembra? Vão meio que dar uma festa, já que os veteranos não tiveram o dia da despedida. – Ele dá um suspiro quando não respondo. – Você alguma vez na vida olha o seu e-mail?

Eu não tenho a coragem de dizer para ele que bloqueei o remetente da igreja de Pleasant Hills eras atrás.

– Eu não vou na festinha da igreja, Ben.

– Não é por causa da festa. – Ele abaixa a voz e acrescenta, incisivo: – *Todo mundo* vai estar lá.

É só nesse instante que entendo o que ele está falando. Julia vai estar lá. Nós podemos enfim conversar. Ela pode conseguir me evitar por aqui, mas a última coisa que vai fazer é dar um show na capela de Pleasant Hills.

– Ótimo – digo. – Te encontro lá.

Hannah ergue o olhar enquanto saio da cama.

– O que aconteceu? – pergunta ela.

Faço uma careta.

– Você poderia me dar uma carona pra igreja?

Mamãe e papai já estão sentados na mesa da cozinha quando nós duas descemos as escadas. Um bule de café recém-coado solta vapor entre os dois. Respiro fundo e anuncio:

– Estou indo pra igreja.

Mamãe quase derruba o bule com o susto. Ela arqueia as sobrancelhas por cima do jornal, o olhar alternando entre Hannah e eu, como se estivesse tentando decifrar se estou falando sério.

– Ah – diz ela, por fim. – Tudo bem.

E é engraçado porque sei que se de fato quisesse voltar, se eu contasse a ela que encontrei uma apreciação nova por Jesus Cristo em um ermo no Kentucky, ela ainda me apoiaria. E me levaria para o culto, se eu quisesse. Na semana passada, Julia me perguntou como eu sabia que meus pais me amavam. Eu não tinha uma resposta sólida no dia, mas acho que se alguém perguntasse agora, eu diria que é por causa de momentos como esse.

– Eu não vou de verdade pra igreja – acrescento quando mamãe abre a boca. – Eles vão fazer uma festa do acampamento, e quero falar com Julia. Eu não vou, tipo, me converter nem nada.

– Você já foi batista – diz papai, sem erguer o olhar do café da manhã. – Não precisa se converter.

– Credo.

Hannah franze o nariz.

– Humilhante – comenta ela.

Mamãe passa uma mão na testa.

– Julia vai voltar pra casa daqui a uma hora, sabe. Você pode falar com ela quando voltar.

Hesito.

– Não... é simples assim.

– Então você prefere encurralar ela na igreja?

– Tá, quando você fala desse jeito, parece dramático, mas prometo que não é! Não vou nem ficar pro culto. Só preciso ver ela rapidinho.

Mamãe olha de mim para Hannah, como se o desejo de nos deixar fazer as próprias escolhas estivesse indo de encontro com o instinto inato de nos manter seguras. Por fim, ela suspira e deixa o jornal na mesa.

– Tudo bem. Faça o que precisar fazer. Mas comporte-se – acrescenta, erguendo um dedo na minha direção. – E mande mensagem se precisar que eu te busque.

Eu estico o braço e aperto a mão dela ao sair pela porta.

– Pode deixar.

É só depois que Hannah me deixa no estacionamento de Pleasant Hills que percebo que ainda estou vestindo a camiseta que usei para dormir ontem. O jeans que peguei no chão do quarto está limpo, mas a camiseta com os dizeres TARADA POR PÃO DE ALHO está começando a parecer uma péssima escolha.

– Você está ótima – diz Hannah, me enxotando do carro. – Jesus ama pão. Isso era a cara dele.

Olho por cima do ombro enquanto ela muda a marcha do carro.

– Acho que ele *era* o pão, na verdade.

– Melhor ainda.

Ela sopra um beijo pela janela e sai do estacionamento com facilidade. Prendo o fôlego enquanto a observo ir embora, e antes que possa pensar demais na minha decisão abrupta, eu me viro e marcho com propósito até as portas dianteiras da igreja.

Alguém atualizou o letreiro, e agora a mensagem é DEUS QUER VOCÊ DE JOELHOS. Acho que ninguém pensou no que essa frase em particular deixa implícito, mas quando abro a porta e entro no saguão, paro de pensar nela também. Já faz um ano desde que estive dentro da Igreja Batista de Pleasant Hills, mas o ar ainda tem o mesmo cheiro. Flores, incenso e um odor entorpecido de lustra-móveis de limão.

O ar do lado de fora é fresco e frio, mas aqui está quente, quase abafado, enquanto todos entram no saguão. As cabeças se viram conforme me esgueiro pela parede dos fundos, e embora queira pensar que é por causa da minha camiseta incrível, sei que provavelmente é só porque sou eu. Porque não tem nada que a congregação de Pleasant Hills ame mais do que uma boa fofoca.

Você viu Riley Ackerman hoje de manhã? Acha que ela voltou de verdade?

Serei o tópico de todos os pedidos de oração só para que as pessoas possam tentar captar informações enquanto simultaneamente se sentem melhores sobre si mesmas. Eu tento respirar, mas só recebo mais daquele odor de almíscar abafado e familiar direto nas minhas narinas. Estou sufocando entre os olhares curiosos, e pela primeira vez desde que entrei no carro de Hannah, começo a me perguntar se essa é uma boa ideia.

– Riley?

Eu me viro e vejo Delaney atravessando a multidão. Está usando um vestido amarelo-claro de alcinhas, as tranças presas em um coque alto. É um grande contraste com o restante da congregação, e preciso de um minuto para perceber por que aquilo parece estranho. Delaney não é da congregação de Pleasant Hills. Ela só veio por causa da festa, assim como eu, e apesar de existirem inúmeras coisas que poderia dizer para ela agora, meu primeiro instinto ridiculamente é avisá-la sobre os ombros nus na igreja. Alguém vai encrencar com isso. Vão oferecer a ela um suéter do Achados e Perdidos de forma passiva-agressiva, ou pedir que vá embora.

Ela para na minha frente, as sobrancelhas arqueadas em curiosidade cautelosa.

– Eu não achei que você viria hoje.

– Eu não voltei – disparo.

– Tá?

– Não, eu... – Fecho os olhos com força. *Que ótimo começo.* – Eu só estou aqui para ver a Julia. Não quero que fique com a ideia errada.

243

– Ah, certo – diz Delaney. – Esqueci que você acha que sou fácil de enganar.

Estremeço com a memória das minhas anotações do caderno de orações, toda a mágoa que eu escondera ali. Não é só com Julia que preciso falar.

– Eu sinto muito por aquilo.

– Eu sei. – Delaney me olha de cima a baixo. – Eu ficaria mais irritada se isso não estivesse tão na cara.

– Na cara?

– Fala sério, Riley. – Ela pega meu braço e me puxa na direção da capela. – Tudo aquilo que você ficava escrevendo no caderno de orações achando que ninguém estava olhando... Todas as vezes que você meio casualmente, mas nem tanto, conseguiu fazer o exato oposto do que Gabe estava tentando ensinar... Você não é tão ardilosa quanto acha que é, e Julia também não.

Ergo o olhar, o peito apertado ao som do nome dela.

– Como assim?

Delaney aperta meu ombro e me dá um empurrão pelo corredor principal.

– Vai lá. Acabei de ver ela entrar com Ben.

Não é uma resposta. Sendo sincera, só me deixa com mais perguntas do que tenho tempo de fazer, mas continuo em frente enquanto Delaney se senta em um banco perto dos fundos. A maioria das pessoas está encarando agora, os olhos me acompanhando enquanto passo por todos. É só quando chego quase lá na frente que encontro Julia a algumas fileiras de distância, entrando com a mãe e Ben.

– Julia! – Eu praticamente me jogo do outro lado do corredor para alcançá-la. – Espera aí!

Ela se vira. Ben acompanha o olhar da irmã, e observo os olhos dos dois se arregalarem ao mesmo tempo antes da expressão de Julia se neutralizar.

– O que você está fazendo?

A voz dela é um sussurro cuidadoso e respeitável, mas ainda é o suficiente para fazer a sra. Young olhar por cima do ombro. Ela faz um gesto para Julia seguir em frente, mas então se sobressalta quando me vê.

– Riley! – exclama. – Que surpresa adorável. Como você está? Parece que não te vejo há semanas.

Abro meu melhor sorriso amigável de igreja e minto de forma descarada:

– Ótima! Que bom ver você, sra. Young.

Se fosse qualquer outra pessoa, a conversa teria terminado ali, mas infelizmente, a sra. Young é uma pessoa encantadora. Eu sempre pensei isso, e quando o rosto dela se ilumina com um sorriso enorme, acho que acabei de ficar presa.

– Ouvi dizer que tiveram uma ótima semana no acampamento – diz ela. – É uma pena que tenha acabado mais cedo, mas espero que ainda tenha conseguido aproveitar.

Aceno a mão no ar.

– Ah, foi perfeito. Nós nos divertimos muito, né, Julia?

Arrisco um olhar na direção dela, mas seu rosto está neutro.

– Claro.

– Você acha que a gente pode falar sobre a festa depois? Antes do culto começar?

Se ela faz alguma ideia do que estou tentando dizer, não demonstra. Julia só empurra o cabelo para trás do ouvido e dá de ombros, um movimento frouxo.

– Não acho que seja necessário.

Meu coração murcha com o desinteresse vago da voz dela.

– Não vai demorar.

– Desculpe. – Ela passa por Ben e segue a mãe até o banco vazio. – Acho que já vamos começar.

– Julia, eu...

O resto da minha frase fraqueja enquanto o som de um órgão inunda a capela. Ao meu redor, todas as pessoas se levantam e percebo, com um susto nauseante, que estou encurralada no banco atrás de Julia, a três fileiras da frente da capela, sem saída à vista.

– Não esperava te ver aqui.

A voz no meu ouvido é baixa, familiar, e eu me viro e encontro Amanda Clarke parada do meu outro lado no banco, o olhar fixo lá na frente de propósito.

– O que você está fazendo? – pergunta ela.

Cerro os dentes.

– Nada.

– Parece que se vestiu com a luz apagada.

– E você parece um cupcake.

É verdade. A blusa de crochê de Amanda tem a mesma cor e volume de um cupcake de morango com uma camada generosa de chantilly. Ela solta uma risada baixa e inesperada, e quando olho para ela, vejo que está acompanhada dos pais, eretos e silenciosos ao lado dela. A sra. Clarke me lança um olhar feio e eu me afasto, focando outra vez em frente enquanto Amanda pigarreia.

Apesar de ter passado tanto tempo longe, sei como vai ser o culto. Quase consigo prever os passos dos ministros enquanto percorrem o corredor na direção do arranjo de velas. O pastor Young entra por último, subindo na direção do púlpito com um manto esvoaçante. Ele acena a cabeça para algumas pessoas enquanto caminha, mas quando coloca uma mão no ombro da esposa, Julia abaixa o olhar para o colo, como se também não quisesse olhar para ele.

Ficamos em pé conforme ele dá início ao culto, e odeio ainda saber de cor todas as orações. Odeio ainda saber recitá-las agora, os lábios mal se mexendo junto das pessoas ao meu redor. Sinto algo queimar no fundo da minha garganta, e quando tento engolir, suspeito que se pareça muito com inveja. Não quero voltar para Pleasant Hills, mas odeio que seja fácil para todo mundo ali acreditar em algo que não acho mais que existe. Não percebi o quanto sentia falta desse conforto até agora.

É irônico, penso, ainda estar marcando os pecados capitais da minha lista até agora. Se estivesse no acampamento, tenho certeza de que daria um jeito de tentar ver esse sentimento sob um novo ponto de vista.

Amanda se inclina para trás no banco, de braços cruzados, mas continuo empoleirada na beirada do banco enquanto passamos lentamente pelo sermão. O pastor Young também parece que não consegue relaxar. Ele não abriu a pregação com uma piadinha ruim ou um trocadilho tosco, e quando ergue o olhar do púlpito, posso jurar que me encontra de propósito por um segundo. Como se estivesse me procurando. Como se quisesse garantir que eu estaria presente para o que vai acontecer a seguir.

Ele abre a boca, e algo se retorce dentro de mim, a antecipação de uma tempestade que está por vir.

– Amada congregação – diz ele. – No dia de hoje, meu coração está pesado. Está fatigado com a decepção, mas quero que saibam que estou aqui não como um acusador, e sim como um pastor que ama muito seu rebanho.

A capela fica em um silêncio desconfortante enquanto as pessoas se enrijecem nos bancos, as sobrancelhas franzidas em uma pergunta silenciosa. Arrisco olhar para Amanda, e ela parece tão confusa quanto eu. *O que diabos está acontecendo?*

– Como a maioria de vocês sabe, na semana passada, fizemos nosso retiro jovem de primavera em Rhyville, no Kentucky – diz o pastor Young, apoiando as duas mãos no púlpito. – Infelizmente, nosso tempo lá foi interrompido, mas ainda assim foi recompensador. É uma das minhas partes favoritas desse chamado: guiar jovens mentes enquanto aprendem a caminhar com o Senhor. Observá-las espalhar a palavra de Deus em suas próprias comunidades. Esse ano, no entanto, parece que um dos nossos jovens escolheu percorrer um caminho diferente, um que se afasta da Sua graça.

Meu batimento acelera. Está latejando nos meus ouvidos, mas acho que ele está falando de mim. Precisa estar. Entreguei ao sr. Rider uma redação inocente e bem escrita na segunda-feira, mas talvez não tenha sido o suficiente. Talvez o pastor Young tenha descoberto meu plano original, ou lido as coisas que escrevi no meu caderno de orações.

Julia poderia ter contado tudo a ele.

O pensamento me causa arrepios que percorrem minha espinha, mas, quanto mais penso no assunto, mais faz sentido. Só contei os detalhes do meu plano a Julia. Ela sabia que eu queria que o pai dela não mandasse mais em nada, e deve ter me entregado para proteger os próprios segredos.

– Minha decepção não vem de um lugar de vaidade – continua o pastor Young. – De verdade. Em vez disso, vem de uma preocupação profunda com essa congregação. Fico magoado quando as pessoas desdenham do amor de Deus de propósito, e espero que sintam o mesmo. Somos todos pecadores, é claro, mas isso não precisa nos definir. Na verdade, o Senhor nos pede para nos arrependermos todos os dias, e é isso que encorajo todos a fazerem agora.

Ele se vira do púlpito, procurando alguma coisa nas dobras do manto. Fico tensa, os músculos tremendo enquanto espero, na beiradinha do banco. O que ele pode ter descoberto sobre mim? O conteúdo do meu caderno de oração está esparramado no chão do meu quarto em casa, escondido dos olhos intrometidos dele, então devo estar segura.

Devo estar segura, né?

Ainda estou repassando os eventos da semana passada, tentando encontrar o que poderia ter deixado escapar, quando o pastor Young se endireita e ergue o item misterioso na direção da luz. Em um instante, é como se meu cérebro se desconectasse do meu corpo, sem conseguir processar o que estou vendo.

Porque ele está segurando um caderno de orações, mas não é o meu. A familiar capa azul cintila sob a luz bruxuleante das velas enquanto o pastor o balança, e se eu não soubesse, pensaria que poderia pertencer a qualquer um. É idêntico ao que está na lata de lixo da minha casa, exceto por uma coisa. O adesivo de borboleta colado atrás.

O adesivo de Julia. O livro de Julia, segurado com firmeza nas mãos do pai dela.

XIX

Acidentalmente sindicalizo uma igreja batista do interior

Não é sempre que fico sem palavras. Na verdade, todos os professores que já tive me descreveram como "precoce", o que todo mundo sabe que é o jeito educado de falar "incapaz de calar a boca, nem que lhe paguem". Porém, quando o pastor Young ergue o caderno de orações de Julia diante de todas as pessoas na igreja, é como se meu cérebro fosse incapaz de processar palavras.

– Um conselheiro encontrou isso num chalé das meninas depois que todos foram embora – diz o pastor Young. – Todos os campistas receberam um caderno de orações como esse no início da semana. Era pra servir como um lugar de reflexão, um espaço para se comunicarem com Deus, mas eu gostaria de compartilhar o que esse diz em vez disso.

Acho que Julia não está respirando. O pouco que vejo do rosto dela está pálido como um lençol, as mãos agarrando o canto do banco. Eu me lembro do quanto ela foi sigilosa com a escrita, como sempre se certificava de proteger o caderno para ninguém ver nada. Ela sequer mostrou para mim, e duvido que quisesse que o caderno fosse lido em voz alta agora, na frente de toda a congregação.

Engulo em seco e tento forçar meu cérebro atrapalhado a pensar, a *fazer alguma coisa*. Só que o pastor Young abre o livreto antes que eu possa me mexer. Ele o folheia até chegar em uma página no meio e se inclina na direção do microfone.

– "Sinto como se estivesse numa encruzilhada, de quem eu sou e quem fui ensinada a ser" – recita ele. – "Tem essa coisa que acontece quando ela segura minha mão. Nem sei se ela percebe que está fazendo isso, mas de vez em quando, ela percorre o meu pulso com o dedão, como se estivesse tentando se lembrar de que estou ali. Eu sei que supostamente é para ser errado. Escutei isso a vida toda, mas existem dias em que acho que desistiria de tudo que aprendi se isso significasse que ela vai continuar me tocando desse jeito."

Minha próxima respiração me corta ao meio, como uma faca alojada no esterno. Sinto Amanda se impelir para a frente no assento, e sei que ela também reconhece o caderno. Nós duas vimos Julia escrevendo nele. Todo mundo no nosso chalé viu. Se o pastor Young quiser saber quem foi que escreveu aquilo, não vai ser difícil fazer alguém dedurar. Estico a mão para Amanda, desesperada para me segurar em alguma coisa, e antes de compreender o que acabei de fazer, ela aperta minha mão de volta.

O pastor Young continua, o desdém evidente em cada palavra roubada que ele lê.

– "Como é que poderia ser errado, quando essa é a sensação? Como é para eu acreditar que isso é pecado? Não sei se acredito num Deus que impõe essa lei, mas sei que quero beijá-la. Talvez seja a única coisa que já quis na vida."

Quando ele ergue o olhar outra vez, algo parecido com triunfo parece arder nos seus olhos, e nunca o odiei tanto quanto agora. Eu quero invadir o púlpito. Quero arrancar aquele livro das mãos dele e escondê-lo em um lugar onde ninguém vai ver, porque sei qual é a sensação de perceber essas coisas. Eu me lembro do quanto me senti sozinha quando saí do armário no ano passado, como ficara petrificada ao dizer as palavras em voz alta. E ali está o pastor Young, lendo o diário particular de alguém como se estivéssemos em um julgamento. Como se já tivesse decidido que quem escreveu aquilo é culpado.

Meus músculos ficam tensos, e a mão de Amanda se aperta ao redor da minha. Ela provavelmente consegue sentir o quanto quero voar do banco, mas acho que eu conseguiria chegar lá. Só estou a três fileiras da frente.

Lentamente, o pastor Young fecha o caderninho e o deixa no púlpito.

– Tenho certeza de que não preciso explicar o problema aqui – diz ele. – Acabamos de passar uma semana aprendendo sobre os perigos do pecado, e ainda assim falhei em impedir que um dos nossos jovens saísse do caminho. Aceito a responsabilidade por isso. Também peço perdão, mas precisamos seguir adiante, juntos. – O olhar percorre a congregação e mais uma vez, tenho a estranha sensação de que ele está olhando diretamente para mim. – Meninas: se esse livro é seu, ou se tem alguma ideia de quem o escreveu, por favor, se manifestem. Confessem seu pecado diante do Criador. Reconheçam suas falhas e peçam perdão.

Não. O pavor domina meu coração. Ele não pode fazer isso. Não pode arrancar Julia do armário na frente de todo mundo. Ela quase teve um ataque de pânico depois que nos beijamos. Julia não conseguiu explicar o motivo de ter feito aquilo ou dizer a palavra "gay" em voz alta, e não deveria precisar fazer nada disso se não está pronta. Ela continua sentada bem na minha frente, tão perto que eu poderia esticar a mão e tocá-la se quisesse. Os ombros dela estão travados, o olhar fixo à frente de propósito, como se todas as células do corpo tivessem enrijecido, e aperta a mão de Ben como se fosse uma boia salva-vidas.

Ben olha para os nós dos dedos brancos que apertam a mão dele, e quando ergue o olhar outra vez, o rosto exibe a expressão de que entendeu tudo.

Se a sra. Young tem qualquer noção da crise emocional acontecendo ao lado dela, não demonstra. A postura ainda está relaxada e casual, as mãos unidas no colo, mas ela encara o Cantor Cristão diante dela com firmeza. Se a sra. Young se recusar a reconhecer o pedido do marido, talvez nada a afete. Ao nosso redor, as pessoas estão se remexendo desconfortavelmente nos assentos, lançando olhares rápidos e nervosos para os bancos ao redor antes de também desviarem os olhares.

Por um instante, questiono se foi isso também que aconteceu no dia que o pastor Young expulsou Hannah. Se todo mundo só desviou o olhar e fingiu que ela não existia.

O pastor Young suspira, tamborilando os dedos no pódio enquanto o silêncio se prolonga diante dele.

– Isso não é uma punição – diz ele. – Lembrem-se das palavras na Bíblia, no salmo 51, versículo 10. "Cria em mim, ó Deus, um coração puro, e renova em mim um espírito reto." Isso deveria ser uma reafirmação, e não um aviso. Busquem o perdão. Humilhem-se, em nome do Senhor.

Tenho a estranha sensação de que o aperto de Amanda na minha mão é a única coisa que me mantém sentada. *Estranho*, penso. *Quem imaginaria uma coisa dessas?*

Quando o pastor Young volta a falar, a frustração fica evidente a cada palavra.

– Não existe um pecado que não possa ser perdoado. Sabemos que isso é verdade, mas e quanto à mentira? Acobertar o pecado dos outros? Isso sim é errado, amigos. Vamos apoiar os pecadores em nosso meio hoje. Vamos caminhar junto com eles em direção à luz. – Ele segura o livro outra vez, balançando-o na direção do público. – Quem escreveu isso?

De todos os sermões do pastor Young sobre aprender e crescer no espírito de Deus, nunca parece haver nenhuma graça envolvida. É a perfeição ou nada, a fé baseada no medo, e não acho que tenha intenção de parar agora.

Observo os ombros de Julia encolherem, como se estivesse soltando a respiração, e naquele instante, sei que ela vai confessar. Vai admitir que o livro é dela e enfrentar qualquer consequência que vier porque é incapaz de deixar que outra pessoa leve a culpa. É o defeito fatal de Julia, uma das coisas que mais amo nela e o que vai arruiná-la.

Só que não acho que me arruinaria.

Respiro fundo e antes que consiga pensar duas vezes, solto a mão de Amanda e me levanto de repente.

– É meu – digo. – Fui eu que escrevi.

Se achei que a capela estava silenciosa antes, não se compara ao que acontece agora. É como se minhas palavras pairassem no ar, suspensas entre os vitrais coloridos. *É meu. Fui eu que escrevi.* Amanda se afunda no banco, desviando o olhar como se estivesse tentando colocar o máximo de espaço entre nós duas quanto possível. No altar, o rosto do pastor Young se suaviza, formando um sorriso lento e satisfeito.

– Riley Ackerman – diz ele. Diretamente no microfone, para que todos possam ouvir meu nome. – Eu já deveria saber. Nós te demos uma segunda chance, e você voltou pra envenenar o rebanho.

A voz dele está preparada demais, controlada demais, e eu me pergunto, por um segundo, se esse sempre foi o plano. Talvez ele já tivesse certeza de que o livro era meu. Talvez só estivesse fazendo a festa do acampamento para garantir que eu voltasse, e talvez essa seja a punição por todas as coisas que falei semana passada. Por todas as partes de mim que ele não conseguiu controlar.

Ótimo, penso, fechando as mãos em punho na lateral do corpo. Fico mais do que feliz em ser o bode expiatório dele, se isso significa que Julia pode sair dessa ilesa.

Consigo senti-la me observando, boquiaberta na fileira à frente. Devagar, ela balança a cabeça com um gesto leve, mas eu não cedo. Não quero ceder. Nesse momento, acho que enfim compreendo a verdade estranha e ilusória que estive buscando desde o dia em que fui embora de Pleasant Hills.

O pastor Young só tem o poder que as pessoas decidem dar a ele, e nesse instante, não sinto medo.

– Pois bem? – O pastor Young ergue o livro, e percebo que ele espera que eu fale. – Tem alguma coisa que deseja falar para a sua congregação?

Absolutamente nada. Não vou me arrepender de nada, mas antes que eu possa falar para ele: *na verdade não, prefiro me afogar no batistério*, sinto um movimento atrás de mim.

– Não foi ela. Esse é o meu caderno de orações, na verdade.

Eu me viro tão rápido que quase perco o equilíbrio, e quando vejo Greer Wilson parada algumas fileiras atrás de mim, seriamente me pergunto se estou alucinando. Talvez eu tenha desmaiado alguns segundos antes e isso é apenas fruto da minha imaginação em pânico. Porque ali está Greer, de cabelos castanhos e macios e fitas de seda, um pingente de cruz brilhante sobre o vestido de marca. Ali está Greer, com o queixo erguido e o começo do seu sorriso que declara "ganhei dois campeonatos estaduais de debate do Ensino Médio, você *vai* perder essa briga" estampado no rosto. O pai dela a encara do banco, mas Greer continua com as duas mãos na cintura. Ela me lança um breve olhar de desafio, e consigo escutar a voz dela tão claramente quanto se tivesse gritado.

Está vendo? Não sou nenhuma covarde.

O pastor Young olha para nós duas. Ele franze a testa, abrindo a boca, mas Julia se levanta do assento antes que ele fale.

– Não – diz ela. – Elas não têm nada a ver com isso. É meu.

Coloco uma mão no ombro dela, tentando em vão fazê-la se abaixar.

– Não é – protesto. – É meu, ela está...

– Basta! – O pastor Young bate o livro no pódio. – Sente-se, Julia.

Ela balança a cabeça. Julia treme sob minha mão, mas a mandíbula trava, determinada.

– Não.

Por um segundo, penso que algo parecido com medo aparece no rosto do pastor Young, atrás da máscara cuidadosa de tranquilidade.

– Sente-se – repete, e enquanto as palavras saem da boca dele, eu me pergunto se mais alguém já teve a audácia de falar *não* para ele.

– Isso é tão esquisito. – Em algum lugar lá no fundo, um banco range e Delaney fica em pé, os braços esticados sobre a cabeça. – Eu me lembro especificamente de ter um monte de pensamentos gays na semana passada e escrever tudo no meu caderno de orações. Achei que era uma coisa entre mim e Deus, sabe, tipo... *particular* – acrescenta ela de forma significativa. – Mas enfim, o caderno é meu.

Ela dá uma piscadela para mim, e odeio que esteja longe demais para eu obrigá-la a se sentar. Isso não é para ser uma declaração. É para eu levar a culpa, seguir em frente, e manter todo mundo em segurança. Só que quando vejo os dedos do pastor Young se fechando na beirada do púlpito, penso que é tarde demais.

– Admiro a lealdade de vocês, meninas – diz ele, a voz suave com uma paciência exagerada. – Mas esse claramente é o caderno de Riley. Foi encontrado no chalé, embaixo da cama que ela dormia.

– Era nosso chalé também – aponta Greer. – Esse tipo de evidência jamais se sustentaria num tribunal.

– Só que isso não é um tribunal, srta. Wilson. Isso é uma comunidade. Tudo que quero é que Riley se humilhe aos olhos do Senhor. Ela pode ser punida de acordo, e podemos seguir adiante. Os pecados dela não precisam afetar você.

Delaney cruza os braços.

– Espera aí, estou um pouco confusa. Você quer punir a pessoa que escreveu esse caderno ou quer que ela confesse os pecados para serem perdoados pelo Criador? Sinto que não dá pra ser as duas coisas ao mesmo tempo.

Olho por cima do ombro, desejando em silêncio que Delaney se sente e deixe o assunto morrer. As pessoas ao redor dela ficam se remexendo no assento. Estão trocando olhares tensos e desconfortáveis, mas, quanto mais tento encontrar o olhar de Delaney, mais penso que não estão mirando em nós duas. Na verdade, enquanto escuto os sussurros aumentarem ao meu redor, indo de um lado da capela ao outro, acho que na verdade o julgamento está direcionado ao pastor Young.

– Um minuto!

Ainda não tinha visto Torres, mas é impossível confundir a voz dela. Ela fica em pé de repente, e então sobe no banco para poder encarar feio o pastor Young por cima das cabeças da multidão.

– É meu. Eu me lembro de escrever nele.

Ao meu lado, Amanda solta um grunhido abafado. Ela passa a mão pelo rosto e sussurra algo que estranhamente soa como "dane--se" antes de ficar em pé.

– Não é dela – diz Amanda. – Fui eu que escrevi.

A expressão da sra. Clarke é como se a filha tivesse acabado de confessar que chutou filhotes de cachorros órfãos por diversão. Ela mostra o sorriso brilhante de concurso Miss Teen Ohio 1998 para a congregação antes de envolver o pulso de Amanda com a mão.

– *Sente-se* – sibila, entre dentes.

Amanda se desvencilha da mãe.

– Que foi? Se ele quer que eu me arrependa, vou fazer isso. Ninguém deveria se meter em problemas por algo que eu fiz.

– Isso aí! – Ben pula e fica em pé. – Real. Eu também escrevi.

– *Sente-se*, Benjamin.

A voz do pastor Young irrompe sussurros que só fazem aumentar e simples assim, a multidão fica imóvel. Ben volta a se sentar, mas o pastor Young ainda está me encarando feio.

– Vou perguntar outra vez – diz o pastor Young, a voz tremendo com uma fúria silenciosa. – Você escreveu isso?

– Sim – respondo, mas a palavra parece ecoar pelo templo. Percebo, tarde demais, que é porque todas as outras também responderam, ainda em uníssono.

Na minha frente, a sra. Young encontra os olhos do marido.

Observo a garganta dela subir e descer enquanto faz um único aceno de cabeça, como se implorasse em silêncio para ele deixar o assunto morrer. Eu sei que ele não vai. Acho que somos parecidos nesse aspecto. Vamos nos prender ao ressentimento até que nos apodreça por dentro, até não reconhecermos mais a pessoa que costumávamos ser. O pastor Young respira fundo, e quando fala outra vez, as palavras são direcionadas a outra pessoa.

— Amanda — diz ele, e eu a sinto estremecer ao meu lado. — Você sempre foi uma serva fiel do Senhor. Vem de uma boa família, com bons valores. Sei que não foi obra sua. Por que não me conta o que sabe?

Por um segundo, considero que talvez ela faça isso. Os ombros de Amanda ficam tensos, curvando-se para dentro enquanto assisto, e pego a mão dela outra vez. Eu a mantenho firme como ela fez por mim, e lentamente, sinto os dedos dela se fecharem nos meus.

— Eu já disse — fala, erguendo o queixo de leve. — O caderno é meu.

Na semana passada, havia um capítulo no livro de exercícios do acampamento sobre a virtude da humildade, contrapondo com o pecado capital do orgulho. Fazia parecer que o orgulho era algo ruim, algo a ser temido, mas enquanto estou parada aqui, agora, penso que o pastor Young só tem medo do que poderíamos fazer com esse sentimento. Com o que aconteceria com a igreja se todo mundo erguesse os olhos e pensasse: *não, eu gosto de quem eu sou.*

Não acho que eu precisava de uma redação para derrubá-lo. Acho que não teria funcionado. Uma coisa é escrever sobre o que precisa ser mudado, mas outra diferente é sustentar essa posição aqui, na frente de todo mundo, e mostrar a eles que pode existir outro jeito. Talvez o pastor Young faça a mesma coisa semana que vem. Talvez, a essa altura, todo mundo já tenha se esquecido da gente, mas eu sei de uma coisa, com certeza absoluta: hoje ele não vai se livrar disso.

Respiro fundo e encontro o olhar dele no púlpito.

— Exatamente — digo. — É meu.

Então, estico a mão por cima do banco e pego a mão de Julia, puxando Amanda e ela pelo corredor. Vagamente, estou ciente de uma nova onda de sussurros, de outras pessoas nos seguindo para fora dos bancos, mas não olho para trás. Não dou ao pastor Young a chance de nos mandar embora. Em vez disso, ergo o queixo, abro um último sorriso para ele e saio por conta própria.

XX

Nosso senhor e salvador Tom Hanks

Existe uma pintura no banheiro feminino de Pleasant Hills que todo mundo odeia. Mostra uma Eva de acrílico, aos prantos, segurando uma maçã meio mordida contra o peito enquanto uma imagem de Deus, que por algum motivo é estranhamente parecida com Tom Hanks, a expulsa do jardim de Éden. Não é o tema da pintura que deixa as pessoas incomodadas; isso é só o padrão por aqui. É só que a pintura inteira, desde a forma como as unhas de Deus Tom Hanks afundam nos braços ensanguentados de Eva até a expressão de medo puro e extremo no rosto dela, faz tudo parecer tão vivo que sempre me perguntei como o artista conseguiu fazer tal coisa.

Mas acho que é por isso que a pintura está aqui. Outro lembrete medonho do que acontece com mulheres que desobedecem.

É a primeira coisa que vejo quando puxo Julia para dentro do banheiro, e embora um ano longe tenha desbotado a memória, ver a pintura refletida no espelho ainda me faz dar um pulo.

— Jesus Cristo — ofego, levando uma mão ao peito. — Essa coisa me assusta toda vez.

Julia não responde. Sequer levanta o olhar enquanto me apoio na parede, bem embaixo da tal pintura. Apenas apoia as mãos na beirada da pia e abaixa a cabeça. O rabo de cavalo cai por cima do ombro, temporariamente escondendo seu rosto e, por um segundo, acho que se parece com a Eva da pintura — violada, miserável e completamente sozinha.

Então, a porta se escancara. Eu me viro, pronta para uma briga, mas só são as outras entrando no banheiro atrás de mim. Amanda, com as bochechas ainda coradas do mesmo tom de rosa que aquela camiseta ridícula de cupcake. Greer, com as roupas da igreja perfeitamente passadas. Delaney, que parece estar prestes a dar um murro na parede, e Torres, com as duas mãos apoiadas sobre o joelho como se ainda precisasse recuperar o fôlego.

O banheiro é pequeno demais para todas nós, mas enquanto olho de um rosto incrédulo para o outro, percebo que estava errada antes. Julia não está sozinha. Nenhuma de nós está.

– Puta merda – sussurra Torres, para ninguém em particular. – Aquilo foi zoado *pra caralho*.

Deixo uma risada escapar, e não sei se fico mais surpresa com o fato de que Torres, de todas as pessoas, é quem está falando palavrão. Julia respira trêmula, e então começa a rir também, jogando a cabeça para trás enquanto se segura na pia com a mão livre. É um som selvagem, quase histérico, como se não soubesse parar.

Dou um passo na direção dela.

– Julia...

– Não, está tudo bem – ela garante, a risada ainda ressoando ao final das palavras. – Já passou. Tudo está bem. Eu estou *bem*.

Ela não está. Os dedos espremem a beirada da pia, mas quando se endireita e passa uma mão pelo vestido para alisá-lo, quase recuperou a compostura o suficiente para que a mentira convença. Se não a conhecesse tão bem, se eu também não tivesse passado o último ano inteiro reprimindo minha dor, poderia acreditar nela.

– Obrigada por virem ver como eu estava – agradece, a voz firme soando pouco natural. – Mas vocês deveriam voltar pra lá. A mensagem ainda não acabou, e vai ser muito pior se ficarem aqui.

Amanda revira os olhos.

– Sério, Julia, eu preferia passar o dia todo nesse banheiro a escutar qualquer coisa que minha mãe vá dizer nesse instante.

Olho por cima do ombro.

– Você não acha que a Miss Teen Ohio 1998 ficaria impressionada com seu comportamento?

– A Miss Teen Ohio 1998 não tem um pensamento complexo há décadas.

– Bom, eu é que não vou voltar – diz Delaney. – Eu nem sou daqui, sabe.

Torres concorda.

– Exatamente. Quer dizer, eu *sou* daqui – acrescenta. – Óbvio. Mas não vou voltar para aquilo lá, não.

Julia parece querer protestar, mas antes que possa começar, uma batida alta soa na porta do banheiro. Greer imediatamente se joga contra a porta para segurá-la.

– *Estamos ocupadas!* – berra, de uma forma que me faz pensar que em outra vida, ela poderia ter sido uma segurança de balada.

– Relaxem! Sou eu!

Mal dá para ouvir a voz de Ben pela parede. Faço um gesto para Greer deixá-lo entrar, e quando ela abre a porta do banheiro, ele parece tão alvoroçado quanto todas nós. Está ofegando, uma camada fina de suor acumulada acima do lábio superior.

– O que está acontecendo? – Greer exige saber. – O que estão dizendo?

É reconfortante saber que a necessidade intrínseca de Greer Wilson de reunir cada pedacinho de fofoca disponível ainda funciona em situações como essa. Não penso na congregação desde que saí pela porta, mas agora que ela menciona o assunto, estou curiosa para saber o que foi que deixamos para trás.

Ben balança a cabeça.

– Não é nada, na verdade. Ele continuou a mensagem e está fingindo que a debandada de vocês foi parte de uma lição maior, mas as pessoas estão se perguntando pra onde foram.

Olho para meu celular. São quase 10h30. O culto vai terminar

262

logo, e não quero estar aqui quando a congregação sair. Talvez as outras possam voltar para casa com os pais, mas não vou mandar Julia de volta para o pai dela agora.

Ben parece ter lido a minha mente.

– Acho que a gente devia sair antes de acabar – diz ele, indicando Julia com a cabeça. – Como você veio?

– Com a Hannah – digo. – Podemos ligar pra ela ou minha mãe. Alguém vai vir buscar a gente, e aí você pode se esconder no meu quarto por quanto tempo precisar.

– Valeu. – Ben ergue o olhar, passando por mim para encarar Julia perto da pia. – Tudo bem aí, Jules?

Julia não se mexe. Ela só fica com os pés afastados no azulejo frio, os braços ao redor de si. Ben dá um passo à frente, com cautela.

– Julia – murmura ele. – Olha pra mim.

Ela olha. A respiração seguinte parece acabar em um soluço, e vejo o momento exato em que a determinação dela desmorona. Julia se joga nos braços do irmão, os dedos enroscando no tecido da camiseta enquanto Ben a vira para se afastar de nós.

Eu já vi Julia chorar, claro, mas sempre por causa de algo visível. Quando uma bola no jogo de softbol acertou o nariz dela no treino. Quando assistimos a *Adoráveis Mulheres* no cinema. Quando o cachorro de infância dela morreu. Eu sabia como reconfortá-la nessas ocasiões, o que dizer e como dizer, mas esse é um território desconhecido. Ben sussurra algo contra o cabelo dela, e apesar de não distinguir as palavras, vejo Julia assentir de leve. Ele leva mais um segundo até soltá-la.

– Tudo bem – diz Ben, virando-se para nos encarar. – Por que não descobrimos como vamos voltar pra casa? Riley e Julia vão nos encontrar daqui a um minuto.

Ergo o olhar.

– Vamos?

– Aham. Te vejo daqui a pouco.

Ele afaga meu cabelo quando passa por mim, segurando a porta do banheiro aberta para que as outras possam passar. Então, a porta se fecha, e só eu e Julia ficamos, a sós no banheiro da igreja com um retrato bem gráfico do pecado feminino.

A ironia não passa despercebida.

Apoio o ombro na parede enquanto Julia se vira de volta para o espelho, esfregando o rosto com o dorso da mão. Apesar de tudo, o rímel dela ainda está intacto, os olhos levemente inchados são o único sinal de que esteve chorando. Há apenas alguns centímetros de azulejos frios entre nós duas, mas por algum motivo, parece que ela está a quilômetros de distância. Parece que é uma estranha. Nunca ficamos tanto tempo sem nos falar, e nossa última conversa foi bem controversa. Não sei como desfazer a mágoa que ainda envolve nós duas, então talvez não possamos fazer isso. Talvez o que acontecer agora seja apenas o começo do fim.

Fico tensa enquanto Julia se vira para me encarar, mentalmente me preparando para ser dispensada. Então ela respira fundo, me encara e diz, em um tom de voz prático:

— Então. Eu sou gay.

Uma risada surpresa irrompe de mim. Não consigo evitar; ela diz com tanta naturalidade, como se tivéssemos tido essa conversa centenas de vezes antes. Como se ouvir aquilo dela não fizesse minha pele pegar fogo.

— Na verdade, sou lésbica, para ser mais específica — acrescenta rapidamente. — Tenho bastante certeza. Porque nunca gostei de ninguém que não fosse menina, mas também nunca achei que falaria isso em voz alta, então acho que no fim meu pai serviu pra alguma coisa, né?

Ela me lança um sorriso trêmulo, mas o fato de estar tentando fazer uma piada, quando até agora tudo foi à custa dela, me deixa furiosa.

— Não serviu, não — digo, de forma mais forçada do que deveria. — Isso não é da conta dele.

— Ele acha que é.

– Bom, ele também acha que as crises econômicas são causadas porque gays trabalham no governo. Você não precisa falar sobre isso se não quiser, Julia. Você não deve isso a ninguém.

Foi o que mamãe me disse no dia depois que saí do armário, quando me encontrou na porta de casa, tentando descobrir como ia lidar com todo mundo na escola. Ela se sentou ao meu lado, olhou para o céu escuro e disse: *Você não deve um pedacinho de quem é pra ninguém, sabe. Está tudo bem se for só seu por enquanto, e isso não torna esse pedaço menos válido.*

Julia abaixa o olhar, prendendo o lábio inferior entre os dentes.

– Mas acho que devo a você – sussurra ela. – Eu te beijei e aí... meu Deus, Riley. Eu fui tão horrível com você.

Ela enterra o rosto nas mãos e algo no meu peito desaba. Eu me afasto da parede, parando mais perto de onde ela está, ao lado da pia. Perto o bastante para nos tocarmos, se quisermos.

– Foi – concordo. – Você foi, mas acho que tudo bem você ser meio horrível quando está no meio de uma crise gay no acampamento da igreja. Não é como se eu tivesse sido um ótimo exemplo de amizade também.

– Não. – Julia esfrega as mãos no rosto. – Mas eu sei o que você estava tentando fazer. Sei que não era pessoal.

– Então por que você agiu como se fosse?

Julia hesita, o olhar fixo em algum lugar entre os sapatos dela. Quando fala outra vez, todas as palavras parecem ensaiadas.

– Eu sei que você odeia como o meu pai fala sobre ser gay. Sei que você tem raiva dele, e faz sentido. Você pode ficar com raiva porque ele te machucou diretamente, e se eu admitisse que também me machucou, que também sinto raiva dele, achei que seria o mesmo que escrever *lésbica* na minha testa. Porque todo mundo saberia.

Ela se recosta na pia, os ombros virados para mim. Parece um convite, uma porta entreaberta, mas não sei como abrir o resto para entrar.

– Também sei que você provavelmente me odeia – continua.

265

– Você deve achar que sou uma covarde, ou que não me importo com o que aconteceu com você e Hannah, mas não é verdade. Odeio que esteve sofrendo o ano inteiro. Odeio que tenha sentido que não podia me contar, e odeio não poder fazer nada pra consertar isso agora.

Minhas mãos doem, e quando olho para baixo, percebo que também estou segurando a pia. Eu solto e esfrego a palma das mãos no jeans.

– Eu queria te contar tudo – confesso. – Pensei no assunto tantas vezes, mas não parecia justo. O que era pra você fazer? Escutar todos os motivos de eu odiar o seu pai e aí falar pra mim que ele é um merda?

– Não, aparentemente, esse é seu trabalho.

– Certo. – Quase sorrio. – Sinto muito por isso. E sinto muito por ter comparado você com ele. Não é verdade.

Os ombros de Julia relaxam com um alívio óbvio, como se aquela condenação em particular ainda a atormentasse.

– Obrigada. Quero que a gente converse, sabe. Que a gente se ajude.

– Eu também – digo. – Estava com saudades.

– Eu também estava com saudades. – Pela primeira vez no dia, um sorriso genuíno aparece no canto da boca de Julia. – Você tem ideia de quanta coisa aconteceu essa semana? Nem imagina quantas vezes comecei a escrever uma mensagem antes de lembrar que a gente não estava se falando.

Ergo o olhar.

– Que tipo de coisa?

– Tipo, você sabe que o Mike Fratt foi preso?

– Quê? – Dou um pulo. – Não! *Por quê?*

– Sonegação de imposto, acho. Ele não declarou todo o dinheiro que ganhou no verão passado.

– Meu Deus. – Dou risada. – Sabe quanta música ruim ele vai soltar agora? Ele está endividado, Julia. É assim que os músicos ganham dinheiro hoje em dia.

Ela também ri, levando uma mão até a boca para cobri-la, e sinto a pressão entre nós duas se romper. Eu me pergunto se algum dia vamos falar sobre o restante das coisas. Todos os sentimentos profundos e secretos que o pastor Young arrancou do diário dela e divulgou no templo. Estava sendo sincera mais cedo – nós não precisamos –, mas isso não me impede de questionar se as coisas que Julia escreveu são verdade.

Acho que Julia sente a mudança no ar, porque abaixa a cabeça, o cabelo temporariamente escondendo o rosto.

– Aquelas coisas que eu escrevi...

– Você não... – começo, mas Julia ergue a mão.

– Eu estava escrevendo sobre você. Acho que você deve saber disso, mas sinto muito por ter que ouvir daquela forma, e não de mim diretamente, porque você... – A voz fraqueja. – Você é, sem dúvida, uma das melhores coisas na minha vida. Não posso te perder, então se isso significa que vamos esquecer que eu escrevi aquilo um dia e continuar sendo amigas, não me importo. Mas não vou aguentar mais uma semana de você me odiando em silêncio.

Minha garganta forma um nó.

– Você acha que eu te odeio?

– Você odeia muita gente, Riley. Não é uma conclusão absurda.

– Mas é *você* – digo. – Não odeio você. Nunca odiei. Fiquei com raiva, claro, mas principalmente de mim mesma, porque também não queria te perder. – Hesito e acrescento: – Ele realmente acha que o caderno era meu?

Julia estremece.

– Provavelmente. Ele não achava que era meu, disso tenho certeza. Se achasse, teríamos lidado com isso em particular.

– Você acha que agora ele sabe que é seu?

– Não sei.

Assinto, e apesar de cada movimento doer, dou um passo cuidadoso para trás.

– Então talvez fosse bom você se dar mais um tempo. Só pra

267

processar tudo e descobrir uma forma de seguir em frente que não seja, sabe, totalmente prejudicial à sua vida inteira. E se precisar que eu *não* fique por perto enquanto isso está rolando, eu entendo. Não vou ficar com raiva.

Julia dá uma risada engasgada.

– Não me diga o que eu quero.

– Não estou dizendo! Só estou tentando...

– Riley.

Ali está a mão dela, ao lado da minha na pia. Na última vez que nos tocamos, tudo pareceu acidental, como algo que acabaria acontecendo mais cedo ou mais tarde. Só que quando Julia passa os dedos entre os meus, entrelaçando nossas mãos, acho que é de propósito. Como se dessa vez, estivesse fazendo isso para valer.

– Não – sussurra ela. – Eu consigo.

E quando ergue a mão até meu rosto, sei na mesma hora que no instante em que os lábios dela roçam os meus, isso aqui também é para valer.

O beijo é suave, uma exploração cuidadosa. Parece um prólogo, como se existisse um mundo onde eu a beijo mais um milhão de vezes dessa forma, e cada vez, isso significa um pouco mais. Os dedos de Julia deslizam pelos meus cabelos. Tem alguma coisa naquele primeiro beijo na capela, e esse no banheiro da igreja, que faz com que me sinta poderosa. Se posso fazer isso aqui, na frente do Tom Hanks bíblico, e não arder em chamas, quais outras regras eu posso quebrar?

Quantas outras escolhas posso fazer por mim mesma, longe das correntes desse lugar?

Quando nos afastamos, as bochechas dela estão coradas e os olhos arregalados.

– Que foi? – pergunto. – Passei dos limites?

Julia balança a cabeça, os dedos roçando os lábios de leve.

– Não. Eu só não sabia que a sensação poderia ser essa.

E, Deus, isso me faz sentir mais *viva*.

Ela está certa, claro. Sempre está. Tem uma voz ecoando no fundo da minha mente agora, uma batida incansável de *é a sensação que deve ser*. Como se só agora eu tivesse descoberto como respirar de verdade. Aperto a mão dela e, com gentileza, eu a afasto da pia.

– Está pronta pra ir?

Julia olha por cima do ombro, o olhar percorrendo desde a pintura até a fileira de cabines e o próprio reflexo no espelho do banheiro. A expressão dela fica firme.

– Acho que estou pronta há um tempo.

E naquele momento, acho que Julia está falando sobre mais do que sair do banheiro. Mais uma vez, ela entrelaça nossos dedos. Mais uma vez, aperto a mão dela. Então, abrimos a porta e, juntas, saímos da Igreja Batista de Pleasant Hills.

XXI

Amém

No verão antes do sexto ano, Ben limpou um pedaço do terreno no canto do quintal da família dele, preparou o solo para ficar limpo e fértil, e plantou uma quantidade obscena de girassóis. A primeira leva morreu com uma geada fora de época. A segunda foi destruída por uma família de coelhos, mas uma hora ele conseguiu. Cresceram pouco a pouco até ficarem acima da cerca, uns metros quadrados de alegria no subúrbio monótono de Ohio. Eles voltam todos os anos, assim que o verão chega na cidade, e é onde nós tiramos todas as fotos em grupo nos últimos quatro anos.

Aniversários, feriados e bailes da escola. Tem uma foto de Hannah segurando sua primeira carta de aceite em uma faculdade, uma de Ben posando com um retrato premiado, outra de Julia no primeiro ano do Ensino Médio erguendo a camiseta para mostrar a cicatriz de apendicite. Tem uma foto minha antes de um baile no Fundamental, usando um vestido de chifon azul-turquesa com um dedo em riste no ar em uma tentativa de replicar o pôster de *Hamilton*, e inúmeras fotos de nós quatro juntos no gramado.

Sempre foi um esforço coletivo, nossos pais na varanda dos fundos dos Young tirando fotos e mais fotos enquanto mamãe olhava e gritava, "Riley, foco, querida! Olhe para a câmera!" a cada cinco segundos. Não funcionava. Na maior parte das fotos não estou olhando para a lente, mas mesmo assim ela as deixava na geladeira

– uma coleção de memórias banhadas de sol no pano de fundo daquelas mesmas flores familiares.

Então é estranho, acho, que pela primeira vez na vida estamos nós quatro arrumados para um dos eventos mais importantes do nosso Ensino Médio e *não* estarmos passando pelo quintal dos Young na direção dos girassóis do Ben. Em vez disso, estamos na entrada circular da casa de Torres, e meus pés doem nos sapatos de festa apertados demais, esperando a limusine que a mãe dela contratou para nos levar.

A mãe de Torres, aparentemente, sempre faz coisas do tipo. Abre a casa para festas do pijama, noites de filme no quintal quando o clima está quente, deixa os filhos arrumarem a casa da piscina para celebrarem os aniversários dos amigos, e encomenda um vestido de formatura customizado de Milão para a filha, só porque pode. Os Torres moram no mesmo condomínio fechado que a família de Greer, mas enquanto os Wilson andam por aí esperando que todos saibam quem são e o que fazem, a sra. Torres nos recebeu na casa dela de braços abertos desde o instante em que autorizou nossa entrada pelo interfone.

Não faço ideia de como as pessoas acabam com tanto dinheiro assim, mas já que nenhum dos dois nos contou o que fazem para ganhar a vida, parte de mim acha que tem a ver com crime organizado. Com certeza é bem mais interessante do que o sr. Wilson dando narizes novos às pessoas.

– Está se divertindo?

Abaixo o olhar quando Torres aparece ao meu lado. Mesmo de salto, ela ainda é diversos centímetros mais baixa que o resto de nós, e a barra do vestido rosa-choque fica roçando no cimento. Ela cortou o cabelo na semana passada, e agora está só um pouco abaixo do queixo. O efeito é fantástico, uma garota que sabe o que quer, e foi assim que provavelmente acabou aqui: uma aluna do segundo ano que convenceu um jogador de basquete mais velho com quem nunca conversou antes a chamá-la para a festa.

– Estou – respondo. – Nem dá pra acreditar que sua mãe contratou uma limusine.

Torres abana a mão.

– Até parece. Ela não precisa de uma desculpa pra contratar uma limusine. Ela disse, nessas palavras: "você só se forma no Ensino Médio uma vez".

– Você não está se formando – argumento.

– Não, mas a Hannah está.

Nós duas olhamos para onde Hannah está a poucos metros de distância, espanando grama da barra do vestido. Ben está agachado ao lado dela, e quando se endireita, genuinamente acredito que o restante de nós poderia desaparecer e ele não se importaria, porque ainda estaria olhando para ela.

Os dois não estão namorando. Hannah deixou bem claro que vai para a Califórnia sozinha, mas também acho que não estaria aqui essa noite se Ben não tivesse aparecido na nossa varanda semana passada com meia dúzia de rosas e um cartaz sincero e charmoso escrito à mão. Acho que ela gosta mais dele do que quer admitir. Acho que pensar em confiar tanto assim em alguém sempre vai ser difícil para ela, mas quando Hannah prendeu os cravos cor-de-rosa na lapela de Ben para combinar com o vestido dela, precisei me controlar para não dar um salto com os dois punhos no ar.

Depois de um semestre inteiro agonizando sobre o bem-estar da minha irmã, pulando para protegê-la em todas as oportunidades, é bom saber que ela vai ficar bem sem mim. Que pode ser o próprio porto seguro, se precisar.

Julia também está observando os dois, longe de mim o suficiente para parecer casual, mas perto o bastante para eu roçar a mão contra a dela entre as camadas dos nossos vestidos. O cabelo foi trançado como uma coroa na cabeça, com um coque baixo finalizando o penteado. O marrom-escuro do vestido deixa o ruivo mais intenso, combinando com a maquiagem sutil e o leve brilho nas pálpebras.

Ben disse que o visual era bem "Mickenlee Hooper no Grammy" e concordei, como se fizesse ideia do que aquilo significava.

Agora vejo um sorrisinho convencido no rosto de Julia. Quando ela se vira para mim, sei o que vai dizer antes das palavras saírem.

– Os dois ficam bonitos juntos.

Eu concordo, e então quando Torres se vira outra vez para o par dela, abaixo a voz e acrescento:

– Você também está bonita.

Ela cora, as bochechas rosadas, mas quando entrelaça os dedos nos meus, eu não a solto.

O ponto é que nós duas também não somos um casal. Ao menos não que as pessoas saibam. Na maior parte, é um exercício de equilíbrio, a arte cuidadosa de dar aos pais dela informações o bastante sobre aonde estamos indo e o que vamos fazer para deixá-los satisfeitos, enquanto ainda tentamos encontrar momentos sozinhas. Eles podem pensar o que quiserem de nós. Podem desconfiar ou orar para a filha rebelde encontrar o caminho, mas sei que nenhum deles vai perguntar diretamente para a filha. Não vão arriscar receberem uma resposta que não querem ouvir, e Julia nunca vai contar para eles.

Ela também vai sair daqui ano que vem. Talvez nós possamos ir embora juntas, encontrar um lugar onde ninguém se importa com quem somos ou de onde viemos, mas, por enquanto, é o que temos. Nossas mãos unidas entre as saias, a pressão ocasional do ombro dela contra o meu, a certeza arrebatadora de que nem sempre vai ser assim.

É claro que estou usando uma pulseira de flores. Julia também está, as duas pulseiras diferentes o suficiente apenas para não parecerem um par. Papai me ajudou a escolher na semana passada, e quando a sra. Young viu as flores no pulso da filha, parou no meio da foto e perguntou quem era o admirador secreto dela. Meu estômago ficou embrulhado, momentaneamente preocupada que tínhamos sido ousadas demais, mas Julia só olhou para a mãe direto nos olhos e disse, com seriedade:

– É Jesus Cristo.

A mãe dela não perguntou outra vez, e precisei me esconder atrás de Hannah para que ninguém me visse rindo.

Os adultos ainda estão parados na varanda, com um olho nos adolescentes e o outro nas garrafas de vinho que o sr. Torres fica trazendo da cozinha. Estão todos conversando, meu pai absorto no que a sra. Young está dizendo, e acho que um minuto mamãe quase ri também. A ausência do pastor Young é notável, e tenho a sensação de que é porque a sra. Torres disse a ele, muito claramente, que não era mais bem-vindo na casa dela.

O pai de Greer doou uma quantidade obscena de dinheiro para Pleasant Hills no dia seguinte ao que fomos embora. Acho que os pais de Amanda fizeram o mesmo, porque ninguém no conselho tocou no nome deles. Delaney, Torres e eu, no entanto, recebemos um documento de uma página inteira declarando que devido a "comportamento descortês", nós três não éramos mais membros da Igreja Batista de Pleasant Hills. Nomes de outros membros do conselho estavam assinados no fim da página junto com a assinatura do pastor Young, a tinta preta contrastando no branco.

Delaney deu uma espiada no envelope bege grosso e gritara:

— Eu literalmente nem sou daqui!

Depois, o rasgou e jogou no lixo.

Eu também descartei o meu, mas Torres ficou em silêncio, lendo a carta de novo e de novo. A culpa se assomou no meu peito quanto mais eu a observava. A família dela sempre foi da congregação de Pleasant Hills. Talvez quisesse ficar lá. Então ela ergueu o olhar, o papel esticado nas mãos.

— Quem é que fala "descortês"? — disse ela por fim, com tanto desdém que Delaney e eu caímos na gargalhada.

Queimamos nossas cartas naquela mesma noite, com uma caixa de fósforo que Julia roubara da coleção pessoal do pai. Era uma despedida adequada, e é por isso que estávamos ali agora, reunidas na frente da casa de Torres em vez de no quintal dos Young.

274

Não sei se alguma coisa vai mudar de verdade em Pleasant Hills. Faz um mês que saímos, e algumas pessoas se organizaram. Escreveram cartas ao conselho expressando preocupação por nós, questionando o papel do pastor Young naquilo, mas ninguém orquestrou outro protesto de saída ou boicotou os sermões. Ele ainda faz o culto todas as semanas. Tenho certeza de que ainda diz coisas horríveis, mas sei que não apontou o dedo para ninguém em específico desde então. Agora as pessoas estão de olho nele – a congregação, a cidade e o conselho. Estão todos atrás de portas fechadas, perguntando-se baixinho se é um risco, e monitorando a imagem pública dele.

Acho que é uma parte conveniente da covardia deles. Porque não se importam o suficiente com nada para se posicionarem, nem mesmo o próprio pastor.

Agora, Julia e Ben passam a maior parte dos domingos conosco, assistindo filmes ruins e comendo *brunch*. Ainda são arrastados para um culto ou outro quando o pai exige, mas na maior parte do tempo, há uma distância entre eles. Sei que Julia frequentou a igreja de Delaney em Franklin algumas vezes. Uma vez, até levou Hannah junto, e quando as duas voltaram, pareciam tão genuinamente felizes que por um momento cheguei a pensar que poderia tentar outra vez.

Só que, acima de tudo, é em Julia que penso. Julia, sentada de pernas cruzadas na minha cama enquanto ajudamos Ben a arrumar as coisas para a escola de Artes. Julia me entregando uma casquinha de sorvete no saguão do departamento de trânsito quando finalmente passei na prova de motorista. Julia correndo na quadra de softbol, os cabelos escondidos embaixo de um boné.

Julia me beijando no carro dela em um sinal vermelho, no escuro, na privacidade do meu quarto. Em qualquer lugar, em todo lugar que podemos.

Não é perfeito. Na maioria dos dias, sinto que estou percorrendo um caminho perigoso e delicado, mas ao menos é meu. Nosso. A primeira vez que Julia faltou emuma aula para me encontrar na sorveteria, eu dei uma única olhada no uniforme escolar dela arrumado e entendi o que Hannah vinha tentando me dizer sobre a fé. Não sei quanto tempo vamos durar. Não sei se esse sentimento é eterno, mas sei que tenho Julia *agora*.

Só solto a mão dela quando a limusine aparece na rua. O motorista sai e abre a porta e nos enfiamos lá dentro, acenando para nossos pais e fingindo não notar que estão tirando ainda mais fotos. Nunca andei de limusine antes, mas quando ergo o olhar e vejo o teto brilhando com estrelas falsas luminosas, decido que não tenho outra escolha a não ser me tornar rica e famosa. Eu mereço andar em um carro desses o tempo todo.

— Ei, olha só isso! — O acompanhante de Torres, cujo nome pode ou não ser Travis, pega uma garrafa de um líquido borbulhante do compartimento refrigerado à esquerda. — Bebida grátis.

Julia espreme o olhar, lendo o rótulo.

— É suco de maçã.

— Não. — Talvez-Travis balança a cabeça e destampa a garrafa com uma facilidade que me faz pensar que ele já fez isso diversas vezes antes. Ele toma um gole no gargalo e faz uma careta. — Tá, nossa, é puro açúcar.

A viagem não vai demorar muito. A formatura do ano passado foi no zoológico, e ficou meio óbvio que os veteranos que se formaram estouraram o orçamento anual de eventos, porque nesse ano somos enfiados no salão de banquete ao lado da escola. É um espaço legal, o mesmo lugar que o clube de teatro usa para fazer as apresentações de cabaré no outono, mas a ideia de dançar lentamente ao lado da jaula de ursos-polares era boa demais para abrir mão.

Talvez a gente consiga coisa melhor ano que vem. Talvez eu mesma alugue o zoológico só para poder beijar Julia sob a luz bruxuleante do aquário. Isso sim é romance.

Nós chegamos, e o motorista desce a partição para avisar que nos busca às 11 horas. Ele entrega o cartão para Torres, e os outros descem em um farfalhar de saias e flores. Estou prestes a seguir quando a mão de Julia se engancha no meu pulso.

– Que foi? – pergunto.

Os olhos dela cintilam, e então ela se inclina e me beija com força no assento. Eu fecho a porta com a mão livre, momentaneamente nos protegendo do mundo lá fora, e recebemos dois segundos de privacidade antes de alguém bater na janela. Eu me afasto. Julia está sorrindo, e quando pressiono a mão contra a boca, vejo que eu também.

– Estamos indo! – grito, e a batida na janela para abruptamente.

Alguém dá uma risadinha, e ouço diversos passos se afastando enquanto os outros entram. Reviro os olhos e deslizo pelo assento.

– Deveríamos ir – digo.

– Você acha? – Julia me olha com uma sobrancelha arqueada. Normalmente, quando ela faz isso, sei muito bem o que está pensando, mas agora estou perdida.

– Sim?

– Hum. – Ela se inclina para a frente e dá uma batidinha na partição. Quando ela é abaixada, Julia enfia a cabeça pela abertura e pergunta: – Você está recebendo por hora? Ou foi contratado pela noite inteira?

– Sou seu até às onze, senhorita – diz o motorista.

– Excelente. Pode nos levar ao Taco Bell da rua Juniper?

Eu dou um salto.

– O que você está fazendo?

Julia dá de ombros, como se tudo isso fosse completamente normal.

– Indo ao Taco Bell da rua Juniper.

– Agora? Mas e a festa? Aqueles ingressos não foram baratos.

– Relaxa. – Ela dá um beijo na minha bochecha. – A gente volta rapidinho. Se fosse um encontro de verdade, iríamos jantar primeiro, certo?

Tento dizer a ela que se fosse um encontro de verdade, teríamos emprestado o carro da minha mãe e não estaríamos aproveitando um passeio em uma limusine, mas quando abro a boca, a voz não sai. Raramente vejo essa versão de Julia, a que quebra as regras, a que abandona os planos e sai para a cidade com uma limusine só para me poder beijar de novo. Eu quero ficar com ela pelo máximo de tempo que posso.

Seguro a mão de Julia e, dessa vez, quando ela a aperta, não existe um motivo para soltar.

Talvez um dia, não precisemos roubar uma limusine para fazer algo do tipo. Talvez no ano que vem, as coisas tenham mudado o suficiente para eu poder dançar com ela no meio do ginásio da Madison High. Aquele futuro sempre pareceu imaginário, algo que pertencia a outras pessoas, e não a mim. Agora não tenho tanta certeza. Talvez quando estivermos prontas, os limites predeterminados do que podemos ser nessa cidade vão ter afrouxado só um pouco. Só o suficiente para podermos passar por isso.

Olho para Julia enquanto o carro dá partida outra vez. As estrelas falsas no teto refletem nos olhos dela, cintilando nas lantejoulas do vestido. *Mais*, penso, quando ela inclina a cabeça no banco. *Mais, mais, mais*.

E dessa vez, não há nenhuma voz me dizendo que é errado.

Dessa vez, quando beijo Julia, ninguém está por perto para me dizer que devo parar.

AGRADECIMENTOS

Isso não vai ser uma surpresa para ninguém, mas refleti muito sobre minha própria criação religiosa enquanto estava escrevendo este livro. A Igreja Batista de Pleasant Hills não é de forma alguma uma réplica de qualquer uma das igrejas que frequentei em diversos estágios da vida, e sim uma fusão de muitas das experiências espalhadas através de anos brutais da minha formação. Tive pastores de juventude legais! Tive pastores de juventude que usavam jeans desbotados e tocavam violão! Tive pastores de juventude que me olharam nos olhos e me disseram que as pessoas poderiam parar de serem gays se apenas rezassem o suficiente e talvez doassem dinheiro para igreja! Ah, a dualidade do homem! O ponto desse livro – que começou como uma ideia anotada de bobeira, tipo "haha, talvez um dia" em uma lista no meu aplicativo de anotações – acabou se tornando uma experiência de escrita necessária e catártica, e fico grata por todos que me ajudaram a trazer essa história à vida.

Para Claire Friedman, que é a melhor e mais fiel defensora que poderia pedir. Quando estava nas trincheiras, mandando meu livro para avaliação, um amigo me perguntou que qualidades eu buscava em um agente e respondi "sei lá, alguém que venda meus livros e que também goste de mim?". Eu me sinto muito sortuda por ter acabado com alguém que cumpre essas duas funções e muitas, muitas outras. E, é claro, um agradecimento infinito para o time incrivelmente talentoso da Inkwell Management.

Para Maggie Rosenthal, que escutou a minha ideia de "haha, talvez um dia" na lista do meu aplicativo de anotações e me deixou escrever um livro inteiro sobre o assunto. Obrigada por sempre tratar meu trabalho com tanto entusiasmo e cuidado. Trabalhar com você é uma alegria imensa, e não consigo acreditar que já estamos no terceiro livro!

Um imenso agradecimento a todo mundo na Viking e na Penguin Young Readers, por trabalharem incansavelmente para levar esse livro para a mão dos leitores, e um agradecimento especial a Louisa Cannell e Kristie Radwilowicz, por me darem a capa dos sonhos pela segunda vez seguida.

Para todos os livreiros e bibliotecários que estocaram meu livro e o recomendaram para os leitores. Eu ainda preciso me beliscar sempre que vejo meu livro por aí, e sei que grande parte do motivo de estarem lá para começo de conversa é devido ao entusiasmo de vocês. A criança de 10 anos que fui, que lia *Animorphs* nos fundos da biblioteca pública e folheava em segredo muitos livros de romance na livraria perto de casa, literalmente fica tremendo ao pensar nisso.

Para meus amigos, que me ajudaram a tornar o mercado editorial um pouco mais suportável: Serena Kaylor, Sasha Smith, Sophia DeRise, Mary E. Roach, Brit Wanstrath, Morgan Spraker, Libby Kennedy, Emma Benshoff, Jenna Miller e Brian D. Kennedy. É tão bobo que alguns dos meus escritores favoritos também sejam meus amigos. Quem é que poderia imaginar? O talento de vocês fala por si só, mas sua bondade e generosidade são incomparáveis. Vocês me inspiram a ser uma escritora melhor, uma pessoa melhor e uma amiga melhor. Para o meu grupo de autores-e-mentores, que ainda continua firme e forte mesmo anos depois: ver todos prosperarem é minha parte favorita dessa jornada.

Para minha família, a de sangue e a que escolhi, que nunca perdeu uma única oportunidade de divulgar os meus livros para estranhos aleatórios e desinteressados. Obrigada pela vida inteira de amor e apoio, e por aguentarem todos os inúmeros prazos. Para Maria (e Athena), que outra vez precisou morar comigo enquanto eu vendia, escrevia, revisava e fazia o marketing de outro livro. Nós podemos morar juntas mais quatro anos e ainda assim não seria tempo o bastante para expressar o quanto nossa amizade me transformou como pessoa. Para Sarina Anderson, que sabe melhor do que ninguém que às vezes é melhor dar risada do trauma religioso, ou ele acaba te engolindo por inteiro. Fico imensamente orgulhosa de você e da vida que construiu para si mesma, nas suas próprias regras.

E para Emily, que me ensina todos os dias que histórias de amor não existem só nas páginas dos livros. Você é meu Jesus como Farol Metafórico em uma tempestade.

SUA OPINIÃO É MUITO IMPORTANTE

Mande um e-mail para **opiniao@vreditoras.com.br**
com o título deste livro no campo "Assunto".

1ª edição, jun. 2025

FONTES DK Canoodle Regular 38/57pt;
       Goldplay Semibold 15/16,1pt;
       Birka LT Regular 11,5/16,1pt
PAPEL Pólen Bold 70g/m^2
IMPRESSÃO Braspor Gráfica
LOTE BRA310325